# 1

時計の秒針の刻む音が頭に響いている。

彼女は闇の中で、目を見開いたままその音を聞いている。

眠れないのは慣れっこになっているが、いったん秒針の音が気になり
中がそれでいっぱいになってしまうのには未だにイライラさせられる。

枕元に置いた小さなトラベルクロック。

文字盤が薄緑色をしているのは夜光塗料が塗ってあるからで、夜中に浅
覚めては何度この文字盤を目にしたことか。

もはや時計など不要な生活になったはずなのに、別の意味で時間に追われるようになったのは皮肉だった。

会社勤めをしていた頃は、時計は至るところにあって常に視界の隅で気にしていたし、腕時計もしていた。家の中で腕時計はしないし、昼間にＴＶやラジオを点《つ》ける習慣がないので、家にいるとあっという間に時間が経ってしまい、今が何時なのか分からなくなってしまうのだった。

最初は久しぶりに思う存分一人だけの時間が持てることを楽しんでいたけれど、それはすぐに漠然とした不安に変わった。何より意外だったのは、会社に行っていない、組織に属していないという罪悪感にかなりのあいだ悩まされたことだ。自分が女でよかったと思うこともしばしばだった。彼女と同年代の男性が平日の昼間、商店街や住宅街をうろうろしていたら不審者だと思われるに違いない。

それでも、東京はまだいい。繁華街に出てしまえば、あらゆる世代の男女がいて、なんの職業だろうと詮索《せんさく》されることはないし、時間を潰せるところはいくらでもある。一千万都民の匿名《とくめい》の一人でいられる。地方出身者が東京を目指すのは、とにかく匿名になりたい、「誰それの娘が昨日あそこにいた」と名指しされることのない場所に行きたい、というのがいちばんの理由だろう。

晴れて匿名となったはずなのに、人間というのは矛盾した生き物である。歳を重ねるにつれ、匿名が楽しめなくなる。ひとかどの者になりたい、名指しされるようになりたい、知る人ぞ知る者になりたいと思うようになる。自分が砂浜の砂粒であることにヒリヒリした焦燥《しょうそう》を覚えるようになる。私だけのものが欲しい。私だけの私になりたい。そんな声にならない悲鳴が郵便受の中に、キッチンの薬缶《やかん》の湯気に、窒息しそうに充満していた歳月。

やがてそんな時期も過ぎた。

彼女はじっと闇の中で考える。

決心というのは不思議なものだ。

実は、もっと大層なものかと思っていた。自分の将来を決める。何かをすることを決める。何かをしないことを決める。熟考に熟考を重ね、苦悩ののち、ついにその瞬間が訪れるものと思っていた。

それが、こんなに簡単なことだったとは。

彼女は騙されたような気分になる。

私だけのものを手に入れるのが、こんなに大したことでなかったとは。なにしろ、これは究極の「私だけのもの」なのだ。

彼女は小さく鼻を鳴らしてみる。

上唇に、かすかに掛かる鼻息を確かめてみる。

Mも同じような心境なのだろうか?

彼女は闇の中で耳を澄ます。

むろん、隣の部屋で眠っているMの寝息までは聞こえない。いっとき、残業続きの頃にひどいいびきを掻いていたこともあったが、最近ではめったに聞かない。

Mは寝つきがいい。今この瞬間も、夢も見ずに眠っているだろう。こんな時でさえも。

彼女は歪んだ笑みを浮かべた。

むしろ、Mはさばさばした気分で眠っているかもしれない。

そう、Mはいったん決めたら迷わない。悩まない。後悔しない。

今度ばかりはMを見習おう。とにかくもう決めたのだから、これ以上考えなくて済む。もう決めなくて済む。

そのことだけが、安息だった。

あれこれ悩まなくていい。それはなんと心安らかなことなのだろう。

彼女は目を閉じた。

まぶたの裏に薄緑色の文字盤が浮かんだが、それはとろんと柔らかく、どうやら今度は眠りに落ちていけそうだった。

## 0

朝は強風で目覚めた。

山沿いの温泉宿は山おろしと並行するように建てられてはいるが、それでも激しい風に揺さぶられて、窓がガタガタと鳴り続けている。

チラチラと雪が舞う中、朝いちばんのバスに乗り込む。

路線バスであるが、途中で高速道路に入るので車内は長距離バスと同じ仕様である。通勤の時間帯なのだろう。途中からどんどん乗客が乗ってきて、席はほとんどいっぱいになった。

車内は静かで、暖房も効いているので誰もがうとうとしている。

私も眠気を感じていたけれど、車窓の景色から目を離すことができなかった。

田んぼの中の一本道をひた走るバスのフロントガラスの向こうに、奇妙に心惹かれる風景が広がっていたからだ。

私が子供の頃は、まだ映画館というと「盛り場にあるもの」というイメージで、観たい映画があっても連れていってもらえなかった。私は子供向けのアニメ映画には全く興味がなく、スパイアクションやサスペンスなど、大人と同じものを観たがったので今となっては無理もないと思うが、中学生になって友達と映画館で観るようになって、特に強い印象を受けたのがスティーヴン・スピルバーグ監督の『未知との遭遇』である。

この映画、よく知られているように原題は「第三種接近遭遇」（Close Encounters of the Third Kind）といい、地球外生命体との接触を指す用語である。ポスターも予告編も、全く何も見せずに、夜の田舎の一本道の先に山があり、その向こうが明るく光っている、という非常に思わせぶりなもので、当時徐々に映画館に導入されつつあったドルビーサラウンドシステムの印象的な音楽とあいまって、山の向こうが明るい、という場面が脳裏に強烈に焼き付けられてしまった。

それは三十年以上経っても変わらず、今目にしている風景も未だに『未知との遭遇』みたいだなと思うとわくわくしてきて、眠るのが惜しい。

バスの前方にはまっすぐ幹線道路が延びている。雪のせいで濡れて、アスファルトは真っ黒だ。その先、正面には山が見える。

空は真っ暗だ。雪雲がすぐそこまで垂れかかっているのに、山の向こうだけが妙に明るく、まるで向こう側に光源があるかのように白く輝いているのが不思議な美しさで見飽きない。あそこにはいったい何があるのだろう、見たこともない世界があるのだろうか、などといい歳をして考えてしまう。

古い友人と北関東の温泉宿に行ったものの、仕事があるのでと一人先にとんぼ返りしてきた。慌ただしい朝だったけれど、こんな景色をゆっくり眺められるのは得したような気分になる。

山の向こうの明るいところを眺めているうちに、少しうとうとしてきたのか、車窓の景色が溶けてきた。

いつのまにか、目下の懸案事項である小説について考え始めていたのだ。

# 0

小説家のみならず、人にはそれぞれ、生涯かけてやらなければならない宿題のようなものがある。いや、そこまで大袈裟《おおげさ》でなくとも、ずっとどこかに刺さったままになっている小さな棘《とげ》みたいなものがあるはずだ。

普段は放置したままになっているが、いいかげんにあれ、抜かなきゃ、と意識下で気にかかっているもの。

私にも幾つかそういうものがあって、その中のひとつでそろそろあれを書いておかなきゃ、と気にしているものがあったのだ。

とはいっても、そんなに遠大なテーマというわけではない。

発端は、まだ小説家としてデビューしたての頃に遡《さかのぼ》る。

当時の私は会社員との兼業で、フルタイムで会社に通いながら週末に原稿を書いていた。

自分にどんなものが書けるのかまだ分からず、テーマやジャンルを模索していた。

幾つかのアイデアを試してみていたが、どういう方向を目指せばよいのか見当もつかず、暗い湖にボートで漕ぎ出したみたいで、とても不安だった記憶がある。

今でもよく聞かれる、「いったいどういう時に小説の内容を思いつくのか」という質問がある。

正直言うと、こちらが教えてもらいたいくらいなのだが、実は未だに自分がどうやって話を作っているのかよく分からない。

ひとつ言えるのは、話のタネは一本一本異なっていて、毎回同じ方法で書けるわけではないということだ。

たまたま観た映画のラストシーンが納得いかなくて、「私ならこうする」と考えたことから作った話もあれば、昔読んだお気に入りの本の雰囲気を再現したくて書いたという話もあれば、街角で小耳に挟んだ台詞から膨らむこともある。

私の尊敬するミステリー作家で、現実に起きた不可解な事件を基に小説を書くという人を何人か知っているが、私はあまり現実に起きた事件をテーマにしたことはない。だから、スクラップ等もしていないし、たまに切り抜いておいたものも少しだけあるものの、後から自分で見直してみて「いったい何を考えていてこれをとっておいたんだろう?」と首をひねることもしばしばである。

だが、その記事を目にした瞬間のことは忘れない。

あの時のことは、身体の隅に今も鮮明に残っているのである。

# 0

それは、ごくごく短い記事だった。

新聞に載っていた場所も、いわゆる三面記事のところ。

年配の女性二人が、一緒に橋の上から飛び降りて自殺したという記事である。

その二人は赤の他人だったが、大学時代の友人どうしで一緒に住んでいたという。

名前は載っていなかった。

どうしてその記事が目に留まったのかは、今でもよく分からない。けれど、目に記事のほうから飛び込んできたという感じで、すごくショックを受けたのを覚えている。

まず、年配の女性どうしだというのにびっくりした。

私の記憶では、女性どうしの自殺というと、アイドル歌手の岡田有希子の後追いをした思春期の女の子のイメージが強かったのだ。

しかも二人は、赤の他人で、一緒に暮らしていたというのにも驚いた。

最近ではルームシェアも一般的になったが、若い人ならともかく、かなりの高齢の女性で、他人どうしで暮らしていたというのが当時の私には奇異に感じられたのである。

疑問は次々と湧いてきた。

二人に結婚の経験はあったのか？　どんな職に就いていたのか？　どういうタイミングで一緒に暮らすことになったのか？　どのくらい一緒にいたのか？　どこの出身だったのか？　家族はいなかったのか？

いったいどうして、一緒に死ぬという選択をしたのか？

とてもインパクトのある記事だったのに、切り取っておかなかったのを後で悔やむことになるが、ともあれ、この記事が私の「棘」になった。

その後もしばらくのあいだ新聞を注意して見ていたけれど、追加の記事はなく、それっきりだった。

0

それから数年が経ち、私は会社を辞めて専業作家になった。

他にもあった「宿題」のうち、幾つかは済ませたが、その「棘」はまだ手付かずだった。

折りに触れ、どこかに刺さっているのを感じたけれど、放置したままだった。

正直言って、まだ書ける気がしなかったというのもある。

それに、さまざまなジャンルの小説を書いてきたけれど、それがどういうジャンルの小説になるか分からなかったというのもある。

「棘」は「棘」で在り続けた。

ごくたまに、二人の後ろ姿が浮かぶことがあった。

ある日自宅を出て鍵を掛け、そのまま帰らなかった二人。もう戻らないことを決心して家を出る時の気分というのはどういうものなのだろう？

いったいどんな格好で出かけたのか。そういう時は、おめかしをするものなのか。それとも、身なりには構わないのか。化粧はしていたのか。アクセサリーは着けていたのか。

家の中は片付けてあったのだろうか。

遺書はあったのだろうか。あったとすれば、誰に宛てたものだろうか。中には何が書かれていたのだろうか。

そんなことが時々ひどく気になった。けれど、そこから先に進むことはできなかったし、できるとも思えなかったのだ。

# 1

子供の頃、お風呂上がりに扇風機の前で「あー」と叫んでみたことがない人はいないだろう。涼しくて気持ちいいのと、声が割れるのが面白いのとで、何度も弟たちと飽きずに繰り返していたものだ。

扇風機には首振りモードと静止モードがあって、いつも首振りモードに設定してあったけれど、あまりの暑さに静止モードにして、ずっと風を浴びていたら母親にひどく叱られた。

その叱り方が尋常でないので、どうしてこんなに怒るのだろうと思ったら、「扇風機は危ないのよ」と言われてきょとんとした覚えがある。

「危ない」とはどういう意味だろう。そりゃあ、カバーの隙間から指を突っ込んだりしたら危険だろうが、母親が言っているのはそういう意味ではないような気がする。

母親の言う「危ない」の意味を知ったのは、ずいぶん後になってからだ。

大人になってから、調べものをしていて、実際に扇風機を使って人を殺したと疑われる事件のことを知ったのだ。

扇風機の風をずっと当てたままでいると、体温と血圧が急激に下がって、心臓麻痺を起こす可能性が高まるのだという。早い話が低体温症に陥り、凍死と同じ状態になるらしい。

実際に事件性を疑われたのは、酔って眠り込んだ夫にずっと静止モードの扇風機の風を当てていたというもので、夫は元々心臓に疾患があり、直接的には心不全で死亡した。

妻の殺意が疑われたものの、妻は夫が酔って寝た際、暑いので自分で静止モードにしたのだろうと主張した。

結局、結論は出ず、起訴はされなかった。

この妻、うまいことやったなあ、と思う。たんまり保険金は下りただろうか？　こんな簡単な方法で殺せるなんて、ちょっとした盲点ではなかろうか。

それにしても、扇風機に当たっていただけで死んでしまうなんて。

母が血相を変えたのも、今となっては頷ける。身体の小さい子供がずっと扇風機に当たっていたら、たちまち体温が奪われるだろう。だけど、母はどうしてそのことを知っていたのか。誰か、知っている人で同じ目に遭った人でもいたのだろうか。

Tに聞いてみたことがある。

扇風機が危ないの、知ってる？

Tは、子供の頃のMみたいにきょとんとしていた。

危ないってどういう意味？

あたし、母親にさんざん叱られたわ。扇風機は首振りモードにしないと危ないって。

説明したら、Tは「へえー、知らなかった」と感心していた。

もしかしたら、割合ポピュラーな事故だったのかもしれない。原っぱに捨てられていた冷蔵庫に入って死んでしまう子供くらいに。

冷蔵庫に入ってはいけない、というのもよく言い聞かせられたものだ。小学校でも、「捨てられた冷蔵庫の中には入ってはいけません」というポスターが貼ってあって、透明になった冷蔵庫の中で苦しそうにしている子供の絵がやけにリアルなタッチで描かれていて、凄く怖かったのを覚えている。

どうして入ってはいけないんだろう？　一説によると、冷蔵庫は中からは開けられないと聞いたことがある。そんなことってあるのだろうか？　中から押せば簡単に開きそうな気がするけれど。確かに、酸素はあんまりなさそうだから、息苦しくはなるだろうけど、ドアが開かないというのは信じられない。

世界は危険でいっぱいだ。

何もしなくてもさまざまな危険で命を落とす可能性があるというのに、死ぬと決めた人間を救うことなどできるのだろうか。

そういえば、日本には古くから「心中」というジャンルがある。子供の頃は、訳が分からなかった。「心中」という言葉自体分からなかったし、それが一緒に死ぬことだと聞いて更に混乱した。

なんだってまた、一緒に死ぬ男女をもてはやすんだろう？　しかも、実際にあった事件が何本も芝居になっているし、それをみんなが何百年もの間喜んで観ているのだ。許されぬ恋を成就させるため？　だからって死んでもいいのだろうか。そんなことを文楽を観ながら考えた。

確かにお人形は凄惨《せいさん》なまでに美しく、その美しさに溜息が出たけれど、やはり今ひとつ納得はできなかった。

納得できないといえば、無理心中というのも分からない。残された子供が不憫《ふびん》だからと一家心中をするらしいが、これは日本特有のものという話も聞く。死ぬなら一人で死ねばいいのにと思う。

実は、知り合いに、ある日自宅に帰ったら、両親が縊死《いし》していたという人がいる。資産家だったのだが、知人の連帯保証人になり、その知人が逃げてしまったのだそうだ。両親の遺体を発見した時は高校生だったという彼女の気持ちを考えると言葉も出ないが、彼女が「殺さないでくれてありがとう」と言えるようになったのは、ずいぶん後になってからだったと言っていた。

いい加減、連帯保証人という制度はなんとかならないだろうか。昔の連座制よりもひどいし、あまりにも連帯保証人の負担が重過ぎる。

世界は危険でいっぱいだ。不条理な死が溢れている。

それでも——それでも、自分はTを手にかけることができるだろうか？

Mは考える。

Tがそう望んだら、自分はそうするだろうか。迷いながらも、きっとそうしてしまうのだろう。

じゃあ、扇風機を静止モードにしてちょうだい。

Tなら、あっさりとそう言うかもしれない。

あの、おっとりとしたお嬢さん然とした顔で。

Tは繊細で神経質なところもあるけれど、いざとなったらMよりもずっと度胸があるような気がする。

寝つきが悪いのを悩んでいて、Mがいつもすぐに熟睡できるのをつくづく羨《うらや》んでいるけれど、最後の最後に、先に深い眠りに落ちるのはTのような気がするのだ。

Mは想像する。

みぞおちのところで指を組んで眠りにつくT。さながら、白雪姫のよう。

Mは眠る彼女に扇風機を当てるのだ。まるで、スポットライトを当てるカメラマンのように。今ひとつ納得できないと、困ったような表情を浮かべながら。

0

驚いたことに、世の中は「本当にあった話」で溢れている。

感動の実話。本当にあった怖い話。私が体験した都市伝説。××××年に○○で実際に起きた事件を題材にしています。

新聞や、チラシをよく見てみるといい。広告やあらすじ紹介で、そう書かれているのを見ない日はない。

アメリカ映画を観に行く。映画館の暗がりで席に着き、二十分はあろうかという予告編をえんえんと見せられていると、まるでサブリミナルのごとく、二本に一本はオープニングに同じ一文を見かける。

「事実に基づく物語」。

むろん、それは限りなく広い意味でのことだ。

史上最高額の宝くじに当たった田舎のウエイトレス。それは「事実」だ。しかし、スクリーンに登場する彼女が八頭身で二十歳の無垢《むく》な美女であるところを見るに、

「実話に基づいている」のは職業だけだろうし、更にその美女が浮世離れした夢を追いかける冴えない青年と恋に落ちるのは、限りなく「実話」を拡大解釈したとみなすべきだろう。実際には、アメリカで高額な宝くじに当たった人は数年で使い果たす可能性が高いだけでなく、逆に借金まで背負っていたりするらしいので、彼女の「事実」もハッピーエンドに至ったことを天に祈るしかない。

いっぽうで、ビン・ラディン殺害までのリアル中継を側近と聞いているオバマ大統領の映像にはびっくりした。何気なく見ていて、てっきり再現ドラマだと思ったら、出ている大統領も側近も本人で、実際にその時その場で撮っていた映像だというのである。

襲撃作戦の様子が刻一刻と実況中継されているのは妙に現実感のない眺めだった。何にびっくりしたかといって、ドキュメンタリーのはずなのに、そっくりさんが出ているフィクションにしか見えなかったことだ。画面の外側で、専属のカメラマンがじっと撮影しているところを想像すると、不思議な気分になる。

思わず、番組の最後に例の一文を探している自分に気付く。

「事実に基づく物語」。

# 0

最近は契約書も交わすし、事前に脚本も見せてくれるので、そんなことはめったになくなったが、かつては小説のドラマ化というと、特にミステリーの二時間ドラマ化などは、いったいどこが原作なのだろうというほど、元の話と似ても似つかぬ内容になってしまう、というのがほとんど笑い話のようになっていた。

この場合、「原作に基づく物語」なのだが、こんなに変えてしまうのなら、なぜこれを原作に基づくとうたう必要があるのか、どうしてこれを原作にしようと思ったのか、理解に苦しむケースも多々あった。

要するに、欲しいのは設定だけなのだ。あとで「あの設定やトリックは、あの本のパクリではないか」と言われたくないがために、とりあえず原作ということで許可を取っておく、というのが本当のところではなかったか。

昨今は映画などでも、予算を通すためには原作があるのが条件だという話をよく聞く。原作であれ実話であれ、何かに「基づか」なければならないのは日本もアメリカも同様らしい。

それは、このところの若い読者（になってほしいと本や映画を造る側が思っている層）の傾向のせいもある。

小説を読まない、映画を観ない。その理由を聞くと、SNS等のつきあいに忙しいせいもあるが、決まってこういう返事がかえってくるのだそうだ。

それって、作り事でしょう。

つまり、作り事につきあうことなど時間の無駄だ、誰かが頭の中で考えた絵空事などなんの意味があるのか、と言っているわけである。逆に言えば、実際にあったこと、それは本当のことなんだから凄いのだ、すなわちリアルが偉いのである、と。

「事実に基づく物語」。

だから、たとえ二時間の映画の中の事実がヒロインの職業だけであっても、その一点がリアルということで、映画を観る理由が満たされるらしい。

そのことからは、声にならない彼らの怯えが浮かびあがる。

彼らは、それほどまでに、本や映画に向かう理由を欲しているのだ。本や映画に一定の時間を割《さ》くのは、それだけ孤独を強《し》いられるということでもある。それは、常に「リアル」な繋がりを感じていられる、SNS等の世間からいったん離脱しなければならないことを意味する。そこから離脱するだけの動機を保証してほしい。「リアル」な繋がりから、ほんの数時間だけでも離れたことを後悔するような失敗だけはしたくないのだ。

# 0

そんなふうに、「また事実に基づく物語」かよ、とあきれたりうんざりしたりしているくせに、正直なところ、私もそれを理由に本を手に取ったり、映画を観に行ったりしているのは認める。

確かに、「本当にあった話」だと聞くと、人はなぜか魅力を感じるのである。どうしてなのだろう。

事実は小説よりも奇なり、を現実で行くからか。実在していたと聞いて、親しみや共感を覚えるからなのか。

特に犯罪は、物語作家を誘蛾灯《ゆうがとう》のごとく引き寄せる。話題になるような凄惨な犯罪、いったいどうしてそんなことが起きたのかと考えずにいられないような犯罪は、古今東西フィクションの題材になってきたし、実際フィクションとしても傑作が多いのだ。

我らが隣人の犯罪。あるいは、自分が犯《おか》していたかもしれない犯罪。そこに共感と戦慄《せんりつ》を覚えるからだろうか。

その本も、かつて現実に起きた事件を下敷きにした作品だというので、夜寝る前になんとなく手に取った。

作者は私が尊敬しているイギリスの推理作家で、心理描写がうまく、読者に生々しい感情を喚起させることで定評がある実力派だ。

かつて新聞の三面記事で見た事件が気にかかり、いつかそれを基にした小説を書こうと思っていた私は、無意識のうちに他の作家がどのように現実の事件を小説化しているのか知りたいと考えていたのだろう。

尊敬している作家だし、どんな事件を題材に選んだのかも興味を感じた。

それは二〇〇枚ほどの中編であり、冒頭に、一九二四年十二月に、イギリス南部の養鶏場で起きた殺人事件を基にしているという断り書きがあった。

読み始めてみると、じわじわと悲劇に至る過程が異様な緊張感を醸《かも》し出《だ》しており、相変わらずのうまさで、ひと息に読み終える。

読者としてサスペンスを堪能したあとで、作者としても、いろいろ考えさせられた。まず作者として思ったのは、この事件はこの作品の長さにちょうどいい、ということだった。

題材になったのは、正直言って「ありふれた」殺人事件だった。俗に言う「痴情のもつれ」で、複雑なところは何ひとつ見当たらない。登場人物も少ないので、事件の規模としてもこの長さがベストだろう。

もう若くはなく、器量も優れない女が、年下の恋人に執拗《しつよう》に結婚を迫る。若い恋人ができて彼女を疎《うと》ましく思い始めた男は、家に押しかけてくる彼女に恐怖すら覚え、とうとう彼女を殺してしまう。見かけはそういう構図である。ただ、男は彼女が彼の家の梁《はり》に首を吊って自殺したと主張しているのだが、唯一この事件を特異にしているのは、男が彼女の遺体をバラバラにして、養鶏場の敷地に埋めていることだった。

そのことが捜査員や陪審員の心証を非常に悪くし、自殺というのは彼の嘘で、本当は彼が殺したとみなされ、結局絞首刑になっている。

次に、著者がこの事件を選んだ理由にも首肯《しゅこう》した。著者は作品の冒頭で、被害者にも事件の責任の一端がある場合、加害者はどこまで有罪で、被害者はどこまで無実なのだろうか、と述べている。

その理由は小説を読むと分かる。

死亡した女性はかなり思いこみが激しい気分屋で、職場でも家庭でも孤立していて、情緒不安定な人間として描かれている。結果、仕事も長続きせず、どこにも居場所が見出せず、結婚することに固執して恋人をどんどん追い詰めていくことになる。

家族や狭い共同体に潜む悪意をたびたびテーマにしてきた著者が、閉塞し緊張関係を高めていく一見平凡な男女の殺人を題材に選んだのは、「らしい」感じがしたのだ。

著者は、作品の最後に事件に対する自分の意見を述べているが、男性の主張通り女性は自殺したのだと考えているようだ。

私が引っかかったのは、どの部分が事実なのかというところである。

著者のメモによれば、男の供述調書、二人とつきあいのあった人々の証言などはそのまま使っているようなので、二人の性格、関係する事件などは事実に即して描写していると思われる。

が、この作品で重要な部分を占めるのは、互いに送った手紙である。

私たちは愛し合っているという妄想を相手に押し付け続ける女、関係を持ったこともないのに男の子供を妊娠したと妄想を募らせる女の手紙と、遠まわしに別れたいと告げている男の手紙との齟齬《そご》がサスペンスを盛り上げていくのだが、この手紙は本物を下敷きにしているのだろうか？　むろん、本物を下敷きにしていても、多少言い回しや文章は変えているだろうが。

最後のほうには電報も出てくる。地名も人名も実際のものを使っているというので、この電報は本物のように思える。だったら手紙は？

女性の奇矯《ききよう》さを読者にじわじわと伝えていく手紙の内容が、この作品の読みどころなのは間違いないだろう。それだけに、手紙が実際のものを使っているのかどうかが分からないと、作品に対する著者の手法、どこが腕の見せどころだったのかが不明なのだ。それが読み終わったあとも気になって仕方がない。

同時に、どこまで実物があったほうがいいのだろうか、というのも考えた。

関係者の書いた手紙や日記など、現物があるとそれを考慮しないわけにはいかない。もっとはっきり言うと、その内容に引きずられる。資料が多いのと少ないのと、どちらがよいのか。それもまた、実際に書く時に悩ましい問題であるのは確かである。

# 1

中学生の頃はアガサ・クリスティーを愛読していた。

エルキュール・ポアロよりはミス・マープルが好きで、『オリエント急行殺人事件』や『アクロイド殺し』など、トリックが有名で、オチが一言で説明できるようなものより、どちらかといえば後期の、地味な作品のほうが好みだった。

それというのも、前者のほうは先に読んだ兄に内容をばらされたり、友達が持っていた「ミステリー大事典」みたいな本でネタばらしをされてしまい、読む前からオチを知っていたせいもある。今なら大抵「これからミステリーの内容に触れます」などと断ってくれるのがマナーになっているけど、子供の頃に読んだ雑誌などでは、ばんばんダイジェスト版で推理小説の大事な部分を暴露していたような気がする。

クリスティーの後期のものが好みだったのは覚えているのだけれど、かといって内容をきちんと覚えているかといえば全然自信がない。一言でトリックを説明できないような作品ということは、全体のあらすじを説明するのが難しいということでもある。

時間ができたらもう一度ゆっくり後期の作品を読み返してみたいとずっと思っていたのだが、ずっと思っているだけで、結局果たせないような気がしている。

そんなことより、彼女が今ぼんやりと考えていたのは、クリスティーの『ゼロ時間へ』という作品のことなのだ。

実は、この作品も、どういう内容だったのかはおぼろげにしか覚えていないし、確かめてみようとも思わない。悩んでいるのは、「ゼロ時間」というのが何を指すのかということだ。

ゼロ時間、というのは犯行の瞬間のことではなかったか？　殺人の瞬間を起点として、そこをゼロとするのではなかったか。

それとも、殺人に至るまでの、殺人の動機を胸に抱き始めた瞬間のことを「ゼロ時間」と呼んでいたのだろうか。「思えば、事件はあの時から始まっていたのだった」式の、小説の書き出しのような瞬間のことを指すのだったか。

どちらかでずっと悩んでいる。

本棚のどこかに今もあの本はあるはずだから、立ち上がって本棚に手を伸ばせばいいのだが、ちっともそうしようとは思わない自分がいる。

別にどちらでも構わない。クリスティーがどっちの意味で使っていたのかもどうでもいい。

ただ、彼女にとっての「ゼロ時間」をいつにするかと考えた時、いくつかの候補はあったけれど、候補のひとつが初めてMに会った瞬間なのは間違いないだろう。

彼女は記憶をたどる。

春の大学の部室。いや、廊下だったか。それとも、たまり場のひとつであるラウンジであったか。

親しくなった人には、初対面の時のことがはっきり思い出せる人と、そうでない人がいる。

奇妙なことに、Mはその両方だった。彼女は当時、わりにとんがったファッションだったから、初めて目にする人にはかなりインパクトがあったし、のちにMのことを話題にすると、Mが誰か知らなくても、キャンパス内で見かけて「ああ、あの」と記憶している人は多かった。

けれど、Mの立ち姿ははっきり覚えていても、じゃあ最初に会ったのはいつだったかというと、ぼんやりとしていて思い出せないのだ。

Mとはいつしか学生生活の大半を一緒に過ごすようになっていたのに、初対面のことを思い出せないのは不思議である。

人が親しくなる過程にも、いろいろある。会って話し始めてすぐにうまが合うことを発見し、たちまち慣れ親しんだ存在になる場合と、そんなにうまが合うとは思えなかったのに、なぜかたびたび一緒になる機会が訪れ、じりじりと近付いていって、やがて重要な存在になるという場合と。

そして、Mの場合、やはり奇妙なことにその両方なのだった。

矛盾しているようだけれど、最初からうまが合った印象があるのに、それでいて遠巻きに少しずつ接近していったという記憶もあるのだ。

アガサ・クリスティーの『ゼロ時間へ』は、事件の始まりだったか、殺人の瞬間だったかに時間を遡っていくという構成だったような記憶がある。

しかし、社会人になり、中年になってくると、時系列というのにどんどん鈍《にぶ》くなっていく。記憶というのはまだらであり、濃淡があり、しかもかなりいい加減だ。

人によっては、やたらと前後関係を気にする人がいる。

彼女が前にこんなことがあって、と言うと、いや、あれはもっと前だ、あの出来事よりもあとだった、と細かく指摘する。

ああ、そうだったかもね、と生返事《なまへんじ》をしつつ、彼女は内心「どうだっていいじゃない」と思っている。

三日前の夕飯は思い出せなくても、学生時代の合宿のランチは思い出せたりするし、「やあ、久しぶり」と口にはしても、前に会ったのが果たして三年前だったか八年前だったかはもう分からない。中年以降になると、三年も八年も距離感としてはほとんど変わらないということなのだ。

時間は決して一直線ではないし、さらさら流れるものでもない。いびつな環を描いていたり、伸び縮みしたり、重なったり、断線していたりする。そのことを、年齢を重ねるにつれ、しみじみ実感させられる。

だから、「Mとのゼロ時間」と口にしてみても、初対面の瞬間そのものが揺れ動いているのに気付く。

Mのガラガラ声や笑い声だけが響き、Mの派手めのファッションが目に焼きついてはいても、「初めて会ったM」の存在は何重にも重なり、ぼやけて、しっかりした像を結んでくれないのだ。

ひょろっとしたのっぽのM。いつもはっきりした色の服を着ていたM。

ふと、机に載せたコンビーフの缶詰が目に浮かんだ。濃いグリーンを背景に、牛の絵を組み合わせた缶。

なんだろう、これ。

缶詰は、机の上の広げたノートの上に置かれている。鉛筆で書かれたたくさんの名前。バラバラな筆跡。汚い字も、やけに筆圧の強い字も並んでいる。

ノートのページが風にはためく。

「これ、載せとこう」

Mの声がした。

ノートを載せた机は、脚の長さが揃っていなくて、体重を掛けるとガタガタ音がする。表面は、ナイフで削った痕やたくさんの落書。

ああ、なるほど、この時か。

彼女は納得した。

二年生の時の、新入生勧誘。

長閑《のどか》な春の風。

彼女とMは、キャンパス内に長い机を出して、勧誘の受付をやっていた。ノートが名簿になっていて、入部希望者には、そこに名前と連絡先を書いてもらうことになっていたのだ。

人でごった返していた時間が過ぎ、なぜかぽつんと二人でいた時間があった。不思議に、周りには誰もいなかった。先輩も、同学年の連中もどこかに行ってしまっていて、二人で手持ち無沙汰に机の前に座っていた。

吹きさらしのキャンパスは、風が強かった。広げたノートのページがやたらとめくれて、机から払い落とされそうになるのに彼女が閉口していたら、Mがごそごそとカバンからコンビーフの缶詰を取り出し、ノートの上に載せたのである。

「なんでこんなの持ってるの」

彼女は苦笑した。

Mがコンビーフ好きなのはよく知っていた。玉ネギと醬油で炒めたのを、食パンにのっけたのをたびたびMの下宿でご馳走になっていたからだ。

「生協でまとめ買いした」

コンビーフの缶詰は、学生にとって決して安い食品ではなかったので、Mは生協でたまに安売りするのを見逃さなかった。

「来ないねえ、誰も」

「もう引き揚げてもいいんじゃない」

二人でだらしなく足を投げ出し、頰杖をついて、缶詰の下でぱたぱたとめくれそうになるノートのページを見下ろしていたのを覚えている。

なるほど、これがMとのゼロ時間か。

彼女は、あの時頰に感じた春風を思い浮かべる。

隣に座っていたMが、襟《えり》に着けた何かのピンバッジを気にして指先でいじっている横顔も。

当然、この時のことは本当の初対面ではない。出会って一年は過ぎているので、厳密にいうと決して「ゼロ時間」ではないはずだ。

しかし、この時が、Mとの起点であると彼女は思った。納得してすとんと腑に落ちたのだ。

あたしたちは、あの瞬間から始まっていたのだ。数十年に亘る、長いようで短い歳月は、あそこから。

# 0

今年は第一次世界大戦が勃発した年から数えてちょうど一〇〇周年で、世界各地でいろいろな記念イベントが行われているらしい。なにしろ、世界大戦という名前がついているのだ。近代戦争のグローバル化が実現したという意味で、人類にとって記念すべき第一回である。

ところが、最近、歴史学者のインタヴューを読んでいて驚いたことがある。

実は、なぜ第一次世界大戦が始まったのか、どうして世界大戦になってしまったのか、未だによく分かっていないというのだ。

しかし、それはおかしい。ほとんど綺麗さっぱり忘れてしまった受験生時代の世界史だが、それでもオーストリア皇太子夫妻がサラエボで暗殺されたのを契機として、一九一四年七月にオーストリアがセルビアに宣戦布告したのが始まりである、というのは覚えている。

試しに広辞苑を引いてみても、そう書いてある。三国同盟（ドイツ・オーストリア・イタリア）と三国協商（イギリス・フランス・ロシア）との対立関係が背後にある、とも。

授業でも、帝国主義の高まりがついに武力対立として表面化した、と教えられたような気がする。

だが、実際のところ、それではまったく説明がつかず、そもそも何が目的で戦争を始めたのかすらも分からないのだという。

歴史と伝統好きのヨーロッパ人のことだから、さぞかし隅々まで調べ上げ、きっと全貌《ぜんぼう》を把握しているのだろうと思っていたのだが、決してそんなことはないらしい。

むろん、今現実に起きていることを考えても、本当に「何が起きていたのか」を把握することは不可能である。結果として「起きたこと」や「あったこと」は記録できても、その理由や因果関係までは誰一人として分からない。人は自分の外側に出ることはできないから、結局自分の理解する範囲でしか物事を見られない。ましてや人間には感情があって、必ずしも合理的な行動を取らないことは証明されているし、他人の考えていることも決して理解できない。記録があっても、それを残したのは勝者と決まっているから、何か事件があっても「どうしてなのか」を知ることは無理だろう。数行の記述にまとめられた事典の内容だけでは、歴史の輪郭にすら触れられない。多くの記録が残っている第一次世界大戦も、例外ではないということだ。

それでも、第一次世界大戦の始まりについておぼろげに分かってきたのは、少なくとも、誰もが、この戦争が、かくも世界に拡大し、多大な犠牲者を出し、長期化するとは思っていなかったということだ。

国家というものが成立し、政治家が権力を維持するためには、民衆の支持が必要である。国内に政情不安や社会不安を抱えていると、権力者は民衆の目を逸らすために手っ取り早く外に敵を作る。それがいちばん簡単だし、仮想敵を作ると一致団結しやすい。その構図は現在も、全く同じである。為政者に対する国民の不満を大量に溜め込んでいる（と薄々自覚している）国の元首は、えてして激しくよその国を非難する。

植民地の陣取り合戦が激しくなり、民衆の力が増大するにつれ、為政者は人気取りをし、国民の不満を逸らすために、よその国を攻撃してみた、というのが本当のところではないか。

かつての戦争は、近代戦争とは全く異なっていた。出かけていって一太刀《ひとたち》浴びせるが、途中で休憩し、夜は引き揚げ、クリスマスには帰る。あくまでも俺たちは戦ってきた、ボコボコにしてやった、目にもの見せてやったんだぞと帰ってきて言えることが大事なのである。多少の誇張はあれど、実際の戦場を見ている者はほとんどいないのだから、それで適度なガス抜きになっていたのだろう。

よもや根こそぎ人命が失われ、ありとあらゆる科学技術が投入される、「効率のよい」戦争になるとは思わなかったのだ。

そう考えると、絶望的な気分にならざるを得ない。

世界の英知が百年に亘って研究を続けても輪郭すらつかめない第一次世界大戦。ならば、誰かが死を選んだ理由など、時を隔てた縁もゆかりもない人間に理解できるはずがないではないか。

（1）

白い服を着た大勢の女性たちを前に、私は完全に途方にくれていた。

いや、ありがたいことに、私の前の列には演出家とプロデューサーが並んで座っていて、直接私がどうこうしなければならないというわけではないのだが、それでもキャスティングに参加しなければならないというのは苦痛だった。

私は人に指示したり、その場を仕切ったりというのがたいそう苦手である。

だから、人に指示したりその場を仕切ったりするのが仕事の演出家やプロデューサーという人種を尊敬しつつも恐れている。


オーディションをします、という連絡があったのは数日前だった。

ぜひ観たいと言ったのは私だが、それではキャスティングを一緒に、と言われてすぐに後悔した。

意見を聞かせてくださいね、と念を押された時には電話を手にしつつも自分が逃げ腰になっているのが分かった。

本当に私の意見を聞きたいのかどうかは不明だ。後で文句を言われたくないから、一緒に決めたという言質《げんち》を取っておきたいだけかもしれない。

ともあれ、オーディションというのには興味があったから、地味な目立たない格好をして——というより、普段の仕事場の格好のままで出かけていった。

指定された場所は、オフィス街の外れにある、川べりの古いビルだった。

梅雨入りしたばかりの午後。

雨は降っていなかったが、雨の気配は濃厚に立ち込めている。

ターミナル駅を出ると、駅の周りのぺらぺらした電飾のような小さな繁華街はすぐに消え、車が行き交うだけのビル街になった。

通行人はほとんど見当たらず、倉庫街なのか建物の中にもあまり人の気配がない。

工場っぽい建物とフェンスのあいだに、枯れかけたカンナがだらりとフェンスにもたれかかっていた。

澱《よど》んだ水の臭いが道路沿いに足元から上がってくるので、近くに川があると知れた。梅雨明けしてもう少し暑くなったら、ひどい臭いになるだろう。

簡単な地図だったので、だんだん不安になってきた。こんなところで、本当にオーディションが開かれているのだろうか。

私はひび割れたアスファルトの隙間に生えている草や、ブロック塀に貼られた古いポスターを見た。住所の表示を探すが、この辺りは地下に電線が埋設されているのか、電信柱が見当たらない。

東京のど真ん中に、こんなに人口密度の低い場所があるなんて。

プロデューサーのKに電話をしようと思った瞬間、その本人が白っぽいビルの入口に立っているのが目に入った。

ホッとするのと同時に、違和感を覚える。

そこは、奇妙な場所だった。

てっきり劇場かスタジオのような場所なのかと思ったら、ただのビルなのだ。倉庫を改造してアトリエやスタジオにした、というのでもない。全く飾り気のない、八階建てのビル。入口も、ドアのないそっけないもので、入口の上に「河鹿ビル」という古い書体の消えかかった字が見えた。

なるほど、かつては河鹿《かじか》の声が聞こえたということか。

そこに立っていたKは、なんだか幽霊のように見えた。いや、幽霊というよりも、何かの宣伝で置いてある、等身大の紙の人形みたいだった。はりぼてっぽく、存在感がない。

誤解を与えないように言っておくと、K自身は存在感のない人間ではない。当たりが柔らかく穏やかな物腰で、常に影のようにそっと控えているが、一緒にいると、じわじわと周囲にしみこんでいくような一種独特な迫力のある人物だ。

Kが、白いシャツに白いパンツ姿だったせいもあるかもしれない。

真っ白だね、というと、Kは初めて気付いたように自分の格好を見下ろした。

ほんとだ、今日は白い格好で来るように、って指定したせいかもしれませんね。

Kは先に立ってビルの中に入ると、まっすぐ進んで、正面の窓のそばにある階段を下りていった。

これまた古い木のドアを開けると、そこは意外に広い空間だった。

がらんとして何もなく、壁も天井もあちこち剝がれかかって、ひび割れたような縞《しま》模様《もよう》ができている。

ビルとしては地下だが、川沿いに建っているので、そちらに面した壁には曇りガラスがあり、そこから鈍い光が射し込んでいた。

細長いテーブルが二台繫げて二列置いてあり、折り畳み椅子が並べてあった。

前の列には演出家のNが座っており、顔の前で両手の指を祈るようにからめている。

ああ、おつかれさまです。

Nは抑揚のない声で私を見て会釈した。

分かりにくかったでしょう、ここ。オーディションに来た人たちもみんな迷っちゃってね。まだ何人か着いてないけど、先に始めちゃいます。

ここ、何なんですか。

私はNの後ろのテーブルの椅子を引きつつ、高い天井を見上げた。地下という感じがしない。

染料の会社だったみたいですよ。ずいぶん前に廃業してるらしいけど。

来る途中の風景と同じく、廃墟のかさかさした雰囲気が漂っていたが、殺伐としてはいない。

ふと、私は自分がこの場所を美しいと思っていることに気がついた。

静かで、乾いていて、空っぽだけど、ひどく美しい。歳月そのものが降り積もり、むき出しになっている。ただそれだけなのに、その事実がとても美しい。

壁の高い部分に並んでいる窓から射し込む光も、効果的だった。子供の頃に読んだ児童文学に出てくる屋根裏部屋のようだ。

が、私の夢想はぞろぞろと入ってきた女たちの気配に搔き消された。

いったいどこに控え室があったのか、彼女たちはあとからあとから入ってきて、みるみるうちに女の園《その》が出来上がっていく。

不思議なもので、女という存在はいつも「現在」だ。たちまち、それまで感じていたノスタルジックな歳月は消え去り、「今」と「未来」だけが満ちみちていく。

誰も喋《しゃべ》っていないのに、彼女たちが珍しそうに部屋の中を見回す表情が雄弁で、賑やかな音楽を聴いているような心地になる。

あれ。

女たちに目をやって、私は思わずそう呟いていた。

それを聞き逃さず、Nが「なんですか」と前を向いたまま声を掛けてくる。

年齢、バラバラなんですね。設定は同学年の女性二人なのに。

責めたわけではない。ただの素朴な疑問だった。

そこには、広い年代の女たちがいた——二十歳そこそこの小娘から、七十代と思《おぼ》しき年輪を刻んだ女性。働き盛りのたくましい女や、ほっそりとして優雅な、何不自由ない奥様といった風情の女。

プロの女優も多いようだが、明らかにアマチュアっぽい女性も少なからず含まれているようだ。

そして、彼女たちは皆、上から下まで真っ白な衣装を身に着けていた。

それはなかなか壮観だった。白のワンピース、白のシャツ、白のブラウス、白のTシャツ。同じ白でもずいぶん風合いや明るさが違う。普段は汚れる、太って見えると敬遠している白を身にまとった女たちは、どこかうきうきしていた。

わざとそうしました。

Nはほんの少しだけ振り向いて、どこか挑戦的な口調で答えた。

そのわずかな横顔に、胸のどこかがヒヤリとさせられる。

0

「デッドエンド」という言葉を覚えたのはずいぶん昔のことだ。

小学校低学年か、もしかするとそれよりも前。

そのニュアンスは「ハッピーエンド」の逆という感じだった。今でいうと「バッドエンド」だろうか。

「デッドエンド」の本来の意味は、「行き止まり、袋小路」であり、そこから転じてそのような状況を指す。シドニー・キングスレーが一九三五年に発表した戯曲のタイトルでもあり、その内容からスラム街を指すこともあるらしい。

もっとも、最近では専《もっぱ》ら、ゲームのプレイ中に殺されてゲームオーバーになることをデッドエンドというようだ。

しかし、私の中では、悲惨な結末を迎える物語のことをずっと「デッドエンド」という言葉で認識していた。

そもそも、子供の頃に読んだお話はどれもが「めでたしめでたし」で終わるものばかりで、お話とはそういうものだと思っていたのだ。

それが、いったい何のお話だったろう。

読み始めたばかりの漫画かもしれないし、もしかすると、TVで放映されたサスペンス映画の結末だったかもしれない。

どちらにせよ、とても救いのない、衝撃的な結末を迎えるお話を続けて何度か体験したのだ。そのことが、私にはひどくショックだった。ハッピーエンドが当たり前だと思っていたのに、世の中にはこんな結末も存在しているのだということに。

中でも驚いたのは、ずっと感情移入をしていた主人公が最後に死んでしまうというストーリーだった。

今にして思えば、これこそ、文字通りの「デッドエンド」なのだが、私はもっと広い意味で、悲惨な結末の物語をそう呼んでいたし、今もそう呼んでいる。

考えてみると、これまで私は主人公が最後に死んでしまうという話をほとんど書いたことがない。重要な脇役が亡くなることはあったが、どちらかといえば私は登場人物をあまり「殺さない」ほうだと思う。

しかし、今書こうとしている小説は、最後に二人のヒロインが死んでしまうことが最初から決まっている。そのことが、書こうと思った動機なのだから、当然だ。

なのに、こうして筆を進めながらも、正直に言って、自分の中に主人公を死なせることへの抵抗があることに気がつく。それも、かなり強い抵抗があるのだ。

これはどうしたことだろう。もう結末は決まっているのに、どうやって二人を死なせるのかを考えると憂鬱《ゆううつ》になるのだ。

当たり前だが、小説を書く時に死は避けて通れない。

私見だが、「スプラッター」というジャンルは、高度成長期を経て、死が見えにくくなった社会に不安を覚えた人々が、死への恐怖を克服するために、死を消費してしまおうと生まれたものだと思う。死とは縁遠いはずの若い人たちが主に親しんでいるのも象徴的だ。隠されていて恐ろしく、誰にとっても未知のものである死を記号化して、馴染んでおきたいという願いが込められているのだ。

けれど、実際には、なかなか小説でも死は消費できない。記号にもできないし、正面から描くのも怖い。この強い抵抗とどうやって折り合いをつけていけばいいのだろう。

（1）

確かに、Nのやりたいことは理解できた。

私の書く物語に出てくるヒロイン二人は、若くはない同学年の女性二人という設定だ。

だけど、演じるにあたって、必ずしもその年代の女性でなくともいいだろうし、そのほうが寓話的な雰囲気になって面白いかもしれない。

昔読んだ漫画に、本当はおばあさんである登場人物を、幼女の姿で描いたものがあって、ありのままの姿で描くよりもずっといいと感心したことを思い出す。

特に、学生時代からの長いつきあいという二人なのだから、心は共に過ごした学生時代のまま、ということを象徴するのに、若い女性二人で演じるというのはありかもしれない。

ただ、あまりにも若いと、彼女たちにそれなりの演技力が必要とされるだろう。

演出家は前を向いたままでぼそぼそと呟いた。

四人でやってもいいいんじゃないかと思うんですよ。

私は、彼が何を言いたいのかをすぐに理解した。

若い世代と、年配の世代と、二人ずつってこと？

そうです。だけど、そのまんまだと単に娘役と老婆役になっちゃうんで、逆でやってみたらどうかなと。

逆というのは？

私は興味を覚えて身を乗り出した。

晩年の二人を若い世代が、若い頃のエピソードを年配の二人が演じるんですよ。

ああ、なるほど。

私はその場面を思い浮かべた。

開けた未来、バラ色の将来を信じて疑わない無邪気で傲慢な若い世代を落ち着いた人生経験のある女が演じ、苦く諦観《ていかん》に満ちた晩年を若い女が演じる。

時間というもの、年齢というもの、人生というものの残酷さが浮かび上がってきて、うまくやれば効果的かもしれない。

同時に四人を舞台に立たせれば、歳月の流れを表現できる。それぞれを絡ませて、人生を重層的に語らせられるかもしれない。

いろいろ演出のアイデアは浮かびそうだった。

が、そこで私は演出家の背中から離れ、椅子に深く座り直してしまった。

演じるのは二人だけだろう。

そんな予感がしたからだった。

舞台に上がるのは二人きり。

実際、彼女たちは人生でもそうだった。二人で暮らし、二人で過ごし、二人で人生から退場していった。

そこに誰かが入り込む余地などない。それがたとえ舞台の上で、演出上の効果であっても。

私が身体を離し、冷めた気持ちでいるのを感じたのか、演出家はちょっと訝《いぶか》しげにほんの少しだけ振り向いた。

わずかな横顔に、さっきとは違って不安そうな気配が見える。

が、それはほんの一瞬で、彼は再び前を見ると、ぱんぱんと大きく手を叩いた。

あちこちに拡散していた女たちの注意が、彼のところに集中する。

すみません、皆さん！　今日はよろしくお願いします。それでですね、まずは皆さん、談笑してください。

演出家は叫んだ。

みんなが顔を見合わせ、不思議そうな顔で演出家を見る。

演出家は大きく頷いてみせた。

はい、文字通り、「談笑」です。「ご歓談」ください。近くにいる方と、雑談して、おしゃべりしてください。なんでもいい。異業種交流のパーティに来たと思って、動き回ってもいいですから、おしゃべりしてください。いいですね。はじめ！

Nはもう一度ぱんと手を叩いた。

戸惑う者もいたが、ほとんどの者は言われたとおりに隣にいる女に声を掛け、おしゃべりを始めた。

たちまち、部屋の中は賑やかになる。

今度は、本物の賑やかさだ。笑い声、驚きの声、ひそひそ声。甲高《かんだか》い声もあれば、野太い声もあり、高さも色もまちまちである。

小鳥の巣みたい。あるいは、潮騒《しおさい》みたい。

私は椅子の背にもたれかかり、女たちの生み出す喧噪《けんそう》が波のように寄せてくるのをひたすら無防備に受け入れていた。

前の席では、演出家とプロデューサーが真剣に女たちの様子を見つめている。

背中がぴんと張り詰めているので、それがよく分かった。

プロである二人は、どんなところを見ているのだろう？

私は、思わずそう尋ねたくなるのをこらえた。

動き？　表情？　それとも声？

ダイナミックに動き回り、「遠征」している女もいるし、端っこでそっと佇《たたず》んでいる女もいる。

ふと、遠い昔、教育実習に行った時のことを思い出した。教壇に乗り、教卓を前にクラスを眺めると、本当に隅から隅まで、全員の様子がよく見えるのだ。かつて自分が高校生だった頃には、バレていないだろうと思っていた内職や居眠りなど、見ているほうが恥ずかしいくらいによく分かる。

あの時とは逆だな。

私はそう考えておかしくなった。

教壇の上にクラス全員が乗っかっていて、実習生のほうが教室の後ろにぽつんと座っている。

だが、こうして逆の立場になると、目に飛び込んでくる者とそうでない者がいる。

舞台の上から客席を見る時はまんべんなく視線を注げるが、舞台の下から舞台を見上げる時は、視線がどこか一点に集中するようになっているのだった。だから、視線が集まる者とそうでない者に分かれてしまうのである。

もしも私が選ぶとしたら。

そんな弱気な気分で白い衣服に埋もれた女たちの顔をぼんやりと眺める。声がうわんとひとかたまりになって、意味は聞き取れない。

風景でも眺めるようにじっとしているうちに、気になることがあった。

いろいろな顔が見える女がいる。

そう気がつくと、いつのまにか再び身を乗り出していた。

女には二種類いる。いや、ひょっとすると、女だけではないのかもしれないが。

それは、現在の年齢の顔しか持たない女と、かつての少女時代の面影がふっと過《よぎ》る女だった。その逆もある。まだ若いのに、将来の姿が中に埋もれているのが見える者もいる。

なぜだろう。

私は、そう感じた何人かの女性の表情を追った。

表情が豊かであるという理由だけではなさそうだった。表情に乏《とぼ》しくても、ふと昔の姿が鮮明に読み取れる女もいるのである。かと思うと、いかにもにこやかに表情をくるくる変えてみせても、のっぺりと同じ顔にしか見えない女もいた。

つまり、見ていて心が動く顔と、何も動かない顔があるのだ。

それはいったい、なぜだろう?

私は数人の顔を目で追いながら、じっと考えた。

目が引き寄せられる顔。過去も未来も含んでいる顔。それはいったいどんな細部からそう感じさせるのだろうか。

首の角度。目の輝き。口元の動き。

私は魅入られたように、女たちの顔を見つめていた。

# 1

真っ白なテーブルクロスの上に飾られた花。

Mはゼンマイ(山菜のほうだ)に似た形をした銀のカード立てに挟まれている、「新婦友人」という墨で書かれた鮮やかな文字を見つめている。

なるほど、世間から見れば、あたしはこの四文字にカテゴライズされているわけだ。

このテーブルに着いている、二十代前半と思しき同年代の女性たち。その共通項がこの四文字なのだ。

Mはさりげなく同じテーブルの女性たちを盗み見る。Tから話は聞いていたので、大体誰かは分かるけれど、直接知っているのは一人もいない。

彼女たちは、誰もが口角を上げ穏やかな笑みを浮かべ、いかにも祝福しているという風情を醸し出している。

よそゆきのスーツにワンピース。ひとすじの乱れもなく、結い上げられた髪。

一人一人のあいだに見えない壁がある。

親友の友人たち。なぜ彼女たちと同席していることが、こうも居心地が悪いのだろう。

Mはぼんやりとその理由を考える。

友達の友達は友達だ。そう考えられる人もいるのは知っているが、実際のところ、なかなか難しい。ここに座っているのは、Tの話によると、高校時代の友人、おさななじみ、会社で世話になった先輩など、Tにとって重要かつ異なる親しさを持った女たちである。

自分のことを振り返ってみても、それぞれに見せる顔は微妙に違ってくるはずだ。それらは完全に重なることはない。

誰が最も彼女と近しいか、奇妙なライバル心も湧く。まるで姫の寵愛《ちょうあい》を競う家臣のようだな、とMはなんとなくおかしくなった。

これがクラスメイトや同僚など、もう少しパブリックの割合が多い面子《メンツ》であれば、ここまで居心地は悪くなかったはずだ。そういうつきあいであれば、Tに対するイメージは共有されていて、Tについての最大公約数が出来上がっている。

しかし、ここまで個人的に彼女と親しいグループともなれば、それぞれが「私だけのT」を持っている。今もひな壇の上のTを、それぞれのイメージで見つめている。そのイメージのずれが、テーブルの上でぶつかりあい、ハウリングを起こしているようで気持ちが悪いのだ。

誰かのスピーチが終わり、女たちは心のこもった拍手をする。

聞いていなかったスピーチ、新郎が世話になった誰かのスピーチ。

Mは不思議な心地でひな壇の上にいるTをぼんやり眺める。

つがいになってしまったT。隣にいる真面目そうな男と組になってしまったT。神妙に、しかも愛らしい様子で新郎の上司の話を聞いているT。それはMの知らなかったTだ。社会の構成員としての、社会の一単位としてのT。

なんだか、とても遠くにいるように見えた。

Tはしっとりとした女らしい雰囲気があるし、見た目も愛らしい。硬派でバンカラなイメージのある大学で、男まさりの女子学生ばかりの中でも、Tはマイペースでお嬢さんぽい雰囲気を崩すことはなかった。当然、男子学生からも非常に人気があった。だから、早く結婚するだろうなとは思っていたが、それでもやはり、最初に結婚すると打ち明けられた時は驚いた。

それは、単純かつ純粋な驚きだった。

Tとは学生時代のほとんどを一緒に過ごし、互いに就職してからも月に一度は会っていた。社内でつきあっている人がいるとは聞かされていたけれど、こうもTがあっさりと「人生を始めて」しまったことへの驚きがあった。

Mにしてみれば、小さな貿易会社に就職して、ようやく「人生」というもののスタートラインについたばかりで、まだ「人生」が始まってもいないという認識だったのに、大手有名家電メーカーに就職して三年も経たずに家庭に入ることを決心したTは、なんと度胸があるのだろう、という感嘆がほとんどだったような気がする。

こんなふうにして、誰もが「人生」に搦《から》め捕《と》られていくのだな。

Mはそんなことを思った。

この先、自分は「学生時代の友人」というポジションでTの人生に関わっていくことになるのだ。「新婦友人」とカテゴライズされたまま、ずっとこのテーブルに座り続けることになるのだ、と。

しかし、そうはならないことを、今のMは知らない。

長い年月の先に何が待っているのかを、今のMは知らない。


Mのスピーチの出番はまだ先だった。「新婦友人」側としては、三番目のエントリーである。

しかし、新郎側のスピーチはまだまだ続きそうだ。

Mはぼんやりと天井を見上げた。

東京でも一、二を争う高級ホテル。天井が高く、きらびやかなシャンデリアが豪奢《ごうしゃ》な光を放っている。新郎側の席は、重いスーツ姿で埋まっていた。年寄りと偉い人が多く、年寄りと偉い人の話は長い。

呪文のようなボソボソという声が聞こえてきて眠くなる。これ、本当に経文だったりして。

ふと、Mは何かがひらひらと舞い降りてきたのを見た。

なんだろう、あれは？

Mはじっと目を凝《こ》らした。

白く、ふわふわしたものが落ちてくる。

雪？　まさかね。

ひどくゆっくりと、左右に揺れながら、照明の中を落ちてくるもの。

それは、白い羽根だった。

鳥の羽根のようだ。あんまり大きくない、人差し指ほどの小さな羽根。

すっと宙を横切り、音もなく、紫色のじゅうたんの上に着地した。

なんの羽根だろう。

Mは身体をかがめて、その羽根を見つめた。

と、何かの気配を感じてMは再び天井を見上げた。


白く輝く天井。

大量の白い羽根が降ってくる。


Mは驚きのあまり目をみはった。

すごい、こんなに沢山。どこから降ってくるのだろう。結婚式の余興だろうか？

シャンデリアの光と混じりあい、きらきらと縁を輝かせながら、大量の羽根が降ってくる。

しかし、奇妙なことに、誰もそのことに気付かないようだった。

Mはきょろきょろと周囲を見回した。

同じテーブルの女たちは、慈愛に満ちた笑みを浮かべてひな壇の上を見つめたまま。

隣のテーブルも、他のテーブルも、誰もが降り注ぐ羽根を無視して、ひな壇のほうを見ている。

女たちの髪を、ネックレスを、ワンピースの肩を、白い羽根が覆い隠してゆく。

何かジョークでも言ったのか、どっと笑い声が上がり、拍手が巻き起こるが、誰も羽根には目を向けない。

どうして。

Mはのろのろと天井を見上げた。大量の白い羽根で、もはや天井もステージも何も見えない。司会者の姿も、Tの隣の新郎も、吹雪のような羽根に掻き消されて見えなくなってしまった。

テーブルに、床に、白い羽根が降り積もる。

活《い》けられていた花の上に、肉の皿の上に、音もなく羽根が積もっていく。

世界が白く欠けてゆく——世界の色彩が欠けてゆく。

Mは、髪に降りかかる羽根を必死に払いのけるが、払っても払っても羽根は降ってくる。

いつしか、「新婦友人」のカード立てまで見えなくなってしまった。

ホワイトアウト。

Mはのろのろと立ち上がる。このままでは、羽根に埋もれて窒息してしまう。みんな気がつかないの？

Mはひな壇に目をやる。新郎は見えないけれど、Tのところだけがぽっかりと開けて、にこやかに隣の新郎と話をしているのが分かった。

Tはふと、視線を感じたらしく、こちらを見た。

何か言いたそうに口を開いたような気がしたが、それはほんの一瞬で、次の瞬間には、あっというまに羽根に掻き消されていた。

1

Tもまた、壇上で「新婦友人」の席に座る女たちのことを考えていた。

あそこに座っている、親しい女たち。Tには、そこだけスポットライトが当たっているみたいに浮き上がって見える。

それぞれが別の場所で別の時間を過ごした、Tにとってはとても大事な女たちだ。なのに、女たちどうしには接点がない。こんな機会でもなければ、彼女たちが一堂に会することがないのだと思うと不思議な気がした。まるで、自分のこれまでの人生を集めて俯瞰《ふかん》しているようだった。

子供時代と高校時代と学生時代が、あそこに集まっている。

次に彼女たちが集まるのはあたしのお葬式の時なんだわ。

そう考えると、ますます不思議だった。

Mがもじもじして、少し居心地が悪そうにしているのが分かった。

Mは社交的なようでいて、意外に人見知りなところがある。もしこれが仕事での場だったら、自分から話しかけ、たちまち自分の世界に引き込んでしまうのだろうが、プライベートのつきあいとなると、結構臆病なのだ。

結婚のことを打ち明けた時の、Mの驚いた顔が目に浮かんだ。そうは口にしなかったが、「早すぎる」と思っているのは間違いなかった。

あたしはMとは違う。落ち着きたかったの。

Tはそう壇上からMに話しかけた。

せっかくいい大学を出て、大手企業に勤めたのに、こんなに早く辞めるなんてもったいない。そう他の友達にも言われた。

だけど、あたしはちっとも惜しくなかった。バリバリ働く気なんてなかったし、実際のところ、この会社に就職できたのは親戚のコネである。でなければ、四大卒で、事務職で採ってくれるところなんてまれだ。だから、コネなのは周囲にバレバレだし、目立たないようにしているのがたいへんだった。

高卒や短大卒の女の子に交じって仕事をする居心地の悪さは、Mには想像できないだろう。新人なのに、自分が年寄りのように感じられ、時としてみじめだった。世間は、女を歳でしか見ない。もちろん、若ければ若いほど価値があるのだ。ロッカールームで十八の女の子と並んで同じ事務服に着替えながら、早く辞めたくて仕方がなかった。

成績がよかったので先生に薦められて四大に行ったけれど、高校の進学率の実績に貢献することなど考えずに、本当は女子大か短大にしておけばよかったと何度思ったことか。

あたしは冒険など求めない。早く自分の巣を作り、落ち着きたい。普通の暮らしがしたい。それだけがあたしの望みだ。

あたしは家庭的だ。子供の頃からそう感じていた。家事も好きだったし、結婚向きだ。しかも、結婚相手に夢など持たない。安心させてくれる、堅実な相手が一番。

彼はその条件にぴったりだった。落ち着くべきところに落ち着いた。そんな気がした。これからあたしは、子供の頃からずっと思い描いてきた、平凡で当たり前の、普通の人生を送るのだ。

Tはひな壇の上で、これからの自分の人生をも俯瞰したように感じていた。

しかし、Tの予想は当たらなかった。

平凡なはずの人生が、非凡な幕切れを迎えることを、彼女は知らなかった。

Tも、天井から舞い降りる白い羽根を見た。

次々と降ってくる、真っ白な羽根。

こんな趣向はなかったはずだけど。何かサプライズで、新郎側の友人が企画したのだろうか。

音もなく降り注ぐ羽根は、美しかったが、どこか不吉でもあった。

祝福？　それとも鎮魂だろうか。

Tは無表情に羽根を見ていた。

まあ、結婚は人生の墓場だという説もあるし、祝福と鎮魂は紙一重《かみひとえ》なのだろう。

奇妙なことに、誰も降り注ぐ羽根には気付いていないみたいだった。こんな、破れた羽根布団みたいに大量の羽根が落ちてきているのに、歓声ひとつ上がらないし、つまらないスピーチはえんえんと続いている。

大丈夫かしら、部長はアレルギー持ちなのに。こんな羽根がいっぱい落ちてきたら喘息《ぜんそく》の発作でも起こしかねない。

Tはそんなことを考えながら、ぼんやりと照明に光る羽根を見上げていた。

月並みな連想だが、これはあたしが失った羽根だろうか？　無垢な時代の象徴だったとでもいうのか？　そもそもあたしがこんな羽根を持っていたかどうかも疑問だが。

Tは小さくくしゃみをした。

それとも、これはよその誰かの羽根だろうか。この披露宴を埋める客たちが失った羽根なのだろうか。

それにしても、ものすごい量だ。

これだけの羽根を失ったら、どれほどの鳥が墜落したことだろう。どれほどの天使が、天国から追放されたことだろう。

ふと、「新婦友人」の席に目をやると、Mと目が合った。

その不思議そうな目を見て、彼女にもこの降り注ぐ羽根が見えているのだと気付く。

いったいなんなのかしらね？

Tはそんなニュアンスを込めてMに笑いかけたが、その笑みもMも、ぼたん雪のような羽根に掻き消されて見えなくなってしまった。

# 0

恵比寿の東京都写真美術館に行った。

現在の展示を最後に、大規模な改装工事に入るのだという。散歩がてら月に一度くらい訪れていたのだが、しばらく見られなくなるのなら、と慌てて訪れたのだ。

目当てにしていた展覧会がとてもよかったので満足し、余《よ》韻《いん》に浸るついでに他の展示も覗いてみることにした。ここでは、常に複数の展示が行われている。

カメラメーカーが主催する、新人公募展を見ることにした。

千人余りの応募者の中から、優秀賞が五人、佳作が二十人選ばれている。展示期間中にもう一度審査があり、優秀賞の中からグランプリが選ばれるのだそうだ。

会場は若い人で溢れていた。応募した人もこの中に含まれているのだろうか。

どれもそれなりに見ごたえがあったが、やがてひとつの作品の前で足が止まってしまった。

それは、スライドショーのように、沢山の写真が連続して映し出されていく作品だった。

繁華街の雑踏の中を歩く若い女性の顔をえんえんと捉えたものである。

一見、何気ない作品であるが、解説を見て驚いた。

スライドの中に映し出されている女性の顔は、複数の女性の顔を合成したもので、架空の人物だというのである。

その女性には名前が付けられていたが、それはその年代に最も多い名字と名前から取ったものとのこと。

確かに、次々と切り替わる写真を見ていると、一人の女性をカメラで追っているように見えるのだが、ワンショット毎《ごと》に少しずつ顔が変わっていく。髪型とファッションは同じなのに、顔はいつのまにか全くの別人になっているのだ。

ほんの少し目を離した隙に、すりかわっている顔。

しかも、合成した顔というのは、どこか不自然で微妙に歪んでいて、見つめているとすごく不安になってくる。

何か間違ったものを目にしているような——とても気味の悪いものを目撃しているような不安。

だんだん怖くなってきて、落ち着かなくなる。日常生活に紛れこんでいる異物を盗み見ているような、後ろめたさが込み上げてくる。人間に化けたエイリアンは、こんな顔をしているのではないかという気がする。

しかし、気味の悪いものというのは、一方で妙に惹きつけられるものでもある。

不安を感じ、ざわざわするものを感じながらも、私はそこから離れられずにいた。

若い女性の最大公約数である顔。どこかで見たことがある、しかし見知らぬ顔。

いつしか、私は二人の女の顔について考えていた。

小説に書こうとしている二人の女。

大昔に新聞で見た「彼女たち」。

二人は、どんな顔をしていたのだろうか。

むろん、写真などないし、名前も分からない。

思い浮かべようとしても、顔のところは鉛筆でぐちゃぐちゃと塗りつぶした黒い線のかたまりが見えるだけだ。

これまでも、登場人物の顔についてあまり考えたことがなかったと気付く。

はっきり「こんな顔」とイメージがある時もあるが、ほとんどは具体的な顔のイメージを持たなかったように思う。

だが、今回の二人は、現実に存在していた人間なのだ。肉体を持ち、名前を持ち、顔を持っていた二人なのだ。

ふと、移り変わるスライド写真を見ているうちに、「彼女たち」もこういう顔なのかもしれない、と思った。

「彼女たち」には顔があって、顔がない。その場その場で顔が変わり、見る者によっても違う顔に見える。「彼女たち」の姿は一定ではない。それはぐにゃぐにゃとした不定形のイメージであって、誰かが見ない限り存在しない。

「彼女たち」に限らず、現実の認識とはこういうものなのかもしれない。雑踏ですれ違う一人一人の顔など、誰が覚えているだろう。不特定多数の集合体としてしか、人の顔を認識していない。思い出せと言われても思い出せないし、面通しをされたとしても、特定の人物を指摘できそうにない。

知っている人物でさえ、顔の細部を思い出そうとするとたちまち不安になる。

顔にほくろはあっただろうか？　一重まぶただっただろうか？　笑顔はどんなだっただろうか？　眉毛の形は？

「彼女たち」の顔を思い浮かべようとすると、学生時代に親しかった友人たちの顔が出てきてしまう。

かつて、濃厚にほとんどの時間を一緒に過ごした友人たち。今は疎遠になってしまったけれど、あの時代とセットになっている顔。もう何年も会っていない。年賀状だけのやりとりになってしまった。

ふと、結婚式の場面が目に浮かんだ。

披露宴で、「新婦友人」の席に座っている女。

その時、「彼女たち」のどちらかは、結婚の経験があったはずだ、と直感した。むろん、そんな事実が現実にあったかどうかは知らない。けれど、どちらかは結婚したことがあり、それが早いうちになんらかの形で破局したのではないかという気がした。

そして、もう一人は、ずっと未婚だった。大学を出てから一貫して自立して仕事を続けていた。

そんなプロフィールが頭に浮かんだ。

二人ともずっと未婚だったら、歳を取ってから一緒に暮らすという選択肢は思いつかなかったように思う。あまりにも一人の生活に慣れてしまっていると、他人と暮らすのは億劫《おっくう》になるし、互いに慎重になる。誰かのテリトリーに入るのに気後れするし、自分も放っておいてもらいたいと思う。もはや他人のルールに自分を合わせようなどと考えなくなる。どちらかに共同生活の経験があってこそ、一緒に暮らすという選択肢が生まれたのではないか。

結婚の経験があるほうは、もう結婚はしたくないけれども、共同生活の楽しさも記憶にある。もしかすると、実家に戻っていたのだが、そちらにいられなくなるような事情があったのかもしれない。

未婚だったほうは、相手が共同生活の経験者だったということで、安心する。共同生活への敷居が下がる。

そして、恐らく二人とも、一人でいることに倦《う》んでいた。

きっかけは何だろう。同窓会か何かで再会したのか。それとも、片方の結婚の破局と同時にまた連絡を取り合うようになったのか。離婚した女性は、えてして未婚の友人に連絡をしてくるものだ。

淋しさと懐かしさが二人を結びつける。もしかすると、経済的な理由もあるかもしれない。シェアハウスのほとんどの理由は経済的なものだ。

親しかった友人であれば、結婚式には行っただろう。式に出ていた二人は、まさか将来自分たちが一緒に暮らすことになろうなどと予想していなかったはずだ。

これまでに出た幾つもの式が目に浮かぶ。盛大な式、変わった式、陰気な式、感動的な式。

セレモニーというのはどれも似ている。冠婚葬祭とひとくくりにされるように、祝福と鎮魂は結局のところ同じものだ。人生という旅の停車駅のひとつ。知り合いどうしが集まって、言葉を掛け合う。過去が一堂に会して、ひととき交錯する。

「彼女たち」が出た式はどんなものだったろう?

私はじっとその場に立ち尽くしていた。

目の前の大きなスクリーンで、刻一刻と変化していく若い女の顔を見つめながら。

（1）

あのシーンは再現したいんだよね。

演出家のNは、がらんとしたその場所でこちらを振り向きながら言った。

私はハッとした。

気がつくと、あれだけ大勢いた女たちはいつのまにかすっかり姿を消していて、魔法が解けたような空間でスタッフがごそごそ動き回っていた。

いつオーディションが終わったのだろう。結果はどうなったのだろう。誰が残ったのだろう。

あのシーンというと。

私は平静を装いながら尋ねる。

ほら、結婚式で羽根が降ってくるところ。あれは舞台でやりたい。

ああ、と私は頷いた。あそこですね。

本物の羽根を降らせるんですか？

そう口を挟んだのはプロデューサーのKである。

うん。あるいは、結婚式のシーンだけでなく、最初からずっと羽根が降っていてもいいいね。はじめのうちはふわっ、ふわっ、と一枚か二枚、時々思い出したように落ちてくる。そのうち徐々に羽根の降る間隔が狭くなっていき、量も増えてくる。それで、結婚式のシーンはたくさん降る。

結婚式のシーンがクライマックスってことですか？

Kはその場面を想像するように宙に目をやりながら尋ねた。

そういうことになるかもしれない。

Nが曖昧に答えると、Kは腕組みをして、前後に首を振った。

前にも本物の羽毛使ったことあるんですが、あれ、結構後始末が大変なんですよ。とっても軽くて、回収するのが意外に難しい。しかも、羽毛のかけらって、ものすごく小さい塵《ちり》みたいなのがずっと空中に漂ってるんですよ。アレルギー反応を起こした役者が何人かいましてね。喘息になっちゃったのもいた。本物というのは、どうもね。

Kは難しい表情で、語尾を飲み込んだ。

人工の羽根は？　化繊で作ったのならいいのかな。

Nは食い下がる。

紙吹雪じゃダメですかね。

Ｋは逆に聞き返す。

紙吹雪じゃダメなんだよ。羽根が降っている、というところを見せたいわけだし。原作にも忠実に、ね。

Ｎは「原作にも忠実に、ね」のところで再び私の方を振り向いた。

はあ、と曖昧に頷いてみる。

うん、結婚式のシーンをラストに持ってきたっていいよね。原作も時系列になってないし、バラバラにしたほうが面白いかもしれない。

最後だったら、たくさん降らせてもいいかな。途中だと、いったん片付けないといけないかもしれない。

二人の会話は続いている。

羽根の降る場面。

私はそこを書いた時のことを思い出し、ややもやした心地になった。

あれは引用だった――いや、憧れ、とでも言おうか。

小説家で、映像に憧れている者は少なくない。私の知り合いでも、本来は映像作家を目指していたが、自分の思うような映像が実現できそうにないので小説家になったという人を何人か知っている。

　しかし、「映像化不可能」なものを最小のコストで描くことができたとしても、翻訳という高いハードルを越えなければならない小説に比べると、世界でダイレクトに通じる音楽家や映像作家がどんなに羨ましいことか。

　かくいう私も、素晴らしい映画――それも、ストーリーや台詞の面白いものではなく、「絵」にすべてを語らせている映画を観ると、ああいう小説を書いてみたいと思う。あそこのあの絵が、あのカットがよかった、あの構図が、色彩が、あの場面が目に焼きついている、と語りあえるような小説を。

　私が結婚式の場面で密《ひそ》かにイメージしていたのは、数年前に観た映画のワンシーンだった。本筋とは全く関係ない、登場人物が見た夢の中の場面。

　登場人物とその同性の恋人は、アンティークショップなのか、個人の蒐集室《しゅうしゅうしつ》なのかは分からないが、奇妙な「陶磁器の間」みたいなところにいる。二人は棚を倒し、陶磁器を放り投げる。大量の青磁の皿や白磁のポットが宙を舞い、二人に降り注ぎ、床に落ちて砕け散る、というのをスローモーションで見せるのだ。

　暴力的、破壊的なシーンではあるものの、とても美しく印象的なシーンであり、予告編でもこの場面が使われていた。しかも、降り注ぐ皿を見上げる二人の表情は奇妙な多幸感に溢れており、この映画を観た者どうしが「あのシーン」と頷きあえるようなカットなのだ。

いいなあ、と思った。

短いショットではあるが、相当な手間の掛かったシーンだったと思われる。が、それは素晴らしい効果を上げていた。大量の陶磁器が宙に浮き、次々に砕け散る、ただそれだけで、観客にも多幸感と興奮を共有させられることが羨ましかった。

ならば私も降らせたい。ビジュアルでは降らせることのできない、見えるはずのないものを、小説の中で。

というわけで、できあがったのがあの結婚式のシーンというわけだ。

なんだろう、この後ろめたさは。

私は羽根をどうするか、どう降らせるかで相談をし続ける二人を見ながら、ひっそりとその感情を嚙みしめていた。高級レストランに行く時間とお金がなくて、苦しまぎれに冷蔵庫にあったもので拵《こしら》えた料理をレストランのメニューに入れることになった、みたいなものだろうか。

可視化できないことへの悔しさから見えないはずのものを書いたのに、まさかそれが具体化されてしまうとは。

私はもぞもぞした。

前で喋っている二人の向こう側に広がる、白っぽい、ざらざらした空間が目に入る。

何もないのに、なんにでもなれる、なんでも入れられる場所。

そうやって考えてみると、舞台というのは不思議なメディアだ。映像化が可視化だとすると、舞台化は表象化とでもいうのか。確かに具体的ではあるが、決して「見える」ようになったわけではないのだ。

ふと、プロデューサーのKのシャツの袖と身ごろを繋ぐところがほつれているのに気付いた。

腕組みをしているので、脇の部分が引っ張られて、白い糸が見えている。シャツの隙間からランニングシャツらしきものが覗いていた。

取れかかっているというような段階ではなく、ほんの少しだけだ。小指の先ほどもない、小さな緩んだ円を描いて、隙間が開いている。

何かいけないものを見てしまったような気がした。白いシャツなので、ちょっと見には気付かないはずだ。シャツを着ている本人からは見えないところのため、Kも気付いていないようである。

知らないうちに服にシミが付いていたり、ボタンが取れてしまっていたり、色が落ちていたり。よくあること、ありふれたことだ。

だが、私はそのほつれから目が離せなかった。

誰も気付かない、私だけが気付いている、小さな歪んだ穴。

私は動揺し、居心地が悪かった。

演出について話をする二人の後ろで、一人でじっとシャツのほつれについて考え続けているのだった。

0

登場人物にモデルはいますか、と聞かれることがある。

私の場合、ほとんどがノーだ。たまに、知り合いの癖や身体的特徴の一部を借りたりすることはあるけれど、それもほんの少しで、誰かを丸ごとモデルにしたことは一度もない。そもそも、実在する誰かをそのまま具体的に描写することなど、気持ちが悪くてできない。

自分を投影しているわけでもない。

何を書いても主人公はいつも作者の分身、というタイプの書き手もいるが、私はそれもまた気持ちが悪くてできない。

いちばん正確だと思われるのは、登場人物はすべて架空のものだが、どの登場人物にも必ず私の一部が入っている、という説明だ。

自分の知っている一部分を膨らませて、書く。主要な人物が決まったら、あとは彼らとの関係性で、友達とか仕事仲間とか、他の登場人物は主人公を書いているうちに「出てくる」。

だから、今回の小説は初めてのモデル小説であり、実在の人物が出てくる小説ということになる。

しかし、顔も名前も知らない人物をして「モデルだ」というのも奇妙な話である。今、私の頭の中に二人の漠然としたイメージはあるが、名前を付けようと思ったことはない。私はこの二人をイニシアルで呼ぼうと思う。

イニシアルというのは不思議だ。匿名性は高いはずなのに、妙な存在感がある。新聞の記事や週刊誌などでよく「(仮名)」というのを見かけるが、いつもどうやってあの名前を付けているのだろうと気になる。人は偽名や仮名を名乗る時、本名とイニシアルは同じにしておくことが多いというが、ひょっとして同じイニシアルで別の名前が本名なのではないか、といろいろ想像してしまうのである。しかも、「(仮名)」が珍しい名前だったりすると、どうしてこんな珍しい名前を「(仮名)」に設定したのだろう、何か本名と関係があるのだろうか、とそのことばかりが気になったりする。

それに比べて、イニシアルはすんなり読める。

「仮にこの人をKさんとしよう」

この一文さえあれば、スッと話に入っていけるのである。

Kという一文字の記号であり、本当のイニシアルはMさんでもAさんでも構わないのだが、この一文字を与えられた時から、Kさんは頭の中で具体的な姿を獲得し、さりげなく動き出す。

夏目漱石の『こころ』が妙に生々しく、異様な緊張感を持って今も読者に迫ってくるのは、登場人物に名前がなく、イニシアルと関係性だけが与えられているせいなのではないか。名前のイメージに妨げられることなく、読者の脳裏で自分の知る誰かの姿となって、いわば実録怪談のように読めるからではないか。

持ち物にイニシアルを付けなくなって久しいような気がする。

先日、カバンを買った時に、サービスとしてイニシアル入りのタグを付けてくれた。そのメーカーではそうすることになっているらしいのだが、自宅に着いたらそのタグがやけに重く感じられ、結局外してしまった。

今では、メールアドレスが各人のタグである。このタグだけが、それぞれの存在の証《あかし》なのだ。

私が今回の小説の二人にイニシアルを付けた時、AやBではあまりにも記号的すぎると思って選んだイニシアルが、学生時代に親しかった友人のものだったと気付いたのは、書き始めてしばらく経ってからのことだ。

無意識の影響は避けられない、と改めて痛感させられる。

ヒロイン二人に関する現実の情報が乏しい以上、どうしてもかつての自分と友人たちの関係を根拠に想像していくことは避けられない。

だからといって、ヒロイン二人の顔もその友人たちを想定しているかといえば、必ずしもそうではないのである。

ヒロインの顔は、漠然としている。

笑っている、考え込んでいる、ぼんやりしている。

そういうイメージは浮かぶのだが、滲んだ水彩画みたいで、はっきりとした顔は見えない。細部もはっきりせず、曇りガラス越しに見ているような感じだ。

恐らく、二人はずっとこのまま、具体的な像を結ぶことはないだろう。

イニシアルだけの彼女たちは、匿名性を保ちつつも、奇妙なリアリティを持って、小説の最後まで存在し続けるに違いない。

## (1)

この場所で上演しようと思うんですよ。

プロデューサーが、唐突に私に向かって話しかけた。

シャツのほつれに気を取られていた私は、急に話しかけられてぎょっとした。

ここで?

はい。ここ、いいでしょ?

演出家が微笑《ほほえ》む。

でも、世田谷のS劇場でやるって言ってませんでしたっけ?

そう聞いていたので、聞き返す。

はあ、そのつもりだったんですけど、ここも候補のひとつでして。今回、オーディションに使ってみて、できそうだなと。

ここって、ふだんも劇場として使ってるんですか?

いいえ、多目的スペースです。この辺りの倉庫街をアートスペースとして再開発しようという話がありまして。

へえ、そうですか。

私は間抜けな返事をした。

確かにこの場所なら魅力的だと思ったが、各地で似たようなリノベーションをしていて競合する場所は多いから、再開発後、コンスタントにイベントを続けていくのは大変だろう、とも思った。

ここなら、降り積もる感じがするんですよね。

演出家がうっとりと天井を見上げた。

降り積もる。

私もつられて天井を見上げる。

高い天井には、無数のクラックが入っていて、遺跡のような風情が漂っていた。

何が降り積もるのだろう。天使の羽根か、時間か。それとも――

真っ白な壁と床に、白い羽根が降り積もるところを見たような気がした。

ま、羽根の件はまた改めて検討しましょう。

プロデューサーが釘を刺すように言った。

ここでやるんなら、観客に参加してもらうというのもありだよね。

演出家は、プロデューサーの視線をかわすように私を見た。

真ん中で演技してもらって、周りで観る。観客に羽根の入ったカゴかなんか渡して、みんなに羽根を降らせてもらうというのはどうだろう。

やっぱり、羽根ですか。

プロデューサーが苦笑した。

ところで、候補者を絞りましたよ。

演出家が、私のほうを見たまま、履歴書の束をソッと振ってみせた。束が揺れて、ちらりと写真が見える。

あ、そうですか。

私は動揺して、写真から目を逸らした。

女たちが具体化する。女たちが舞台に立つ。女たちが形を持つ。

分かっていたはずなのに、実際にそうなると思うと、なんだか空恐ろしいような心地になったのだ。

# 1

人は、誰よりも自分のことをよく知っていると思う。

そう思うのも無理はない。なにしろ、自分が考えていることは誰にも分からないし、他人が考えていることは自分には決して分からないのだから。

俺の何が分かるっていうんだ。

私のことなんか何も知らないくせに。

巷《ちまた》のカップルのあいだで、いや、家族の中でさえもごく普通にそんな言葉が行き交っているのも周知の通りである。

他人のことを理解する。それはいったいどういうことだろうか。他人の考えていることはテレパシーでもなければ分からない以上、「分かる」とはいったい？

分かる分かる、すごーくよく分かるわ。

あの人のことを理解できるのはあたしだけよ。

喫茶店の中でも、居酒屋のカウンターでも「分かる」は常に大安売りだ。

恐らく、ここで使われる「分かる」とは「共感できる」という意味なのだろう。

確かに、長らく行動を共にするか観察していれば、その人物の行動パターンや癖が見えてくる。機嫌が悪い時にどんな反応をするか、ストレスフルな状況で何に代償行為を求めるか。それを知っているのを、「理解している」というのは間違いではない。

それは自分に対してでも同じである。

自分の性格、自分のものの考え方。生まれてこのかた、ずっと自分としかつきあっていないのだから、把握しているのは当然だろう。

彼女もまた、自分が現実的で手堅い性格だということは幼い頃から自覚していたし、自分の人生がなんら大それたところのない、人と同じ人生であることに疑問を持たなかった。それでも、比較的恵まれた人生であり、そこそこつつがなく一生を過ごしていけるだろうと思っていた。

羽根の舞い落ちる結婚式で壇上に座っていた時、彼女が何よりも強く感じていたのは深い安堵であり、結婚という社会的ミッションをやり遂げたある種の達成感であった。

　順調だ、と彼女は思った。

　こうしてあたしは世の中の一単位となり、収まるべきところに収まっていくのだ、と思った。

　新しい生活に幻滅はなかった。

　永久就職、という呼び名が示すように、形を変えた労働形態に入るだけなのだ。そう割り切っていたはずだった。

　あたしには、それに対応する能力がある。

　実際、彼女は新しい生活に慣れ、徐々にルーティンワークが出来上がっていく。

　誰それの奥さんと呼ばれるのに慣れ、電話で新しい名前を名乗るのに慣れ、夫のスーツやワイシャツをクリーニングに出すのに慣れる。

　夕飯の献立の参考にする新聞の切り抜き、近所から回ってくる回覧板と、そのやりとりに生じる世間話。

「お邪魔します」「新婚なのにすみません」と押しかけてくる夫の友人や後輩に、嫌な顔ひとつせずに気の利いた手料理を振舞う。お約束のお世辞。和《なご》やかな談笑。夫の学生時代の大したことのない秘密の暴露。誰もが通過する儀式。

　彼女は、順応していると思う。

季節は巡り、日が長くなり、次に短くなる。

最初の違和感はどれだったのだろうか――いや、それを違和感と呼んでよいものなのかは、後から考えてみてもよく分からなかった。

どこかざらりとした、紙やすりで木の表面でもこすったような感じ。

彼女は図画工作で使った紙やすりがずっと苦手だった。使った道具は手入れして戻す。そう躾《しつ》けられていたのに、紙やすりというのは、使えば使うほどみすぼらしく、美しくなくなる。いつ捨てていいのか分からないし、道具箱の中で寄る辺なく醜い姿を晒《さら》し続けている。頼りなげでガサガサしていて、収まりが悪いくせに、思いがけなく鋭く表面を削り取る肌色の紙。

そもそも、紙なのかやすりなのか？　中途半端な道具。危険なものなのか実用的なものなのか？　その境界が曖昧なところが嫌だった。

紙やすりを掛けるのは、地味な作業だ。あまり集中しないでぼんやり使っていると、時に摩擦熱でひどく熱くなっているのにギョッとさせられたり、思いがけず手の表面をこすってしまって、いつまでもぴりぴり痛い、不快な擦り傷を拵えていたりする。

そう、あれは紙やすりのような感覚だった――役に立つのか、危険なのか、いったいどっちなの？

美容院でパーマを掛けていた時だったかもしれない。

女の舞台裏。世にもみっともない、無防備で間抜けな格好で、じりじり熱を浴びながら女性誌をめくっていた時。

もう、とっくに夫は妻の髪型の変化など気付かなくなっている。美容院に行くのは、自分でリラックスするためだ。だらだらと雑誌をめくり、流行は繰り返すというのは本当なんだ、と納得するために通っている場所。

グラビアの匂いは好きだった。ちょっと指に吸い付くような、冷たいのに生温かい、ページの感触。

ちくっと鋭く熱いものが指を走る。

あっ、と思った時には指を切っていた。

ひやりとする感覚。

傷口がほんの少し膨らみ、真っ赤な血が直線の形に滲み出てくる。

どうして傷口というものは、こうしていつもしげしげと見つめてしまうのだろう。なぜしつこく押して、血を押し出さずにはいられないのだろう。

彼女はじっと指を見つめていた。

ぷくりと膨らんだ、鮮やかな血。

その瞬間、彼女は気付いた――至極当たり前のことに。利口なはずの自分、現実的なはずの自分がそれまで気付かなかったことに。

あの達成感はまやかしだったのだ、と。

彼女は一瞬、自分がどこにいるのか分からなくなる。

この冷徹な真実に呆然とせずにいられようか――自分は賢く、成功したと満足していたことも、ミッションを見事やり遂げたという高揚感も、ただの勘違いであったと。

ささやかな達成感でエンドマークを置いたつもりの若かりし日々よりも、これからの人生のほうがずっとずっと長いのだ。おとぎばなしを描いた絵本は、小指の太さほどの厚さしかないのに、パタンと表紙を閉じたあとも人生はえんえんと続く。

よくできました、おしまい、と言ったあとも、人生は続く。

彼女は不意に、胃袋の底に泥のような塊を感じる。

なんだろう、これは。

何より愕然とさせられたのは、その塊が、「後悔」という名の物質であると気付いたことだった。

まさか、そんな。

彼女はパーマの熱を浴びながら、突如降ってきた真実に、完全に打ち砕かれる。

住宅街の美容院の片隅で、真実の黒いスポットライトが彼女だけを照らしている。

このあたしが、後悔なんてものを感じているなんて。

彼女はそれを否定しようと試みる。

それは断じてあたしのものではない。あたしとは無縁の、何も考えていない、浅はかなよその女の子たちが抱くべきもののはず。

確かに、そういう女の子たちのことはよく知っていた。利口なあたしは、ずいぶん前から彼女たちをじっくり観察し、自分を戒《いまし》める材料としてきたのだ。ああはならない。あんなふうにはしない。そう強く自分に言い聞かせてきたのだから。

例えば、ちょっとばかり成績が良くて、バンカラ風の有名大学に行ったからと、男の子と肩を並べて煙草を吸ったり、お酒を飲んだり、麻雀をやったり、徹夜で議論したりして、彼らと同じだと勘違いしていた女の子たち。そんなのはキャンパス内だけの幻想で、実際のところ、決して男の子たちと同じ立場ではないことに気付いていない子たち。

どうして気付かないのだろう。

キャンパス内を肩で風を切って歩く女子学生を見ながら思っていた。

あたしたちは交ぜてもらっているだけだ。紅一点のお飾り、名誉白人みたいなもの。そのことに気付かず、同じように働かせてもらえると勘違いして、あの子たちは社会に出てゆき、壁の前であがいて無駄な労力を遣い、歳を取っていく。

そして、何も手に入れられずに、ある日、肌のハリやキラキラした目を失っていることに愕然とし、「後悔」する。

「後悔」というのは、あの子たちのためのもの。

そうでしょう？

あるいは、別の種類の女の子たちもいた——女の子ということだけに特化した子。ただ若いというだけで、すべてが手に入ると思っていたような女の子たち。自分のセールスポイントや賞味期限を全く把握しておらず、自分は若さ以外何も持っていないくせに、結婚相手にはあらゆるものを欲しがる、高望みで身の程知らずの女の子。

いっときちやほやされたことを忘れられずに、もっともっとと欲張り、薄っぺらい、見せかけだけの条件の良さを追いかけているうちに、いつのまにか月日は流れ、唯一の手札だった若さはとっくに目減りしている。

そしてある日気付く——自分が望むような相手の興味は、既に自分よりも下の年代——かつて、自分がそうだった、怖いもの知らずのバラ色の頰をした娘たちに移っているのだと。

そんな時、鏡の前で抱くのが「後悔」。

そうだ、それこそが「後悔」。

なのに、なぜなのだろう。利口で現実的で、自分のこと、自分の価値をよくわきまえているあたしが、計画通りに人生を決定してきたあたしが、なぜ今ここで。

彼女は女性誌を握り締め、指に吸い付くようなグラビアのページで切った傷口を見つめながら考える。

　ひりひりするようなパーマの熱と、胃の中の塊を感じながら。

　あたしは後悔している、絶望している、利口だと思い込んでいた自分に、これまでの歳月に、これからあの男と過ごす歳月に。

　そうだ、あたしは認めなければならない。

　彼女はほとんど恐怖を感じていた。絶望と恐怖はよく似ている。どちらも突然、落とし穴のような深く暗いところに突き落とされているところが。

　条件の良さだけを追いかけていたのはあたしだった、自分のことなど理解していなかったのはあたしだった。

　なんということだろう、あたしにも感情というものがあったのだ、夢見がちで、無邪気で、うじうじした、娘らしい感情が。

　なのに、自分にはそんなものなどないと思っていた。ずっと押し殺してきたもの、見ないふりをしてきたものに気付かないふりをして、重大な決定をしてしまったのだ。

　結婚がゴールではなくスタートであるという、当たり前のことを理解していなかった、誰かと人生を共にするということがどういうことなのかを考慮に入れていなかった、なんという愚かさ。

　あたしが戒めとしてきた女の子たちを誰が笑えるだろう。

少なくとも彼女たちは正直だった、自分の感情に素直に従った、さまざまな「後悔」はあれども、自分の望みについては知っていた。

ああ、どちらの「後悔」がマシなのか？

どちらの「後悔」のほうが悲惨なのか？

彼女は初めて笑い出したい心地になる。

馬鹿らしい。しょせん「後悔」は「後悔」。今更比較してなんになる。

それでも、あたしは比べずにはいられないのだ。ちっぽけなプライドを守るため、自分の選択を慰め正当化するため、自分の心を守るためだけに。

ドライヤーの音が響き、他愛のないおしゃべりの続く美容院の片隅で。

あたしは絶望している、後悔している、条件が良く収まりがいいからというだけで、好きでもない男と、人生の本番の始まりに、結婚してしまったということに。

0

「ありましたよ」

差し出されたコピーに、一瞬、あっけに取られた。

新宿の喫茶店。

なんとなく昭和の香りのする、古い店だ。東口のアルタの裏手、狭い路地を囲むビルの一階にある、黒く塗った木材をロフト風にした、個室のように細かく席が区切られた店である。

最初、私はそれが何なのかよく分からなかった。

透明なクリアファイルに収まった、A４サイズの数枚の紙。

ぼんやりとテーブルの向こうに座るO氏を見る。

すると、O氏は説明を求められたと思ったのか、もう一度言い直した。

「見つかりました」

何が、と聞き返そうとして、一枚目の見出しに目が引き寄せられた。

よく見ると、それは、大手全国紙のアーカイブの一ページをコピーしたものだと気付いた。ゴシック体で書かれた見出しの一行に目が留まる。

飛び降り？　２女性死傷　奥多摩町の橋／東京

突然、それが何なのかを理解した。

私はまじまじと目の前のO氏を見た。

「やっと見つけました」

O氏は繰り返した。

「これが、その」

私はおずおずとクリアファイルを取り上げた。

実際に目にしても、まだ実感できなかった。

きっかけとなったはずの、あの記事。

ずっと以前、小説家になったばかりの頃に目にして、どこかに刺さっていたあの棘。

担当編集者であるO氏には、この小説についての構想を話した時から、当時私が目にしたはずの記事を探してもらっていたのだが、なかなか見つからないという話を聞いていたので、もはやあまり期待していなかったのだ。

「――ほんとに？」

私はそれでも及び腰だった。

長いあいだ探していたものを目にした時というのは、複雑な気分に襲われる。

見つけてほしかったような、ほしくなかったような。

見たいような、見たくないような。

手を触れず、のろのろと一枚目を読む。

それは、縮刷版の写しではなく、あくまで画面上のデータをそのままプリントしたものだった。

一九九四年四月三十日朝刊、東京面とある。

見出しのあとには、こう続いていた。文字数二三八文字。


二十九日午後五時三十分ごろ、西多摩郡奥多摩町氷川の日原川で、北氷川橋（高さ二十六メートル）の上から女性二人が川へ続けて落ちたのを、近くの人が見つけ青梅署に届けた。二人のうち一人は頭を強く打ち即死、他の一人は意識不明の重体。

調べでは、二人とも年齢は三十歳前後。橋の上に二人のものとみられるカバンが二個置かれていた。近くには観光客らがいたが、二人が争ったような様子もなく、同署は飛び降り自殺した可能性が高いとみている。

現場はJR青梅線奥多摩駅から北へ歩いて二分程度の場所。


パッと一読して最初に思ったのは、これではない、ということだった。

O氏は間違った記事を探してきたのだ、と直感し、まずいな、と思った。違う。これではない。

女性が二人、橋から飛び降りたのはそうだが、年齢は三十歳前後と若すぎるし、第一奥多摩というのが全く記憶の中の印象と異なっていた。

私は逡巡《しゅんじゅん》した。

せっかく探し出してきてくれたのに、どうしよう。

違う記事だ、これではない、と言い出すのには勇気が要った。きっと、苦労して、長い時間を掛けてくれたのに。

なんと言い出すか考えながら、私はなんとなくクリアファイルの中からコピーを取り出した。

すると、中にもう一枚紙がある。

畳んだA3の紙。

広げてみると、それは新聞の見開きをコピーしたものだった。

一九九四年、九月二十五日の朝刊である。

左に東京版のページがあり、水上勉の「私版東京図絵」という連載記事が載っているのが目に飛び込んできた。

無意識のうちに、私の目は、紙面の左下の部分を見ていた。

記憶の中にある、あの位置。

両手で新聞を持って広げて、あの記事を発見した場所。

そこには、あの記事があった。

飛び降り2女性の身元わかる

今年四月二十九日に西多摩郡奥多摩町の北氷川橋（高さ二十六メートル）から日原川に飛び降りて死亡した二人の女性の身元は、二十四日までの青梅署の調べで、大田区のマンションに同居していたAさん（四五）、Bさん（四四）と分かった。二人は都内の私大時代の同級生だった。


喉の奥から、溜息のような、呻き声のようなものが漏れた。

繰り返し、何度もその短い記事を読む。

O氏は私のその様子を、じっとテーブルの向こう側から見つめていた。

「それですよね」

「はい」

つかのま遅れて、返事をした。頷いて、もう一度記事を読む。

確かにこれだ。この記事だ。

私は頭の中でも、記事を繰り返していた。

感慨と、怪訝《けげん》と、記憶の不思議さを反芻《はんすう》する。

「四十五歳。こんなに若かったんだ」

いちばん驚いたのはそのことだった。

私の記憶の中では、かなりの高齢という印象が強く、何よりその年齢に反応したはずだったからである。

四十五歳と四十四歳。

現在の私よりも、ずっと若いではないか。なんだってまた、当時はそんなに年配に感じたのだろう。

一九九四年九月。私はぎりぎり二十代だった。その十月に誕生日を迎えて三十歳になるところだ。二十代の私には、四十五歳というのはすごく年配に感じられたということか。

確かに、子供の頃は、自分が四十歳になるというのが想像できなかったし、二十代でも四十歳以上は未知の領域。年配に感じられても不思議ではない。現在では、四十代などまだまだ若く、「年配」という言葉が当てはまらないと思っているのに。

もうひとつ、意外だったのは、これが後追い記事だったということだった。

さっき「間違っている」と思った記事が初出のもので、私が目にしたのは追加のものだったというのがなんとなく意外に感じた。私は舐めるように新聞を読むほうであったが、初出の記事には全く反応しなかったらしい。

更に、印象というのがあてにならないと思ったのは、現場が奥多摩という自然の中だったことだ。

私は、なぜか現場はそんな観光地の大自然ではなく、町の中の、せいぜい郊外であり、その橋の上から飛び降りたと勝手に思い込んでいたのである。二人は普段着で散歩のついでのように出かけ、日常生活の合間に飛び降りたのだと。

しかし、奥多摩といえば、散歩のついでに訪れるような場所ではない。わざわざ出かけていく場所だろう。

二人は強い決意を持ち、最期の場所として、そこを選び、出かけていったのだ。

そこが、記憶の中のイメージとは異なっていた。

私はいつしか考え込んでいた。

じわじわと記事の内容がしみこんでくる。それは記憶の中のイメージを浸食してゆき、少しずつ溶けて混じり合う。

モノクロの画面とカラーの画面がぶつかり、澱んだ色彩になっていく。でこぼこの表面が、徐々に均《なら》されていく。

そして、それらの溶けた沼のようなところからゆっくりと浮かび上がってきた疑問は、いったいなぜ、この小さな記事に、当時かくも強い衝撃を受けたのだろうかという点だった。

他にもいろいろな記事から衝撃を受けたはずだ。

数々の事件、数々の事故。

大小さまざまの出来事があり、それらを目にしてきたはずなのに、なぜこの記事だけが深く私の中に突き刺さり、棘であり続けたのだろう。

改めて見ると、こんなにも短くあっけない記事だったことに驚く。

しかし、この記事を目にした時の衝撃は今も残っている。この記事の何かに強く心を動かされたことだけは間違いないのだ。

当時の衝撃を今いちど思い返してみる。

それでは、この事件が、もう少し後だったらどうだろう。

ふと、そんなことを考えた。

彼女たちと同じ四十代に事件が起きて記事を目にしていたら、あれほどまでに刺さっていただろうか。あるいは、最近だったら。

違うような気がする。

ぼんやりとそう感じた。

新聞の、右のページを見た。「映画・演劇案内」のコーナーがあり、一番館でのロードショーは『トゥルーライズ』と『ヒーローインタビュー』が目玉のようだ。

単館系の岩波ホールでは『苺とチョコレート』、ユーロスペースでは『全身小説家』。

ロングランらしきタイトルには『シンドラーのリスト』が目についた。

一九九四年。平成六年。この頃、翌年の阪神・淡路大震災も、地下鉄サリン事件が起きることも、まだ誰も知らない。

「ぱっと平成六年って言われても何も思い出せないですけど、調べてみたら、リレハンメルオリンピックの年でした」

私が映画欄のタイトルをチェックしているのを見て、O氏が話し始めた。

冬季オリンピック。

「リレハンメルオリンピックって、誰が出てたっけ」

「スキーの複合団体で、荻原健司が出て二連覇してます」

「その頃かあ」

「ジャンプの団体が、原田の失速で銀」

「あったね、そんなのも」

「アイルトン・セナが事故死して、ビートたけしも交通事故で重傷。前年の凶作で米不足、タイ米を急遽輸入」

「人んちのお米を輸入しといて、まずいって文句言って顰蹙《ひんしゅく》買った年ね」

「ドラマでいえば、『家なき子』と『29歳のクリスマス』ですね」

「同情するならカネをくれ、か」

「愛犬家連続殺人事件もこの年でした」

「筋弛緩剤打ったやつね」

記憶というものが、時系列になっていないと痛感させられるのはこんな時だ。こんにち、あまりにも情報が多くなりすぎ、人々の注意と興味が分散していると、せいぜいTVドラマなどのサブカルチャーでしか記憶を共有できなくなってきているような気がする。

「うーん、不思議だなあ」

私は改めてコピーに目を落とし、唸った。

「ずいぶん記憶と違ってる部分もあるし、記憶通りだったところもある。そこの区別がよく分からない」

「そうですねえ」

ふと、O氏の顔を見る。

「このやりとり、小説の中に使ってもいい？」

「いいですよ」

刺さった棘。

今度は別の疑問がむくむくと首をもたげてくる。

問題は、棘の材質ではない。なんの棘が刺さったのか、ではなく、なぜその棘が刺さったのか、どこで刺さったのか、なのだという気がしてきた。

棘が刺さるのには、それなりの理由があるはずである。

やぶの中を通り抜けたとか、古い木造家屋の中で作業をした、とか。その場所に行くにも理由がある。どうしてもそこに行く必要があったとか、急いでそこを通り抜けなければならなかった、とか。

なぜ棘は刺さったのだろう。

私は冷めたコーヒーを飲みながら、何度も読み返した記事を一瞥《いちべつ》した。

自分のことなど、分からない。

自分が何を考えていたのか、何をしていたのかすらも、分からない。

一九九四年当時の自分。

あの時、私は何をしていたのだろう。いったいどこに行こうとしていたのだろう。

今の私には、さっぱり見当がつかなかった。

## (1)

顔。

例えばあなたは、誰か親しい人の顔をきちんと説明することができるだろうか。親やきょうだい、友人や恋人。長い時間接し、共有し、見慣れたはずの人の顔を描写することができるだろうか。

私にはできない。

そもそも、正直に言うと、私は人物の描写——特に容姿を描写する、というのがどういうことなのかよく分からないのだ。

欧米の小説には、人物の描写（あくまでも見た目である）がえんえん続くものがある。目の色、髪の色に始まり、着ているものや持っているものまでこと細かく。目も髪も黒と決まっているアジア人の小説がそのあたりの描写に力を入れないのは、ある意味当然かもしれない。

子供の頃は、欧米の小説に出てくる容姿の描写の意味が文字通り理解できなかった。金髪、黒髪はともかく、『赤毛のアン』の「赤毛」というのがどういうものか分からなかったし、「ブルネット」というのも分からなかった。「はしばみ色の瞳」「とび色の瞳」もどんな色か分からなかった。告白すると、今でもよく分からない。

「赤毛」というのは、日本で青と緑を同じ色として扱うように、何かの誇張だと思っていたのだ。本当に髪が「赤い」のだ、と理解したのは、大学生になって名画座でリタ・ヘイワースを観た時である。彼女の髪の地の色がどうだったのかは知らないが、まさに「赤毛」としかいいようのない色だった。

かつては、ビジュアルというのはかなり限定されていた。ネットでどんな画像でも見られる現在はそんな状況は忘れているが、ほんの数十年前までは、写真や映像などの具体的なビジュアル——そして色彩——は、相当に貴重だったのである。

赤毛にしろ、ブルネットにしろ、単語のみでしか知らないものは多く、登場人物の姿は言葉のイメージから想像するしかなかった。

だから、私はそういう描写はすっ飛ばしていた。読んでも頭の中に入ってこないし、結局は登場人物の言動から容姿を思い浮かべていたからだ。

『風と共に去りぬ』のあの有名な書き出し——

スカーレット・オハラは美人ではなかったが、いったん彼女の魅力のとりこになると、そのことに気付く者は誰もいないくらいだった。

だがしかし、先に映画のビビアン・リーを観ていると、スカーレット・オハラにビビアン・リー以外の顔を想像することは難しい。ビビアン・リーを美女と呼ばずして誰を美女と呼ぶのだろうか、などと考えてしまうと、マーガレット・ミッチェルの描写のほうが間違っているのではないかとすら感じたものだ。

そういう意味で、ビジュアルというのは恐ろしいものである。

スカーレット・オハラは一人。ビビアン・リーの顔で固定されてしまう。

映画化されるまで、読者は無数のスカーレット・オハラ、自分のスカーレット・オハラを想像していただろう。けれど、先に映画を観てしまった私は、小説を読んだ時にはビビアン・リーの顔になってしまっていたのだ。

長じて、自分が小説を書くようになっても、あまり容姿の描写はしない。

綺麗な女性という描写なら、「目立つ」「感じのいい顔」「小動物に似た可愛らしさ」などと書く程度で、はなから自分のイメージしている顔を伝える努力を放棄している。作者がどう描こうと、結局読者は好き勝手なイメージで読んでいる、とおのれの経験から確信しているからだ。

そして、それ以前に、顔を描写するのは非常に難しい、と気付いているからでもある。

日常生活でも、誰かと話していて、相手が会ったことのない人について描写するのは至難の業《わざ》である。

すらっとしてて、すごい美人。

そう描写したとしても、その描写に当てはまる人間はごまんといるから、結局、

「芸能人で言えば誰に似てる?」とか「あたしたちの共通の知人で誰に似てる?」と、イメージのすりあわせに頼ることになる。

一方で、あまりに恋い焦がれた顔は覚えられなくなる、という俗説があったように思う。

確かにいっとき、好きでたまらない人の顔を思い出そうとすると、ぽっかりとした穴しか浮かばなかった、という覚えがある。あれはどういう理屈だったのだろう。

人の顔を覚えられない、人の顔を顔と認識できない人がいる、という話も聞いたことがある。

私が不思議に思うのは、就職するまで自分は人の顔が覚えられないほうだと思っていたのに、就職したら、やたらと人の顔が覚えられるようになったことだ。これはどういうことだろう。なぜ昔はあんなに人の顔が覚えられなかったのか。単に必要に迫られなかったから、ということなのか?


そんなことをもやもやと考えていたのは、決定したというキャストの二人を目にした時の戸惑いと違和感を、自分に説明する言葉を探していた時のことだった。

私が「うん?」という表情をしたことに、演出家もプロデューサーも気付いていたのだろう。

後で何かいろいろと今回のキャストについてのコンセプトを説明していたけれど、それらは私の耳を素通りしていた。

確かに、彼らが私の当惑を勘違いしたのも頷ける。

紹介されたのは、五十代半ばと三十代前半という、明らかに年齢のかけ離れた二人だったからだ。

事前に幾つかのプランは聞かされていた。

最もストレートなプランは、彼女たちが亡くなった年齢に近い二人が演じるというもの。

次に、私が主人公二人に感じていた実年齢は、もっと年配だったので、そのイメージに近い年配の二人が演じるというもの。

あるいは、学生時代から互いのイメージは変わっていないという解釈で、あえて学生のような若い世代に演じさせる、というもの。

そして、年配の二人と若い二人が、それぞれの心境を演じる、というもの。

もうひとつ、年配の二人と若い二人が、それぞれ逆の境地を演じる、というもの。

どれもそれなりに説得力があり、やりようがあると思っていたので、どれを選んでも反対するつもりはなかった。

ところが、決定したという二人は、そのどれでもなかった。

そのことに、戸惑いがあったことは否定しない。

しかし、私が引っかかっていたのはそういう点ではなかった。

二人の顔を見た時に込み上げてきたのは、もっと根本的な問題——それこそ、スカーレット・オハラ問題、とでも名付けたい点だったのだ。

目の前に立っている、現実に存在し、生きている二人。

こうして、認識することのできる二つの顔。

私は、この小説を書いている時に、二人の顔を具体的にはっきりとイメージしてはいなかった。あくまでも、新聞の記事に載っていた匿名の二人を描いているつもりだった。

ところが、目の前の二人には顔がある。

具体化されたこと、ビジュアル化されたことへの違和感。

それがものすごく大きかったのである。

目に見えるというのは恐ろしいことだ、と改めて思った。

イニシアルだからこそ、匿名だからこそ生じていたリアリティが、ビジュアル化され、固定化されたことによって、逆にリアリティを失い、虚構性がむき出しになってしまった、とでも言おうか。

思いもよらぬ反転だった。

それは実話だった。彼女たちは実際に存在していた人物であり、実際に起きた出来事であったのは間違いない。

しかし、私が書いていたのは、あくまでも実話を基にした「小説」であり、虚構である。

もちろん、虚構でしか書けないリアルというのはこの世に存在するし、私もそういう虚構を書きたいと願っていた。

ところが、「はい、この人にやってもらいます」と目の前に登場してくると、「嘘でしょう」としか言いようのない、猜疑心《さいぎしん》がむくむくと浮かんでくるのである。

それは、実に奇妙な感覚だった。

同時に、「こんなはずはない」という気持ちもあった。

こういう寓話めいた題材をビジュアル化するのには、映像よりも演劇のほうが向いているはずだ、という確信も持っていた私は、自分の書いたものがビジュアル化されることに対するいつもの羞恥心《しゅうちしん》はともかく、これでいいのだと自分に言い聞かせていた。この手法は正しいに違いないのだ、と肯定していたのである。

しかし、何かが間違っているのではないか、という、シャツのボタンをひとつずつずらして掛けてしまっているような気持ち悪さが、落ち着かない不安となって襲ってきているのだった。

なんなのだろう、この心地悪さは？

私は、演出家たちの言葉に上《うわ》の空《そら》で頷きながらも、そちらにずっと気を取られていた。

彼らはまだ説明を続けている。


彼女たちは、無数の女たちの代表なんです——一人の女の中には、いろいろな年齢の女性がいますよね——あなたもオーディションの時、そう言ってたじゃないですか——だからあえて、違う年代の女性を二人、ということにしたんです——本当は同学年だったということは重々承知しているんです——そこをあえてずらすことで、普遍性と、少女からずっと続いている女性の時間というものを表現したいと思って——


彼らの言いたいことは分かっていた。

確かに私は、オーディションの時に思った。

女には二種類いて、若かった頃あるいは年取った頃の顔が想像できる顔と、全く想像できない顔があると。演じる年齢は関係なく、女の中にはいろいろな時間が埋もれていて、いかようにも演出できると。

彼らの言葉を素通りさせながら、私は違和感の他の理由にも思い当たっていた。

決定した二人は、私にもはっきりと記憶にあった。大勢の女が舞台で話をしているあいだに、自然と目が惹き付けられた二人だった。顔も表情も、豊かで印象的な二人だったのだ。

舞台という性格上、それは当然のことだ。目が引き寄せられる、舞台に惹き付けられる、最後まで観客が目を離せない二人。観客の注意を惹き付けておけない、幕が下りるまで観客を引っ張っていけない役者を舞台に上げるなど、有り得ない。でなければ上演する意味はないし、観客の心にも残らないだろう。

それでもやはり、私はそのことが不満だった。

こんなに印象的な、素敵な二人にイメージが固定されていいのだろうか。「あの二人」、匿名の二人がこの二人に具現化されてしまっていいのだろうか。

そんなことを考えていたのである。

あまりにもいろいろな点で矛盾している感情を、私は自分でも持て余し、うんざりしかけていた。

演劇としての手法を肯定したのならば、最大の効果を上げるキャストを選ぶのは当然のことであり、そのことも肯定すべきである。

理性ではそう割り切っているのに、感情がついていかないのである。不満なのである。これは違うんじゃないかと声を上げたがっているのである。

それでは、どういうキャストなら——いったいどんな「顔」であったら、納得できたのだろうか。

私はいつしか、そんなことを考え始めていた。

プロデューサーたちも、説得は終わったと思ったのか、別の打ち合わせを始めている。

どんな顔ならば。

私は人物の顔の描写が得意ではないと認めている——読者に任せて、描く前から放棄してしまっている。そんな私に、「彼女たち」の顔の描写ができるのだろうか。

だが、漠然とした像ならある——誰にでも見えて、誰でもない顔。そういう顔ならば。

ふと、奇妙なことを思い出した。

闇の中にふっと浮かぶように、あるひとつの顔を思い出したのである。

ずっと昔、会社勤めをしていた頃に見た、ひとつの顔。

いや、正確に言うと、その顔は覚えていない。

なぜなら、顔がなかったからだ。

我ながら、何を言っているのか分からないと思うので、きちんと順番に説明してみようと思う。

それはもう、二十年ほど前のことである。

新宿西口にあるオフィスビルのひとつに勤めていた私は、お昼休みで近所に外出していた。お弁当を買いに出たのか、ランチを食べに行ったのかは覚えていない。

とにかく、明るい昼間。暖かい季節だったと思う。

辺りは、お昼を食べに出たビジネスマンやＯＬでごった返していた。

どこかの交差点で信号待ちをしていた時。

私は、なぜかその時、異様な気配を感じた。

多くの人が交差点に立っていて、がやがやと雑談をしていた。それはなんとも和やかな、なんの変哲もない長閑な時間だった。

しかし、私は何かを感じ、そちらを振り向いたのである。

最初は、何に反応したのかよく分からなかった。

自分が何を探しているのか分からず、なぜかきょろきょろしていた。

そして、十メートルほど離れたところに、一人の男がしゃがんでいるのに気がついたのだ。

しゃがんでいるので背が高いのかどうかは分からなかったが、印象としてはそんなに上背はなく、小太りの男だったと思う。白のワイシャツと灰色のスラックス。なんとなく、着古したような、崩れた気配が漂っていた。髪は真っ黒で、天然パーマなのか掛けたのか、とにかくくるくるした髪型だった。

私は、自分が何を見ているのかよく分からなかった。その男が、自分が異様なものを感じた理由なのかどうかも分からなかった。

なぜなら、男の姿はぼんやりしていて、決して目に留まるようなものはなかったからである。

奇妙なことに、私の隣にいたビジネスマン二人も、ほぼ私と同じ瞬間、その男に目をやっていた。もしかすると、同時に似たような気配を感じて、注目したのかもしれない。

そして、不意に、私たち三人は、自分たちが何を見ているのかに同時に気付いたのである。

男には、顔がなかったのだ。

文字通りの意味である。

鼻もなく、唇もない。目と思しきところも、細い孔《あな》らしきものがうっすらと開いているように見えたが、瞳は確認できなかった。

のっぺらぼう、という言葉を思い出した。

ぼんやりして見えるのは、自分の目が悪いからだと思っていたが、そうではなく、確認できる器官が本当になかったからなのだ。

私たち三人は、動揺した。

誰も口には出さなかったが、自分たちの見ているものが信じられず、それでも見ずにはいられなかった。

何かひどい事故にでも遭ったのか、それとも暴力の痕跡なのかは分からなかった。

しかし、顔がまっ平《たい》らで、薄いピンク色をしていて、無数の傷跡のようなものが縦横に走っていた。

まるで、乱暴に消しゴムを掛けたあとの画用紙みたいだった——あまりにゴシゴシこすりすぎて、画用紙がけば立って、表面がでこぼこしている画用紙。

そんな顔をした男が、じっと、歩道の端のところにしゃがんでいる。

どう反応していいのか分からず、私たち三人は絶句していた。

目を逸らしたいのに、逸らせない。

もっと奇妙なことに、その男に気付いているのは私たち三人だけのようだった。

周りで信号待ちをしている人々や、男の脇を通り過ぎていく人たちは、まるで男に気を留めていないようなのである。

男に向かって歩いていく人も大勢いるのに、誰もその顔に気付くことなく、おしゃべりをしながら通り過ぎていく。

なぜ気付かないのだろう。

私はだんだんそちらのほうが不気味になってきた。

私たち三人は、じりじりとしていたように思う。

確かにあの男は、あそこにいる。

しゃがんで、ひざの上でぼんやり腕を組んでいる。

顔のない男が、あそこに。

しかし、その一方で、その男のところだけ、なぜか色彩が薄いようにも感じられた。周りの人たちに比べ、輪郭が薄く、存在感がない。

信号が変わった。

周りの人たちが動き出したので、私もようやく男から目を逸らすことができた。

隣の二人も歩き出す。

呪縛が解けたように、二人はぼそぼそと話し始めた。

「あれ、どういうことなんですかね？」

「目は見えてるのかなあ？」

「ほんとに、顔、なかったですよね」

「目が見えてなかったら、あんなところにしゃがんでるわけないよね。あそこまで来られないもの」

冗談めかしてはいたものの、その声からはやはり動揺が感じられた。

本当にいたのだろうか。

私は振り返りたい衝動に駆られたが、どうしても振り返ることができなかった。

振り向いたら、消えてしまっていたりして。

しかし、見たのが私だけではないことは確かだ。隣の二人の会話は、彼らも同じ男を目撃したことを示している。


あの時の動揺を思い出す。

理解できないものを目にしたショックが、今でも蘇る。

そして、今、あの顔を思い出すと、あれにそっくりだと思うのだ――TVで、いわゆる「モザイク」をかけた顔に。

「モザイク」。

いつ頃から、逮捕され連行されていく容疑者の手錠にモザイクをかけるようになったのだろう。顔はばっちり映しているというのに、手錠だけモザイクをかけてどうしようというのか。

チラチラと左右に動く、小さな四角の塊。ゲームの映像みたいな、無機質な虚構。

今では、あの男の顔は、モザイク映像に置き換えられてしまっている。チラチラと動いて、匿名性を標榜《ひょうぼう》する存在。

揺れて、印象の定まらない顔。

なぜあの顔を思い出したのか。

私は、目の前のプロデューサーと演出家の顔に、モザイクがかかっているところを思い浮かべる。

いや、今の私には、二人の顔はモザイクがかかってみえた。

記号となった二人。無機質な虚構。何か演出の方針について話し合っているようである。

二人が同い年、同じ学年であるということをどうやって観客に理解させるか——強調するのか、しないのか——同じ学年であるということは、事件の性格上外せないし——年齢の違いを、メイクか服装で分からせる——羽根の有り無しで——結婚式のシーンだけでなく、羽根が降る時と降らない時というので、いつの時代にいるか表現するというのはどうだろう——髪型で変えるという手も——

私の頭の中では、キャストの二人の顔にもモザイクがかかっていた。

ひょっとして、私が求めていたのは、ああいう顔なのだろうか。

そう気付いてなんとなくゾッとした。

誰でもあって、誰でもない顔。モザイクのかかった顔の女が二人、舞台の上で演じている。

声もどことなくいびつだ。

画面にテロップが出る。

「プライバシー保護のため、音声を変えています」

いつしか、奇妙なイメージが流れていた。

演劇なのに、私は画像越しに舞台を観ている。

顔にモザイクをかけられた役者たち。

声も変えられ、造りものめいた声で台詞が語られる。

私だけではなく、観客たちも画像越しに舞台を眺める。観客たちは、舞台とは別の場所に集められ、別室で演じられている芝居を、加工されたモニターで鑑賞しているのだ。

顔。

顔がない。

私は、チラチラと揺れ、動き、形の定まらないモザイクを眺めている。

ふと、左右にいる観客たちを見ると、彼らの顔にもモザイクがかかっている。みんなの顔が暗がりの中で、モザイクがかけられ、揺れている。

そう、きっと私の顔にもモザイクはかかっているのだ。

他の人から見れば、私の顔も頼りなく、定まらず、誰と名指しされることもなく、チラチラと揺れ続けているに違いない。

0

突如、目の前にピンク色の花束が出現して、その色彩にぎょっとした。

「おめでとうございます！」

一瞬、何が起きたのか分からず、慌てて周囲を見回してしまった。誰かと間違えているのではないかと思ったのだ。

とある地方都市を歩いていた土曜日の午後である。

仕事のため、別件の取材で訪れていた町。せっかく来たのだからと一泊し、翌日は町の中を観光してみることにしたのだ。誰でも知っている日本海側の県庁所在地であるが、意外にも歩くのは初めての町だった。

陽射しの強い午後。

夏の終わりが近付いている。そんな気配が濃厚に立ち込めていて、空気に疲労感が漂っていた。

夏の終わりというのは、他の季節と違って使い古された空気感があるものだ。夏休みも終わりにさしかかったこの時季、誰もが夏に飽き、暑さに飽き、汗に飽きている。ほんのひと月前にはぴかぴかに見えた陽射しが、今やどことなく色あせ、弛緩しきっているような気がする。

港町、なのだった。

町の中心部を流れる川は河口で港と一緒になる。白い浚渫船《しゅんせつせん》。白い消防船。川岸にしっくりと馴染んだ、数々の船。

大きな船に似せて建てられた銀色の巨大なコンベンションセンターは、河口に陽炎《かげろう》のように浮かんで見える。

風もなく静かな午後、海の気配は控えめだった。海のほうも、夏の海という演技に疲れて、ひっそりと休んでいるように思えた。

晴れてはいたが、全体的に薄く雲がかかっていて、水平線と空の境目もぼやけていた。波もほとんどなく、不思議な静寂と倦怠《けんたい》が町全体を覆っていた。

初めて歩く町というのは、いつも奇妙にわくわくさせられ、同時に憂鬱になる。

日本の古い町は、どこも懐かしい。懐かしいもの、かつて親しんでいたものがそこここに散らばっていて、そこで育った偽の記憶をうっかり思い出してしまいそうになるのだ。

あまり観光資源のない町だな、という失礼な感想を抱きつつ歩いていたが、古い町並みは思いがけなく美しく、しっとり落ち着いていて心地よかった。

旅というのは、多少の利害関係がある相手と、仕事がらみで行くのが最も寛《くつろ》げるような気がする。まさに今こうして歩いているような、こんな旅。

友人や家族との旅は、些《いささ》か生々しすぎるのだ。旅そのものが目的になってしまうと、かえって楽しめない。

楽しまなければ。寛がなければ。

久しぶりに会うのだから。何年ぶりかで一緒に過ごせるのだから。

そういう奇妙なプレッシャーを感じて、かえって気まずくなってしまったりする。旅そのものが目的であると、旅を満喫するのに必死になってしまう。だから、何かのついでくらいのほうがのんびり旅を味わえる。

町の造りを把握するために、朝からぐるりと長時間市内を歩いた。

地方都市には、幾つかのパターンがある。駅前が中心になっているところと、中心部が駅から離れているところと。

　ここは、典型的な、繁華街が駅から離れているところだった。川を越えたところに古くからのアーケードのある商店街が続いていて、駅の周りの小さな繁華街とのあいだにはオフィス街が広がっている。

　そこを少し離れると、高台に国立大学を中心とした文化ゾーンが広がる。附属の小中学校があり、高級住宅地があり、図書館や市民ホールがあり、公園がある。

　私はそういった町並みをすべて知っていた。

　初めての町のはずなのに、記憶の中で、ここを何度も歩いたことがあったと思えてならなかった。

　古い洋館や、古い商家の見事な日本庭園も、見たことがあった。記憶の中で、私はこの前の道を通学路にし、時に庭の中を駆け回っていた。

　少しだけ異なったのは、久しぶりに目にする日本海の景色くらいだろうか。ほんの少し陰鬱な、どこか凝《こご》った色の日本海。

　殺風景な砂浜、えんえんと続く見事な松林。麦藁帽子《むぎわらぼうし》とビーチサンダルで歩いていく子供たち。

　そんなデジャ・ビュに身を任せたままのんびりと散策をしていた途中である。

　やはり、古い民家を転用した郷土資料館に入り、チケットを買ったとたん、ピンクの花束が出現したというわけなのだった。

ＴＶなどでよく観たことのある光景ではあった——


「お客様が×万人目の入場者です！」


まさか自分がそんな入場者になるとは思いもよらなかった。

真っ先に感じたのは困惑である。

こんなおおごとになってしまってどうしよう。

それが正直な感想だった。

しかも、花束である。こんな目立つものを持ち歩き、ホテルに預けた荷物と一緒に東京まで持って帰らなければならないのか。

なるほど、ＴＶで観たお客がみんな怪訝そうな顔をしていたのは、こういう心境であったせいなのか。

更に困惑したのは、「×万人目のお客様」の写真をホームページでアップさせてもらいたいという依頼であった。

頭の中をいろいろな考えがぐるぐると回っている。

載ってまずいわけではないが、載っていいというわけでもない。

とても有名というわけでもないが、無名というわけでもない。

なんとも、微妙なポジションなのだ。

そんなに自意識過剰なほうだとは思わないが、見る人が見れば、私だということが分かるだろうし、この日この場所にいたということが仕事仲間に知られることはなるべく避けたかった。取材中の企画も、まだ海のものとも山のものともつかぬもので、写真の場所から「あそこに関係あるものがテーマなのか？」などと推測されるのも嫌だったし、写真を「見つけましたよ」と言われるのも耐えがたかった。

結局、同行していた若い編集者に名誉ある「×万人目のお客様」の地位を譲ることにし、彼の写真がホームページ上にアップされることになったのである。

考えてみれば、写真なんてウェブ上のあちこちに出ているし、世の中には自ら進んで写真や私生活をアップしている人がごまんといるのだから、「東京都からお越しの○○さんが×万人目の来場者でした」というだけの情報など、気にすることはないのかもしれない。しかし、非常に強い抵抗感を覚えたのも確かで、いったい個人情報というのはなんなんだろう、と改めて考えてしまった。

単純に言えば、人から提供を求められると抵抗を覚えるもの、だろうか。

私の身代わりに写真をアップしてくれた編集者は、「いやあ、変なこと思い出しちゃいましたよ」と苦笑した。

以前、どこかの首長クラスの公務員が横領で捕まったのだが、そのきっかけとなったのが、やはりこういう「×万人目のお客様」に当たって写真をアップされたために、公費出張のはずの日程に愛人と温泉旅館に泊まっていたことがバレたからだった、というのである。

アリバイ崩しのきっかけとしては面白いかもね、と笑い合いながら帰ったものの、その男も「×万人目のお客様」に当たって慌てただろうか、というのが気になった。宿のほうも、記念であるから是非にと頼むだろうし、断りにくかったのかもしれない。温泉旅館で「困るから」というのも逆に疑われるだろうし。

結局、花束は持って帰るのが難しいからということで、郷土資料館のスタッフの方に差し上げることにした。

花束というのは貰って非常に嬉しいものであると同時に、貰った瞬間から、持ち帰ってきちんと活けて維持管理をするというミッションが生じる。長時間持っていなければならない時など、どんどん花の元気がなくなっていくから気が気ではない。花束を贈るというのは難しいものだな、となぜかこちらが反省してしまったのだった。

# 0

何度も繰り返し、コピーを眺めている。

O氏に貰ったコピー。ずっと記憶の中だけにあった記事。手間隙かけて探し出してもらった、あの記事のコピーである。

一九九四年四月二十九日に、奥多摩の橋から飛び降りて死亡した二人の女性。

まさか、四十四歳と四十五歳という年齢だったとは夢にも思わなかった。

印象の中の二人はほとんど老境に近い女性だった。まさか、今この原稿を書いている私よりも若かったなんて。

そして、今引っかかっているのは、記事の中のこの二人が、匿名になっていることだった。

Aさんと Bさんという、ありきたりの記号。

匿名にする、しない、というのはどこで判断するのだろうか。または、誰が判断するのだろうか。

最近ではプライバシー保護の観点から、新聞に事件関係者の名前も写真もどんどん載らなくなってきている。しかし、一九九四年の時点で、この二人の名前が匿名になっているのもなんとなく奇妙な心地がする。

遺族が希望したのだろうか。

それとも、自殺だったからだろうか。

誰が匿名の判断を下したのだろう。

この記事以外、なんの手がかりもない。

本当に、一九九四年の新聞記事を見たという一点のみで私と交差した二人。

あなたたちはいったい誰だったのか。

どんな名前で、どんな顔をしていたのか。

むろん、自分が言っていることが矛盾しているのは承知している。記号だからこそ、想像できる。匿名だからこそ、リアリティを感じる。つい先日はそう書いたばかりなのに、今更匿名に苛立つというのは矛盾している。

お金を払って調査してもらう、という手段があるのは知っている。

きっと、それなりの報酬を払えば、二人の身元は突き止められるだろう。プロの手にかかれば、匿名性などあっさり取り払われてしまうであろうことも。

お金を使って調べる、ということを考える時に、思い出す一冊の本がある。

それは、アメリカの女性推理作家が書いたノンフィクションで、かの有名な、かつて十九世紀末のロンドンを恐怖に陥れた娼婦連続殺人事件の犯人、「切り裂きジャック」の正体を突き止めた、という本だ。

彼女は、イギリスで当時著名だった画家だと名指ししているのであるが、それを証明するために、莫大な費用をつぎ込んでこの本を書いたのだという。

彼女は世界的な人気ベストセラー作家だったから、文字通り金に糸目をつけず世界中を回り、資料を買い漁り、調査したのだそうだ。

もちろん、「切り裂きジャック」と聞けば必ず本を手に取ってきたので、私はこの本もすぐに買って読んだのであるが、読んでいるあいだじゅう、ずっと違和感を覚えていたことが記憶にある。

いちばん違和感があったのは、初めに「結論ありき」であったということだ。

彼女はこの名指しした画家が「切り裂きジャック」である、という結論がまず先にあって、それに合わせて資料や証拠を読み込んでいっているという印象が拭い切れなかったのだ。

いわば、先に絵を描いてしまって、それに合うピースを選び取っているのである。きっとそうだ、こいつに違いない、と思い込んでいるので、それ以外の証拠はまるで目に入らない様子なのである。

小説作品を書いている時の彼女は、実に沈着冷静で、バランスのよい、緻密《ちみつ》な構成のものを書く。それだけに、なぜこのノンフィクションが、このような視野の狭い、思い込みの激しいものになってしまったのかが不思議だった。

現実との距離。虚構との落差。それにとても戸惑ったことをよく覚えている。

後から漏れ聞いた話によると、このノンフィクションに取り組んでいた時期、彼女はプライベートでかなりつらい出来事に悩まされていたという。しつこいストーカーに追い回されていた、という説もある。

それとこの内容を結びつけるのがプロの作家に対して失礼なことだと承知しているものの、この本につきまとう追い詰められた偏執的な雰囲気は、やはり作家が生身の人間である以上、私生活が影響していないとは言えないな、と考えてしまうのだ。

では、私は？

翻《ひるがえ》って、自分とこの事件のことも考えてしまう。

この事件は私にとって何なのか？

お金をつぎ込んでまでして、実態を知りたい事件なのだろうか。

私と「切り裂きジャック」くらい、縁もゆかりもない事件だと言ってしまえばそれまでだ。

しかし、この事件はずっと私に「刺さって」いた。

知ってどうなる、という気持ちと、やはり知りたい、という気持ちがほぼ拮抗しているのを感じる。

調査をしてもらえば、恐らくこの原稿は、少し違った方向に向かうことになるだろう。二人の人生が具体的に目の前に現われ、新たに名前というタグが付けられて、生々しく迫ってくるかもしれない。ノンフィクションとしての性格がより強まるかもしれない。


二十年前の、大学時代の同級生の女性二人の心中の謎に迫る！


そんな見出しが躍る内容になるかもしれない。

そういう内容に興味がないわけではないし、単純に読者として読んでみたいような気もする。

生きていれば六十四歳と六十五歳だった二人。

奇妙なことに、この年齢が、私が当時実際にそうだと感じていた二人の年齢だった。

これはどういうことなのだろう。

当時の私は、彼女たちをこれくらいの年齢に感じていたということだ。

二十年のずれ。

それはつまり、私が実際に感じていた実年齢とのタイムラグであり、私がこの原稿を書き始められるまでのタイムラグでもあったわけだ。

この二十年は、なんの二十年だったのだろう。なぜ私は、これを書き出すまでに二十年もかかってしまったのだろうか。

# 1

仕事というのは、奇妙なものである。

わずかな幸運な人を除けば、ほとんどの人は働かなければ食べていけない。それも、生きている限りずうっと。

それが遥か古代から続く人間の生活の真実である。この世の中の大部分は誰かの仕事で出来ている。仕事で世界は成り立っているのだ。

そして、仕事というのは、概《おおむ》ね苦痛であり、苦役である。しかし、生活のため、世間体のため、それに人生のかなりの時間を割き、それからかなりのものを得ている。

なのに、それをするのはあくまでも「パブリック」な自分であり、それをしている時の自分はかりそめの姿だと誰もが思っている。仕事に費やす膨大な時間に比べれば、ほんのちょっとの時間しかない、それ以外での自分が「ほんもの」の自分だと思っている。

果たしてどちらが本当なのだろう？

彼女はそんなことをしばしば考えた。

プライベートの自分があくまでも核であって、「かりそめ」の姿はあくまでもどこかに映っている映像、中に小さな核を隠し持っている泡でしかないのだろうか。

しかし、彼女には今ひとつ納得がいかなかった。

これだけ人生の大部分の時間を仕事場で過ごし、仕事にエネルギーを注ぎ込んでいるのに、そちらが「かりそめ」だというのはちょっと無理があるのではないか。

むしろ、長いこと着ていた服のほうが身体に馴染んでしまうように、「かりそめ」こそが「ほんもの」になっていると考えたほうが自然なのではないか。

そんなことを考えるのだった。

とはいっても、彼女はそれがどちらでもいいと思っているし、あまり自分は「かりそめ」と「ほんもの」に乖離《かいり》がないと思っていた。そんなに違わない。どちらも入れ替え可能。そんな感じだった。

職場では、それこそ「勤務中」とばかりに制服を着て化粧も薄く地味にしているが、帰宅の時になると華やかに着飾ってガラリと変わって帰っていく、という女の子も沢山いた。「仕事の時、公の自分は別」と割り切っているのだろう。それをカッコいいと思う自分と、なんだかな、と思う自分がいた。

何かの本で読んだっけ――アメリカのビジネスウーマンは、オフィスではハイヒールを履き、オフィスを出る時にはスニーカーなどのスポーティな靴に履き替えるが、日本では逆だと。オフィスでは楽ちんなぺたんこのサンダルを履き、オフィスを出る時にお洒落なパンプスに履き替えるのだ、と。確かに、よく考えてみると、全く逆というのも不思議な気がする。

恐らくは、「パブリック」の意味が欧米と日本では裏返しなのだ。向こうでは、自分を輝かせ、演出する場所がそうであり、プライベートではリラックスして、自分を飾らない。だが、日本では逆だ。「パブリック」――それは日本の場合、世間、組織とも言い換え可能であるが――では目立たず、つつがなく、埋没して生きることが暗黙のうちに要求される。だから、いきいきとした「本当の自分」が輝くのはあくまでもプライベートであり、おのれを演出するのもそちらである、というわけなのだ。

彼女は、それよりも、自分が「パブリック」にも「プライベート」にも、それぞれ実感がないことのほうが気にかかっていた。公だろうが、アパートの中だろうが、どちらにも「本当の自分」はいない。どこか他人事《ひとごと》のようで、自分というものに少し距離がある。そんな感じなのである。

学生時代。

それはあっというまに過ぎた。なんの引っかかりもなく、これが学生時代だという実感もないまま。自分が描いていた知的な大学生活は結局最後までイメージの中のものでしかなく、「学問」の実体に少し指をかすめただけで、その先に広がっている、そこにあるはずの巨大な「学問」の気配を感じたに過ぎなかった。そして、そこに入っていくには、大学の四年間はあまりにも短く、浅薄《せんぱく》だった。

自分の人生はいつ始まるのだろう。

社会人になってからも、彼女は気がつくとそんなことを考えていた。学生時代も、いつになったら自分は大学生だという自覚が生まれるのだろうと思っているうちに過ぎたと思ったら、社会人になっていた。

もう人生は始まっているはず。これが私の人生で、二十代、今花の盛り。そう呟いてみても、どうにもそれは嘘臭く、実態がなく、自分のものとは思えなかった。

そして、仕事なのだった。

学生時代、どうやらそれには幾つかの種類があることに気付いていた。特に、女性にとっては、厳密に細分化された種類があるということにも。

それなりの名のある大学を出ると、仕事というのは、やはりそれなりの名のある企業に勤めることを指す。試験を受け、面接を受け、大学と同じく「合格」して勝ち取るものである。

そのような職場では、えてして女性の地位は低く、女性の役割は「花嫁候補」という職能のみ。決して長居はせず、椅子には軽く「腰掛け」ていること、任務を果たしたら粛々《しゆくしゆく》と次の世代にその椅子を譲ることが望まれる。戦力としては全く期待されておらず、その能力もないと見なされている。高度成長期に、ほとんど家にいない企業戦士の夫の留守を専業主婦が子育てをして守る、というモデルが出来上がってから出現した、女性の「仕事」のあり方である。

例えば、彼女の親友のTのように。

まさに彼女は典型的な、そういう女性の「仕事」を選んだ。この頃、四大を出て女性が就く職業といえばほとんどが教師であり、普通の企業に入るには、高卒や短大卒に比べ、ムダに歳を喰っている上に使いにくいというので圧倒的に不利だったし、採用もほとんどなかった。Tは聡明で有能であったが、それでもコネ入社だったし、その肩身の狭さについてしばしば漏らしていたが、当時企業のほとんどで「コネ」は通常の採用方法だった。

しかし、いっぽうで、その外側には、彼女が知っている、昔ながらの別の「仕事」があった。自営業、サービス業といった、数としては、ひとにぎりの大企業より遥かに多く、人の営みのほとんどを占めるほうの「仕事」である。こちらでは、女性は当然のごとく、実に頼りになる戦力であった。そもそも、専業主婦という職種自体、雇用の長い歴史の中では異例であり、この先、日本では高度成長期の特殊なものとされるだろう。

昔からこの世界では女性は貴重な戦力であり、「よく働く」かどうかが嫁としての重要な決め手だった。この世界では当然ながら女性が有能であるという前提があり、むしろ世界は女性で回っているという暗黙の了解もある。

当然、彼女が就職したのはこちらの世界だった。実家が自営だったので、それが普通だったし、知の世界に憧れて大学に行ったものの、四年間の自分の無為徒食には飽き飽きしていたので、早く働きたかった。学生時代にアルバイトをしたところのひとつ——ワンマン社長が経営する小さな貿易会社——から声を掛けられ、就職できた時はホッとしたし、ある意味「ここからが自分の人生だ」と思ったことも確かだった。

だが、ほっとしたのもつかのま、また別の違和感があった。

彼女がひとつ驚いたのは、世間の人々の「人生への必死さ」だった。

我ながら、なぜこんな当たり前のことに驚いているのかと自問自答してみたが、やはりそれは彼女にとって驚異だった。

そうか、こういうのが「人生」なのだ。これこそが、「本当の」人生なのだ。みんな、よりよい人生を求めて必死なのだ。

人生は戦いだ。弱肉強食。生存競争。きょうだいも多かったし、小学校のクラスの人数も多かった。ぼやぼやしていると喰いっぱぐれる。そんなことは常識だと重々承知していたものの、それでも「やはりそうなのか」と驚いている自分がいた。

実は、それよりも驚いたことがあった。人にこそ打ち明けなかったが、正直、何よりも驚いたのが、社会には色恋沙汰が溢れていることだった。

彼女には子供の頃から奇妙な幻想があった――いや、幻想ではなく、一部は本当なのかもしれないが――大人というのは立派なものであり、誰もが生きる理想を求めて働いているのであろう、と。

そんなことを本気で考えていたのかと笑われるかもしれない。しかし、彼女の感覚からすれば、世界をよくするために働くのが仕事というものの最終目的であり、それに自分の人生をいかにすりよせるか、自分の人生の目的をそれに一致させるのかが人生の技能なのだと幼い頃からおぼろげに考えていたのである（彼女の人生の数々の幻滅ののちでも、最後までその信念は消えなかった）。

だから、彼女としてみれば、人間の社会や人生というもので、色恋沙汰が占める割合はせいぜい二、三割だろうと漠然と考えていたのだった。

しかし、彼女が就職してみると、周囲には色恋沙汰が溢れていた。もちろん、彼女が若かったからそちらに目が向いたというのもあるが、それでなくとも、彼女の印象では、社会の半分近くが色恋沙汰、だったのである。それも、二十代ならともかく、実際のところ年齢はあまり関係ないようだった。

なんだ、立派なはずの大人たちは、陰ではそんなことばっかり考えていたのか。立派なご高説を垂れていても、一皮むけばそればっかりなのか。

彼女は、心底幻滅を覚えた。

世界は思ったよりもずっと「ちゃんとしていなかった」のだ。

それでは、どういうものが「ちゃんとした」世界なのかというのはまた別問題であり、とにかく社会人になって数年は、幻滅ばかりが先に立った。むろん、思春期の頃の「大人って汚い」という通過儀礼のような幻滅とはわけが違う。

彼女は、自分で思っていたよりもそのことに絶望していた。

まさか自分がそんなことで絶望するとは思っていなかったし、よもや自分にそんな潔癖なところがあるとも自覚していなかった。

が、世界は決して自分が思っていたようなところではないという事実に、どこか深いところで傷ついていたのだ。

もちろん、彼女だって色恋に興味がなかったわけではない。昔から男友達は多いほうだった。つきあった男性もいたし、社会人になってからも親しくよい雰囲気になった同期の男性もいたが、そんな程度では「人生に本気の」女性たちには到底敵《かな》わなかった。

同じフロアに、その男性を好きな先輩女性がいた。先輩は彼に猛烈なアタックをするのと同時に、邪魔者とみなした彼女に対し、同じく猛烈なネガティヴ・キャンペーンを行ったのである。

彼女は、そのネガティヴ・キャンペーンの内容よりも「そうまでして彼を手に入れたい」という先輩女性の鬼気迫る執念のほうが恐ろしかったし、「到底敵わない」と、戦う前から後退《あとずさ》りして逃げるほうを選んだ。

そう、人生においてはそういう人間のほうが正しい。

そのことは全く否定しない。

女性が若く美しくいられる時間は限られている。人生は一度きり。究極の一回性。生まれて死ぬまでの有限の時間。他の誰でもない、自分の人生。精一杯、愛して、戦って、生きていく。

だから、そのほうが、生物としても、人間としても、全く正しい。

そう理解していても、そのことに彼女はやはり絶望した。そして、そんなことに絶望する自分にも密かに幻滅していた。

そう――自分のことというのは、意外によく分かっていないものだ。

幼かりし日々、立ち上がって喋れるようになる頃、最初に顕《あらわ》れる気質や性格があり（この子は人見知りするね、意外に気難しいところがあるね）、徐々に社会性を獲得していって周囲に認知されていく性格があり（いいお姉ちゃんね、勉強もできるし、さばさばしていて男まさりね）、やがてそれを自分の性格として自覚していく。

二十歳を迎える頃には、あたしはこういう性格なのだと思い、こういうキャラクターですとアピールして社会に出て、それを基本にキャリアを積み上げていき、その性格の範囲内で世界を築き上げていく。

それは彼女の見た目も関係している——長身で、どちらかといえば筋肉質。いかにも長女で、言うことがはっきりしていて頼れそう。はっきりした色の服を好み、街を歩いていても輪郭がしっかりしていて、なんとなく目につく。そんな見た目通りの中身を、彼女自身も周りと協力して作り上げてきた。

だが、社会的人格というラベルが定着し一段落し、もうじき人生の折り返し地点に差し掛かると予感した頃から、ふとした何かの折りに疑問が紛れ込む。

郵便受を開け、どうでもいいダイレクトメールや請求書しかない郵便物をより分けてごみ箱に投げ入れた瞬間や、タクシーに乗る時、小銭があるかどうか確かめる瞬間。

これまで自分はこんな人格だと信じてやってきたし、そのイメージに自ら協力してきたけれど、本当のところは違うのではないか？

そんな疑問が忍び込む。

例えば、かつて学生時代、Tにたびたび指摘されてきたのに、あまりそうとは思っていなかったこと。


――○○ちゃん（Mの名前）、そうと見えないけど、厭人癖《えんじんへき》あるよね。

――えーっ、あたしが？　初めて言われた。

――あたしはそう思うな。

――そうかなあ。うち、きょうだい多いし、そんなふうに考えたことなかったけど。

――逆に、きょうだい多いからじゃない？　本当のところは、いつも一人になりたいと思ってなかった？

または、

――○○ちゃんて、基本、人見知りだと思うのよ。

――あたしが？　こないだも言われたけど、これまた△△（Tの名前）にしか言われたことないよ。

――みんな、つきあいが浅いんだよ。本当のところは絶対そうだと思う。


Tが自信ありげに断言していた表情を思い出す。

しばらく会っていないT、特に、結婚してからはすっかり疎遠になってしまったT。しかし、考えてみると、これまであれほど長時間一緒に過ごした友人はいなかったから、彼女のことをいちばん理解しているとTが自負するのも当然かもしれない。それに比べて、自分がTほどに彼女のことを理解しているかといえばあまり自信がないのだけれど。

そうか、Tが言っていたことは正しかったのかもしれない。

彼女はそんなことを考え始める。

そして、日々の暮らしの中で、徐々に理解し始める。

なるほど、人は歳を取るにつれて、根っこの性格が顕れてくるのだ。人格形成の時代には、こうなりたい、こうありたいという自分の性格を作り上げてきた――後天的な性格、努力して獲得した性格を。要するに、社会生活の使用に堪《た》えるだけのメッキをせっせと施してきたわけだが、経年と共に、メッキが剝げてくる。かつてはメンテナンスに多大なエネルギーを費やしてきたが、だんだんメッキを修理するだけのエネルギーも気力も衰えてくると、結果として、元の地金が出てきてしまう。そうすると、かつての性格――そして、いちばんはじめの性格（この子は人見知りするね、意外に気難しいところがあるね）――が出てくるのだ。

三つ子の魂、百まで。

これってこういうことね。昔の人は偉い。そうだったのね、自分のことすら分かっていなかったのに、世界が自分の思ったとおりの場所でないことなんて、当たり前なんだ。

彼女はそんなことを考える。

帰宅途中の地下鉄の、暗い窓ガラスの中の自分を見ながら。

仕事が忙しくて、すっかり水をやるのを忘れていた、鉢植えの福寿草《ふくじゅそう》が枯れているのを見つけた時に。

自分の性格をようよう理解し始めたこの歳になっても、彼女はまだ独身である。きょうだいは皆地元で結婚し、家庭を築いている。彼女には五人の甥《おい》と姪《めい》がいる。

両親は、彼女に対して、進学の時も、就職の時も、結婚についても、何も言わなかった。好きなようにさせてくれたし、本当は心配していたのだろうが、小言も言わなかった。彼女には何を言っても仕方ないし、どうせ自分のしたいようにしかしないだろうと思っていたのかもしれない。

それなりにいい関係にあった男性も何人かいたし、将来を考えたいと言ってくれた人もいたが、彼女が返事をしないでいるうちに、例によって「人生に本気の」女たちが彼らを掴み取っていったのだ。

彼女はそのことに抵抗しなかった。逆に、むしろ彼ら及び「本気の」女たちのご多幸を祈っていた節がある。

仕事は忙しく充実していて、同僚たちとの関係も良好である。その業界では、それなりのポジションも築いている。

それでも、彼女は半信半疑だ。

これが私の人生なのか？　本当に？　私は「本気の」彼女たちのように、人生を生きているのだろうか？　私はまだ人生に本気ではないのだろうか？　この歳になってもまだ？

世界は前へ前へと進んでいる（ように見えた）。めまぐるしく、慌ただしく、一直線に未来へと突き進んでいる（と感じた）。

飛ぶように過ぎ去る月日。一度きりの、一回性の、有限の、誰のものでもない、生まれて死ぬまでの、自分の人生が、電車に乗り、福寿草を枯らし、甥と姪にお年玉を渡し、郵便受のダイレクトメールを捨てる人生が、淡々と過ぎてゆく。

彼女は冬枯れの街を歩いている。

誰もがコートに身を包み、背中を丸め、不機嫌な表情でせかせかと道を行く。

新宿西口の高層ビル街。

彼女もまた、道を急いでいる。お客に会い、勤め先に戻るところだ。

街はまだ拡張を続けている。乾燥した空に、にょきにょきとビルが伸びていく。都庁もじきにここにやってくる。

ふと、誰かに呼ばれたような気がして彼女は足を止める。

振り返り、空を見上げる。

そこに、ひらひらと白っぽい羽根が舞っている。

なんの鳥の羽根だろう。

灰色がかった、薄く小さな鳥の羽根だ。ドバトのものだろうか。

羽根は、なかなか落ちてこなかった。ブランコのように左右に揺れていたかと思うと、地面から吹き上げる風に乗り、再び高いところに舞い上がる。

この景色、見たことがある。

彼女は羽根の行方《ゆくえ》を目で追いながら、冷たい風に身を震わせる。

羽根は、高層ビルに切り取られたモザイク模様のような青空に、ずいぶん長いこと舞い続けている。まるで、ほら、私のことを思い出してくださいよ、思い出すまではここを離れられませんよ、とでもいうように。

ああ、そうか。

彼女は唐突に思い出す。

Tの結婚式。

彼女は、視線を移す。

そこには、Tの結婚式が執り行われたホテルが見える。

もう一度振り向くと、もう羽根はどこかに行って見えなくなっていた。

そうだ、あの時見たのだ。大量に降り注ぐ白い羽根。会場を埋め尽くした、雪のような白い羽根。

あの時あたしは何を考えていたっけ？

彼女はぼんやりと考える。

壇上のTを見ながら、あたしは「新婦友人」のテーブルにいた。

そうだ、あの時も「人生」について考えていたっけ。あんなに早く「人生」を始めてしまったTに、驚きと、感心と、ある種の傷ましさを覚えて下からTを見上げていた。

あれからずいぶん経つ。

Tは「本当の」人生を送っているのだろうか。あたしには実感できない、「本当の」人生を。

あの時降り注いだ大量の羽根、あたしとTにしか見えていなかっただろう白い羽根。

あれはいったい何だったのだろうと、あのあとしばらく考えたものだ。単純なあたしは、Tが無垢な少女時代を完全に捨て去ったのだと——イノセントな過去と訣別したのだ、と、今思うと些かロマンチックに過ぎることを無邪気に考えていたのだけれど。

彼女はゆっくりと歩き出した。

立ち止まっているあいだに身体が芯まで冷えてしまっていた。自分で思うより、長時間羽根を見ながら突っ立っていたらしい。その痛いような寒さを振り払うように、彼女はぶるっと大きく震えた。

地下道に入ると、急に人が増えたように感じるのはなぜだろう。

コートで着膨れした人々の作る雑踏は、冬の匂いがした。天井に車と人の声が反射して、湿っぽい反響がトンネルに満ちみちている。

その「ぅわーん」という反響に包まれながら、彼女は不意に何かを理解したような気がした。

そうか、こういう人生もあるのか。

彼女はそんなことを考える。

「波瀾万丈《はらんばんじょう》」でもなく、「歌に生き恋に生き」でもなく、「精一杯」でもないけれど、一度きりの、有限の、誰のものでもない、生まれて死ぬまでの、人生。

その一回性においては、どんな人生も等価であり、変わりはない。そのひとつがこれなのだ。

そして、確信する。

あの白い羽根。

あれはきっと、Tもまた、あたしと同じような迷いを覚えていることのお告げなのだ、と。

Tも、それが自分の人生だという自信がないのではないか。誰よりも自覚的に「人生」を始めてみたつもりだったのだろうが、実際はそうでなかった。そんな風に感じて、Tもまた、困惑しているのではないだろうか――

そんな気がした。

さっき長いこと宙に滞在していた羽根――ひらひらと左右に揺れては落ち、着地するかと思えば舞い上がる――は、彼女の苛立ちや戸惑いのように思えた。あの羽根の向こう側に、Tの困ったような表情が見えた。

そうだよね、結構意外だよね。

彼女はそう羽根の向こうのTに話しかける。

あたしたち、自分のこと、意外に分かってないよね。

Tの指摘が今頃になって分かるように、T自身も自分のことが分かっていなかったと感じているに違いない。

そんな体験をして、一週間も経たないうちに、彼女は郵便受の中に、ダイレクトメールでも請求書でもない一枚のハガキを見つける。

その筆跡で、一目でTのものだと知れた。

何かの予感がして、それを裏返す。

秋に離婚しました。久しぶりに会いたいです。

短い私信が、雪景色の絵ハガキの隅にしたためてあった。

# 1

引越というのは、とにかく一定の時間内に部屋を空っぽにしなければならないという強力な制限があるためか、いわゆる感傷と呼ばれるようなものに付け入る隙を与えない。離婚だろうが、転勤だろうが、都落ちだろうが、どんな理由も部屋にあるもののすべてを運び出すという引越の目的の前では平等である。この物理的な作業には、どんなじめついた事情もすべて帳消しにしてしまう、あっけらかんとしたものがある。

住むところは変われど、人生は続く。肉体が存在する限り、人間の生活はどんな瞬間も途切れることがない。また別の部屋でガスを開栓し、続きを始めなければならない。

そして、何はともあれ、新居には始まりがある。期待がある。希望がある。

これはどんな期待なのだろう？　なんの希望なのだろう？

Tはそんなことを考えながら、運送会社のスタッフに指示を出す。

あ、それは奥の部屋にお願いします。壁ぎわに積んでください。いえ、そこでいいんです。

離婚はしたが、実家には帰らなかった。そんなことをするくらいなら、次のところが見つかるまで、元夫と同じ家に居続けるほうが楽だった。

彼女は自分の両親が、家族が、好きではなかった。「旧弊《きゅうへい》」という言葉を絵に描いたような二人。頭の固く権威主義に凝り固まった父と、愚痴と小言だけが生きがいのような母。

父そっくりの兄、母そっくりの姉。二人のきょうだいとやや年が離れていたこともあったろうが、子供の頃から自分だけが異邦人のように感じていた。

今回の離婚は、彼女にとっては痛恨の失敗であり不本意ではあったが、正直なところ、何より体面を気にする両親をうろたえさせ、恥を掻かせた（と二人は思っているであろう）ことにだけは密かに溜飲《りゅういん》を下げていたのも事実である。

今にして思えば、自分の人生の主な目的のひとつは、あの家を出ることだったのだ、とTは冷静に分析していた。息苦しくぎすぎすした家庭から抜け出すために、彼女は優等生を演じいい大学に進み、ひたすら家族から離れる道を模索した。むろん、結婚もその延長線上にあるミッションのひとつに過ぎなかったのだ、と。

問題は、離婚するまでに思ったよりも時間が掛かってしまったということである。自分の結婚が不本意なものであり、拙速《せっそく》であったと気付いたのは割に早かったのに、実際に実行に移すまでに要したエネルギーは莫大なものになってしまった。

世間一般的に見て、夫には特に落ち度はなかったため、なかなかきっかけがなかったというのもある。「本当は好きでもなんでもない男と一緒になったことに気付いたから」という本音は、いくらなんでも言い出せない。

彼女は悶々《もんもん》としつつ歳月を過ごした。

しかし、逆に歳月がきっかけを作ってくれた。

子供ができなかったから、という理由である。

それは離婚の理由としては、極めて正当な理由であった。

相手は長男であったし、当初から孫は大いに期待されていた。十年一緒にいて子供ができなかった、というのは別れる重要な理由になる。

その点については、彼女も長いあいだ迷っていた。

子供は欲しかったけれど、この夫の子供が欲しいのか？

その答えは残念ながらＮＯであった。どうしてもこの男と一生を過ごすことはできない。それだけは分かっていた。この男の子供を産むわけにはいかない。第一、子供を産んでしまったら、別れることは一層難しくなるし、別れるにしても向こうの家は強硬に親権を欲しがるだろう。かといって、別れて母子家庭でやっていくには、経済的にリスクが高すぎる。

だが、子供ができなかったからという理由で別れるためには、子供ができなかったことを証明しなければならない。

三十代も半ばに入り、彼女はじりじりしながら子供ができないようにして出産適齢期をやりすごすことになる。

実際、その理由がクローズアップされてみると、離婚は思ったよりもスムーズにできた。夫は、子供ができなかったことで離縁するのに後ろめたさを覚えていたようだし、そのことを理由に離縁するのを、自分が主体的に行ったと感じていた。本当のところは、そう考えるよう、そうするよう、彼女がいろいろと陰で手を尽くしていたのであるが。

夫とその家族が済まなそうにするので、彼女はかえって罪悪感を覚えた。同時に不快感も覚えた。世間から見れば、私は子供ができなかったので離縁された嫁失格の女であり、女として劣る、かわいそうな女なのだ。

離婚のことを実家の両親に伝えた時も、二人の顔に浮かんだのは「屈辱」であり、娘が石女《うまずめ》であったことへの「羞恥」であった。

そのことが不快ではあったが、それよりも解放感のほうが何倍も勝っていたことに、気付いた者は皆無だったろう。彼女一人だけが、誰にも打ち明けずに解放感をしみじみと噛み締めていた。

それでも、相当のエネルギーを使ったことに彼女はうんざりしていた。馬鹿な思い込み、利口ぶった勘違いのせいで、こんなに時間を無駄にしてしまった。

子供を産むためにはすぐにでも再婚しなければならないが、相手がいるわけでないし、何より疲れ切っていて、しばらく結婚はこりごりだった。

が、ふとどこかから声が聞こえる――

(実際のところはどうなのだろう？　子供ができないようにしていたつもりだったが、もしかして本当に私は子供が産めないのかもしれない)

彼女はその声を掻き消した。

とにかく、解放されたのだ。今はしばらくこの解放感を味わっていよう。

彼女は、悶々としながらさまざまなシミュレーションを繰り返し、自分がどうすべきなのかの選択肢を探り続けるあいだも、それなりに布石は打っていた――実家に帰る気はない以上、一人になっても稼いでいく方法を探さなければならない。慰謝料が出る類《たぐい》の離婚になるとは思えないし、自分の財布は必要だ。

できれば在宅でできるもの。どこかの組織に再び属して、結婚して離婚してと事情を説明させられるのは真っ平だった。地味でも確実に収入を得られるもの。

彼女にはひとつあてがあった。

大学で英文科だった彼女は、学生時代に産業翻訳のアルバイトをしていたことがあった。貿易事務の英文レターをひととおり勉強したことから、簡単なものを頼まれたのだ。

マニュアルやパンフレット、報告書やレジュメといった産業翻訳は、退屈で無機質ではあるが、大いに需要があることに気付いていた。学生当時、割にいい値段で報酬を払ってくれたことも印象に残っていた。在宅で、それなりに収入が得られるという意味ではぴったりだ。

彼女は密かにつてを頼って仕事を請け負うようになった。技術系や理科系の英語については、コツコツと勉強した。元々理系科目は得意だった。きちんと内容を理解しているということで、徐々に重宝がられ、やがては途切れないだけの仕事をもらえるようになった。芸は身を助ける。確かに、そこで得た収入は、はたして今日の引越費用を捻出できるまでに貯まったのである。

Mに声を掛けたのは、なぜだったのだろう。

ガスの開栓に来ました、という声を聞きながら彼女は考える。

はい、こちらです。お願いします。

そう言いながら、ハガキを書いた自分を思い起こす。

最初は誰にも知らせる気はなかった。会社の元同僚には、どうせ夫のほうから知れ渡るだろう。知らせるべき者などいない。そう思っていた。

それでもなんとなく久しぶりに年賀状の束をちらちらと見ていて、Mの筆跡が目についたのだ。

独身のM。学生時代のイメージのまま、バリバリ働いているM。かつてとてつもなく長い時間を一緒に過ごしたM。私が人生で失敗する前しか知らないM。

そう考えると、突然、自分が哀れになった。

不思議な感情だった。一番乗りとばかりに結婚し、私は自分の人生をきちんと考えているのよ、コントロールしているのよ、と結婚式でふんぞりかえっていた自分を思い出すと、滑稽《こっけい》で、惨めな気がした。正直、彼女も女にも男のように働けると「勘違い」しているタイプの一人だよねと思っていたMに、謝りたいような心地すらしてくる。

今いちど、Mに会いたかった。自分の愚かさ、惨めさを素直に打ち明けたかった。そこで、彼女はハガキを書いたのだ――やがて自分が、Mと再会ののち、一緒に住もうと提案することなど、ハガキを書いている時には思いもよらなかった。

いや、どこかで予感していたのだろうか？

実家に帰るのは論外だったが、そのくせ彼女は一人になるのは嫌だった。結婚から解放されて、しみじみ解放感を味わってはいたが、「出戻りを拒否して、一人で淋しく暮らしてるらしいよ」と言われることには我慢がならなかった。実際、一人暮らしをする自分は想像できなかった。三十代半ばも過ぎ、女一人でアパート暮らし？　それはあまりに惨めに思えたのだ。

Mにハガキを書いた時、もしかすると、どこかで彼女と一緒に暮らすことを予期していたのかもしれない。

その提案を口にした時も、彼女は自分が淋しいと気付いていたかどうか分からない。

少なくとも彼女は、一時しのぎだと思っていた――しばらくのあいだ、羽根を休めるような感じで、二人で住むだけだ。ちょっと学生時代の気分に戻って、リフレッシュしたいんだ。経済的にも互いに助かるし、ただそれだけなのだ、と。

# 1

引越というのは、不思議な高揚感がある。アドレナリンが出て、何かをやり遂げたという達成感がある。ある種のイベント感、といってもいいだろう。

Mは早足で新しい自宅へと急いでいる。

平日だったので、荷物の運びこみを始め、もろもろの立会いは全部Tに任せてしまった。

本当は土曜日の午後がいいと思ったのだが、Tが週末は引越屋の料金が高いし、どうせ自分は時間が自由になるのだから、と平日にしたのだ。

じゃあ、帰りに何か寿司でも買ってきて、引越祝いをしましょう、とMが提案した。高いものはいいわよ、お蕎麦でよければあたしが茹でるわ、とTはあくまでも倹約家なのだった。

あたしったら、なんでこんなに浮き浮きしているのかしら？　もしかして、新婚ってこんな感じなのかもね。

そんなことを考えて、自分で「馬鹿だな」と突っ込みを入れる。

考えてみれば、十八で実家を出てから誰かと暮らすのはものすごく久しぶりだ。しかも赤の他人と。新鮮に感じられるのは当然かもしれない。

本当に、学生時代に戻ったみたい。

自宅で待っているTのことを考えると不思議な気がする。


一緒に住まないかという提案を聞いた時は驚いた。

学生ならともかく、こんな歳になってから、同性の友人と暮らすことなど全く考えたことがなかったからだ。

すっかり一人暮らしに慣れてしまっていたし、自分なりの秩序が出来上がってしまっている。

が、それでもその気になったのは、久しぶりに会ったTが、想像以上に憔悴《しょうすい》し、ダメージを受けていたからだった。

もっとも、そう感じたのはほんの一瞬だった。

Tは記憶の中の彼女のまま、相変わらずきちんとしていて綺麗だったし、淡々と自分を分析するところもちっとも変わっていない。

とどのつまり何が理由なのよ。

そう尋ねると、Tはちょっとだけ苦い表情になった。

好きじゃなかったの。

は？

思わず聞き返してしまう。

好きでもない男と結婚しちゃった。そう気付いちゃったの。

Tは、まずいものでも口にしたように、渋い顔でそう繰り返した。

Mはぽかんとする。

まさか、誰よりもシビアでビジネスライクに結婚という事業に飛び込んでいった彼女の口からそんな返事を聞こうとは思わなかった。

やがて、Mは笑い出していた。あっはは、という屈託ない笑いは、ゲラゲラという笑いの爆発になり、なかなか止まない。

何よ、その大笑いは。

Tは不満そうに呟く。

だっ、だって。まさか、あんたがさ。

Mは苦しそうに腹を抱え、途切れ途切れにそう漏らしてはまた笑う。

Tもぷっと噴き出し、笑いに合流した。

二人で「馬鹿よ」「ひどい」と言いながらも、しばらくゲラゲラと笑い続ける。

あー、おなか痛い、とようやく笑いの衝動が治まってくると、この爆笑がこれまで二人が会わなかった歳月をいっぺんに埋めたことに気付く。

いやー、そいつは大変だったね。

Mが改めてそう言うと、つかのまTがきょとんとし、ごく短い時間、放心したような顔になった。

この時である。Tが、T自身気付かないほど深く傷ついているとMが感じたのは。

それは、まるで裂け目のようだった。

なだらかな山をハイキングしていて、ふと路肩にある裂け目を覗き込んだら、思い描いていたのよりも遥かに深い谷が落ち込んでいた、とでもいうような。

Mは思わず身体を引いた。

Tは自分がどんな表情をしていたのか分からなかったらしく、「うん、面倒臭かった」といつもの声で答えた。それからの会話はいつも通りだ。

どうするの、実家帰るの。

Mが話しかけると、Tはきっぱりと首を振る。

帰らないわ。

今はどうしてるのよ？

まだ夫の家に住んでる。

ええっ、離婚届出したのに？

うん。次に住むところが決まるまでいていいって言ってるから。

そのあいだ、家事とかどうしてるの？

続けてるわ。まあ、住まわせてもらってるわけだし。

なんだか変な関係だね。

それでも実家に戻るよりはマシよ。

Tの表情が険しくなる。

Tが家族のことをよく思っていないのは、Mも薄々気付いていた。一度だけ顔を合わせたことがあるが、確かにTが言うように「堅苦しい」家であることは伝わってきた。

ねえ、しばらくのあいだ、一緒に住まない？

Tはふと思いついたようにそう提案した。

はあ？

最初、Mはそう提案されたことに気付かなかった。自分と一緒に住みたい、と言っていると気付いたのは少し遅れてのことである。

無理無理、生活時間不規則だし、とMは手を振った。

構わないわよ。あたし、家で仕事してるし。

そこからTの冷静な説明が始まった。

驚いたことに、Tは既に収入のあてがあり、しかもそれはきちんとした実績に裏打ちされてのものだった。彼女は産業翻訳で、かなりの実入りを得ていたのだ。

Mは少なからず驚いた。社会人としての実績があると自負している自分と比べても、悪くない収入である。

さすが、やっぱしっかりしてるなあ。

改めて、友の手堅さに感心する。

そして、心が動いたことを感じた。

ずっと引っ越したいと思っていたことを思い出したのだ。今のところは手狭で環境は決してよくない。時間がなくて短期間で決めなければならなかったため、貸し手に言われるままの条件で決めてしまったのである。後からよく調べてみたら、同じ家賃でもっと広いところ、もっと条件のいいところはいろいろあった。しかし、仕事でそれどころではなく、そのままずるずると更新してきてしまっていた。

二人で住むなら、もっといいところに住める。それに、在宅勤務できちんとしているTなら、しっかり家の管理をしてもらえそうだ。

あたし、昼間はうちにいるから、家のことはするわ。

Mの期待を読み取ったかのように、Tはきっぱりそう宣言した。

家事は苦にならないし、むしろ仕事の気分転換になるから。

うーん、でも、悪いような気がするなあ。

Mはためらう。

じゃあ、家事の分担とかは、あとできちんと考えましょう。互いの生活パターンを把握するまでしばらく掛かると思う。当面あたしが家事やってみて、収まりのいいところを探すってことでどう？　光熱費の分担とかも、住んでみないと分からないでしょ。

てきぱきと指示するTの声を聞いていると、だんだんその気になってくるのを感じる。

（あたし、誰かと住めるのかな？）

Mは自分にそう聞いてみる。

学生時代を含めると、もう人生の半分が一人暮らしだ。あまりにも一人が馴染んでしまって、誰かが同じ家にいるところなど想像できない域に達している。

だが、そんな生活に飽きているのも事実だ——誰かが言っていたが、独身生活というのは長距離列車に乗っているようなもので、どこにも停車駅がない。人生の節目がなく、句読点もない。

（そんな生活に変化があってもいいのでは？）

でも、どのくらいの期間？　ねえ、ひょっとして、再婚の予定とかあるわけ？

Mはそう尋ねる。

Tは笑って首を振る。

今のところ、再婚予定なんてないわよ。しばらくのあいだ、としか言いようがないけど。

二年くらいかねえ。一回更新するあいだとか。

そうかもね。

なんとなく、この時、二人とも期間については明言を避けた。

なぜかは分からない。互いに何かを感じていたのだろうか。自分たちの未来について、何かを。

それでも、この時の二人は、まだ自分たちの未来がバラバラだと思っていたはずだ。学生時代の仲良し。

それが、しばらくぶりに復活し、二人の人生が久しぶりに交錯した。たぶんこれは人生の踊り場なのだ。ちょっと疲れて、同じ場所でつかのま休む。そんな感じ。やがてはまた、それぞれの人生に戻っていき、それぞれの未来を生きていくに違いないのだと、二人とも考えていたはずだ。

確かに、二人とも経済面で、微妙な時期だった。家を買うのか、郷里に戻るのかの決定を迫られるほどの時期ではないが、今更ぺーぺーのような貧乏暮らしはできない。

そこそこの収入はあるが、裕福なわけでもない。

東京の家賃はじりじりと上がり続けているし、この先下がることなどなさそうだと思うと、二人ならそこそこの広さのところに住めるというのは魅力的だった。

いつしか二人の話題は、借りる家の場所や、間取りなどに移っていった。

まだ本当に一緒に住むわけではない、という空気は漂っていたが、その方向へと舵を切っていたことは間違いない。

かくして、その次に会った時には引っ越すことが決まり、その次に会った時には物件を探し始めていた。そして、三ヶ月後にはもう引越先まで決まった。敷金と礼金は折半。引越費用はそれぞれ自分の荷物の分を払う。

潜在的に誰かと住むことを強く望んでいたTと、潜在的に変化を求めていたMの利害が一致したのである。

あらかた自分の荷物の整理がついていたTは、Mのところに来て、Mの引越の準備までしてくれた。

うひゃー、こんな楽チンな引越初めてだ、とMは喜んだ。

全く、あんたの旦那も残念よね、こんないい奥さんに逃げられて。

Tはただ苦笑するばかりだった。

そして、今日、引越は済んだ。二人のそれぞれの荷物が運び込まれ、ガスも使えるようになり、今夜から新しい生活が始まるのだ。

Mは初めて通る最寄り駅からの帰り道をそわそわしつつ歩いている。

さっき家に電話をしてみたら、「お蕎麦茹でるから、お土産はいいわ。もったいない」という普段通りの返事が返ってきた。

それでも、「記念に」とショートケーキを買ってみた。

家にいる誰かにお土産を買って帰るのも、久しぶりだ。

浮き浮きした気分は持続している。

私鉄沿線の駅から徒歩七分というアパートは、二人で即決しただけあってなかなかいい物件だった。駅から近い割に静かな住宅街の中にあり、古いけれども造りと管理がしっかりしていて、中も広い。大家さんが同じ敷地に住んでいて、他の住人の素性も確かだった。学生時代の友人どうしで住む、というところに引っかかったらしく、不動産屋で理由を繰り返し聞かれたが、最後は大家さんに会って面接のような形でOKが出た。

2LDKだが、納戸《なんど》があり、ベランダも広く、よく日が入って明るかった。名ばかりのマンションよりも、かなりお得な物件だった。

Mは街灯の灯《とも》る路地を歩きながら、明かりの点いている自分の部屋のことを思った。

明かりの点いた家に帰るのもすごく久しぶりね、と思う。単に消し忘れて慌てて出て、帰った時に青くなったことはあったけどね。

そんなことを思い出して苦笑する。

変化。あたしの人生における、久しぶりの変化。

(いつまで一緒に住むの?)

高揚感に包まれながらも、どこかでそんな冷たい声を聞いたような気がした。

Mはハッとして、少し足取りが重くなる。

手にした白い箱をなんとなく見下ろす。

ピンクの文字で店の名前が入ったケーキの箱。

彼女は立ち止まり、ケーキの箱を目の前に上げてみる。

記念日。新しい生活の始まった記念。二人で暮らす記念。

(記念。この日はどこかに続いている。ずっと先、どこか重要なところに)

ふとそんな考えが浮かぶ。

が、彼女は再び歩き始める。

お腹がすいた。茹でた蕎麦のおつゆの匂いを嗅いだような気がして唾を呑み込む。

もう何も考えていない。

楽しい夕飯のこと。食後のショートケーキのこと。

そして、漠然とした穏やかで明るい未来が、彼女の頭の中にイメージとして存在している。

これは踊り場なのだ。

学生時代以来、久しぶりに交錯した二人の人生。

ちょっと羽根を休めて、一緒に一休み。

やがてまた、それぞれの人生に戻っていき、それぞれの未来を生きる。

そう、この時点では——恐らく、この時の二人は、きっとそう考えていたのだ。

0

もちろん、その可能性については、ずっとどこかで考えていた——と、思う。

いや、どうなのだろう。

少なくとも、初めてあの記事を目にした時には、その可能性は頭に浮かばなかった。

当時、既に述べたように、私はその二人が実年齢よりもかなりの高齢であると思いこんでいたせいもある。

だが、考えないではなかったし、当然思いつく疑問ではあった。

こんな回りくどい表現をしている自分に、少し戸惑っている。これまでフィクションの中では普通に書いてきたことなのに、実在の人物に対してだと、こうも書きにくいものだとは。

つまり――二人が同性愛者だったという可能性である。

そのことを改めて思いついたのは、ごく最近、深夜、TVでアメリカのドキュメンタリー番組を観ていた時のことだった。

二〇〇八年のことである。

アメリカのカリフォルニア州で同性婚が認められ、多数のカップルが結婚した。しかし、その半年後に州憲法改正案「提案8号」が住民投票により可決され、同性婚は再び禁止されてしまう。そこでLGBTの二組のカップルが、自分たちと子供の人権を守るため、「同性婚の禁止は憲法に定められた法の下の平等に反する」として提訴。最終的には違憲と認められ、再び婚姻届を出すまでを描いたものである。

その中で、四人の息子たちを育てるレズビアンのカップルがインタビューに答えていて、印象に残ったのは、「これまでもあるがままの自分でいようとずっと努力してきたけれども、いちばんストレスだったのは、自分の存在が否定されていて、憎まれていると感じてきたことだったと気付いた」という言葉だった。

実際、裁判の途中にもひっきりなしに脅迫があり、脅しの電話が掛かってくる。

「バケモノめ」「地獄へ落ちろ」「くたばれ」などという、すさまじい憎悪に満ちた留守番電話のメッセージには、観ているほうも気が滅入る。ＬＧＢＴが、自殺したり殺されたりする事件も後を絶たない。

時に過剰なまでに同性愛者に反応する人々を見ていると、彼らは明らかに恐怖していているのだと感じる。恐らくは、自分の中にもそういった傾向があることに気付いていて、そのことを認めたがらず、拒絶しているのだろう。映像の中に登場する彼らは、ヒステリックでグロテスクであり、哀れにすら見える。

数々の困難を乗り越え、勝利を得て改めて婚姻届を出すところは感動的で、私は深夜一人で涙していた。

そこでふと、例の二人のことを思い出したのだ——私がずっとその死の理由を知りたいと切望してきた、あの顔のない二人の女性のことを。

考えてみれば、昔も今も、心中をするのは許されない恋に落ちた二人である。ならば、あの二人の心中の理由も、許されない恋だったと考えるのがいちばん自然ではないか。許されない関係であったからこそ、二人は死を選んだのではないか。

そこでハタと気付いたのが、もしかして、世間一般の人は、あの記事を見た時に、真っ先にそう考えるのかもしれない、ということだった。

なぜ二人の名前が匿名だったのか。

それは、名前を出したら二人がそういう関係であったと勘ぐられると遺族が考え、そして新聞社側もそう考えたことを示している可能性があると思いついたのだ。

私は愕然とした。

他の小説家はどうか知らないが、私にはしばしばこういうことがある。

何が世間の「普通」で「常識」なのか、分からなくなるのだ。

SFだのホラーだの、到底モラル遵守とは思えぬ話を書いているのだから、突拍子もない妄想が頭に渦巻いていることは認めるが、それなりに常識もある、という自覚もある。しかし、時折世間の「普通」が理解できないことがある。

そして、まさしく、今回がそれだと深夜TVの前で思い当たったのだった。

そのショックの内訳は、実はかなり複雑である。

この時——私は、自分が小説家としての「普通」に無自覚なあまり、例の二人が同性愛者である可能性を排除したことに気付いたのだ。

むろん、考えていなかったわけではない。この『灰の劇場』を書き始める時に、二人の人生がどういうものかを想像した際、いくつかのケースを考えた。その中に、「許されぬ恋・許されぬ関係」も入っていたのを覚えている。

しかし、私は初期の段階であっさりそのケースを排除したのだ。正直、吟味《ぎんみ》するにも当たらない、と意識していたことが記憶にある。

なぜか。

それは、小説家にとっては、あまりにも陳腐だからである。

年代的なものもあるだろう。

七〇年代、八〇年代を少女漫画と共に育ってきた私にとって、同性愛というのは、漫画の中で慣れ親しんだドラマだった（もちろん、当時から頭では理解していた――劇的に産む身体へと変化してしまう少女が、いわば自分のイノセントな時代にしがみつき、生殖を伴わない少年たちの恋愛に自らの無垢さを託し、理想化しているのだということは）。

つまり、子供の頃からさんざん消費してきた物語だというわけであり、長じて小説家となった今、彼らのドラマは小説家の「普通」としては、消費し尽くしたコンテンツだったということなのだ。

しかし、現実では、世間では、一般的には、決して彼らは「陳腐」でもなく、「消費」され尽くした存在でもない。今なお常に彼ら自身も彼らを囲む環境も繊細で揺れ動いていて、凄まじい憎悪に耐えて長い裁判を戦い抜かねばならないような現実なのである。

私はあぜんとしていた。

それほど無自覚に小説家の「普通」を行使し、あっさり二人の切実な可能性を却下していたのに、こうして「違憲と判断されてよかったね、婚姻届が出せてよかったね」と善人面して涙していたとは。

なんとまあ「安い」涙だことよ、と自分にあきれ、赤面してしまったのだ。

0

しかし、翌日、私は考え直した。

たぶん、世間一般の大多数があの記事を見て「許されぬ恋」ゆえの心中であると考えるのであれば――そして、そういう下世話な説がいちばん可能性が高いと思われるのであればこそ――私の小説家としての勘は、「そうではない」と反応していたのだと。

前に書いたように、私が初めてあの記事を読んだ時、「許されぬ恋」の可能性は全く頭に浮かばなかった。それでいて、この二人には何か異様なものがある、と天啓のように感じたことだけは記憶に残っている。

では、その「異様なもの」とは何だろう。

ここでまた、私は小説家の「普通」について考えてしまう。

もし私が五年前、あるいは十年前にこの二人のドラマを再現しようと考えていたならば、恐らく今とは全く違ったものになっていただろうからだ。

これまでの私の傾向からいって、たぶん二人の関係を静かながら緊張感に満ちた、サイコサスペンスのようなものとして描いていたはずだ。きっと、二人の手記や日記を交互に書く、という形になっていたのではないか。

過去に犯した犯罪のために、離れようにも離れられない関係であった、とか。支配関係にあったとか、依存関係にあったとか、あるいはその両方だったとか。

追い詰められ、ひたひたと死に向かう二人。

「心中」というクライマックスに向け着々と盛り上げていく、エンターテインメント的な手法を選んでいたに違いない。

しかし、今現在、こうして二人のドラマを再構成している私には、彼らの「異様なもの」とはそういう類ではないと考えている。

仲良くわざわざ奥多摩まで出かけていって橋から飛び降りた二人。

そうさせた「異様なもの」は、いわばボタンの掛け間違いのような、一見ひとつひとつは平凡で不作為だったもののように思える。それらが積み上げられ、連鎖していった結果、その帰結点が最後の瞬間だったという気がするのである。

# （1）

電車が通り過ぎる音が天井付近の斜《なな》め上から降ってきて、建物全体がかすかに同調して揺れているのが分かる。

ガード下ではなくガード脇、なのだが、雰囲気はほとんどガード下だ。

初夏の夕暮れは蒸し暑く、線路に沿って建っている細長いその居酒屋はずっと引き戸を開けっぱなしにしているが、時折自然な風も入り、ちょうどいい感じだった。

「——で、最近何か心が動いた？」

生ビールで乾杯して開口一番、そう質問されてハッとする。

心が動く。

身体のどこかでさざなみめいたものが起きたが、すぐに消えてしまった。

「——動いてないねえ」

「俺も」

大阪の外れである。

私鉄駅のすぐそば、線路沿いにある短い飲食店街のひとつのカウンターに腰を下ろしている。店の中は長いカウンターとテーブル席が四つほど。学生のグループや仕事帰りのサラリーマンで、席のほとんどが埋まっていた。

近くの劇場で芝居を観た帰り道だ。

隣のHは関西在住の劇作家兼放送作家で、年に一、二度会って飲む友人である。

「それって、いい質問だけど、痛い質問でもあるね」

「でしょう」

きずしや煮込みをつまみながら、だらだらと飲む。

最近、何か面白いもの観た？

フィクションを生業《なりわい》にする稼業である以上、そういう質問を挨拶代わりにすることは多い。「あれが面白かった」「あれはよかった」というものは常にあるし、すぐに幾つかは頭に浮かぶ。しかし、「心が動いた」ものとなると、なかなか浮かばないのが現状である。

「そうそう『心が動く』って、この歳になるとないね。怖かった、とか、腹が立った、でもいいわけでしょ、つまり」

「うん」

「要するに、喜怒哀楽も緩やかになってきてるってことよねえ。仕事柄、なんにでも興味持たなきゃいけないし、とりあえず興味持ってみるのが習性になってるけど、それも習慣になるとキツい。だからなおさら、本当に『心が動く』ことって少なくなる」

「そうなんだよ。『面白い』と思っても、ほんの一瞬。ちょっと時間経つとすぐに忘れちゃうし」

「忘れる忘れる。ああ面白かった、という印象だけ残ってて、内容なんかさっぱり覚えてないもの」

ひとしきり、加齢による記憶力の減退を嘆きあう。

ふと、閃《ひらめ》いた。

「あ、ひとつ思い出した。心が動いたっていうか、印象に残ったこと」

「何？」

「こないだ、イギリスのバレエ観たの。いちばん有名なバレエ団」

「へえ、バレエも観るんだ」

「必要があって、取材で観たんだけどね。で、面白かったのは、やっぱり『芝居の国のバレエ』だったところ」

「シェイクスピアの国だもんな」

「まさにそう。他の国の有名バレエ団だと、だいたい舞台の上に横一列に並んで、中央にダンサーが出てきて、自分の出番の踊りを踊るわけ。あくまで、観客が観てるのはダンサーであって、そのダンサーが踊る有名な振り付けなんだよね。だけど、イギリスの場合は違う」

「どう違うの？」

「やっぱり、イギリスのバレエは『芝居』なんだよね。『踊る芝居』なの」

「それって同じことじゃない？　バレエ自体、『踊る芝居』じゃん」

Hは不思議そうな顔になる。

「違う違う。他の国のバレエは、『芝居を用いた踊り』なの。イギリスは『踊りを用いた芝居』。だから、舞台での登場人物の立ち位置からして、ちゃんと芝居の内容を説明する位置になってるんだよね。次々に踊るダンサーも、踊りを見せてるのと同時に『役』を見せてる。観客はダンサーを観てるんじゃなくて、『踊る役者』を観てる」

「ふうん。なるほどね」

「これが最近の発見。ちらっと、心、動いた」

「あ、俺も思い出した」

彼は箸を持った手を止めた。

「大した話じゃないんだけど」

私の期待を込めた視線を感じたのか、彼は小さく手を振った。

「俺んちの裏庭のブロック塀の上って、猫の通り道になってるの。だいたい通る猫も時間も決まってて、常連の猫がいるんだよね」

「うん。うちのマンションのエントランスもそう」

「で、よく見かける二匹の猫がいたわけ。金色の目をしてて、ヨーロッパ地図みたいな形をした模様のある猫と、黒い目をして、オーストラリアみたいな形をした模様のある猫。うちじゃあ、ヨーロッパとオージーって呼んでたの」

「ずいぶんとまたハイカラな猫だね」

「そう。ところが、こないだ、初めて庭以外のところでその猫に出くわしたんだよ。おお、こんなところでオージーにって思ってさ。そしたら、びっくり」

「なんで？」

「実は、ヨーロッパとオージーは同じ猫だったんだ」

「え？」

私は一瞬混乱した。

「そんなことってありうる？」

「うん。ブロック塀の上を通る時って、行きと帰りで当然見せてる身体が違うよね。俺は、それが違う猫だと思ってたけど、その猫は片側がヨーロッパで反対側がオーストラリアだったわけ」

「え？　でも、目の色が違うんでしょ？」

「そうなんだ。話には聞いたことがあったけど、初めて見たよ。左右の目の色が違う猫」

「へえー。金色と黒なんだ」

「そう。道路で正面から見て、『アッ』と思った。全然違う色の目で、あの猫だと分かった。二匹だと思っていたら、一匹だった」

「まるで探偵小説のトリックみたいだね」

「だろ。これが、心の動いた話」

「なるほどね」

ひとしきり近況報告をしてから、私は先日『灰の劇場』の舞台化で決まったヒロイン二人の顔に違和感がある、という話をした。彼は、原作を読んでくれている。

「舞台ってさ、抽象化と同時に具体化なんだなって思ったよ」

私は溜息混じりに呟く。

「『ザ・虚構』なのに、生々しい肉体がそこにあるわけじゃん。矛盾してるよねえ。原作ではとことん匿名で顔がないのに、舞台の上には顔がある」

Hは考え込む表情になる。

「顔も記号のひとつだと思うけどね。そう考えたら？」

「それはそうだけど」

また電車が通った。

ガタガタという振動。

なんとなく、電車が通り過ぎるまでのあいだ黙り込む。

二人のヒロイン。くっきりと浮かぶ顔。

もう舞台稽古は始まっているはずだ。自分の知らないところで、あの二人が現実に「存在」していて活動しているのだと思うと奇妙な気がした。

「――心中って、不思議だなあ」

彼はレモンサワーを注文すると、カウンターの輪染みを指でなぞった。

「関西が本場だよね」

私がそう言うと、生まれも育ちも大阪の彼は苦笑する。

曽根崎心中。心中天網島《てんのあみじま》。

ぱっと頭に浮かぶのはそんな演目だ。

「そもそも、心中が愛の成就になるってところが、分かるようで分からないんだな。一緒に死ぬのって、愛の成就になるかあ?」

彼は首をかしげた。

私はつかのま考えてから口を開いた。

「まあ、互いに命を捧げるって点では、究極の愛の証明になるんじゃないの?」

「ホントに？　太宰治みたく行きずりの心中もあるぞ。一人じゃ死ねませんみたいな」

「同情して死んであげましょうっていうヤツね」

「そもそも一緒に死んじゃったらそこでおしまいじゃん。そしたら、ゆっくり回想できないじゃん？」

油揚げの焼いたのが来た。上でおかかがふわふわと躍っている。

「回想って？」

私は油揚げの上に醤油を回し掛けた。

「愛してる、私もです、この世では添いとげられない、じゃあ一緒に死のう、はいっ、て何それ？　納得いかないんだよね。それって愛なのか？　愛しているという感情を反芻するタメがないというか、余韻がないというか、ただの衝動で思考停止じゃん。一緒に死んじゃったら、しみじみ思い出す時間がゼロってことだろ？　いったい二人はいつ『愛』を感じてるわけ？」

うーん、と私は唸った。

「エロスとタナトスは背中合わせだから、死んでいく瞬間？」

「それってつまり、セックスの絶頂が愛ってことだよね？　そうなのか？　たとえその瞬間すっごく気持ちよかったとしても、それって肉体の反応であって、そこが愛の成就だっていうのには抵抗がある」

「ははあ」

私は一人頷いた。

「何?」

彼が怪訝そうにこちらを見る。

「ロマンチストだったんだねえ、キミは」

「俺が?」

ますます怪訝そうな顔で聞き返す。

「だってそうでしょ。観念的に『愛』を感じるのが理想なんでしょ。一人相手を思う時間こそが愛だと。セックスごときの肉体の反応は愛ではないと」

今度は彼が唸る。

「うーん、そう言われるとなんだか恥ずかしいけど、つまりそういうことかも」

「だよ」

私はあごを撫でる。

「じゃあ、死んだのが一人だけだったらいいの? 相手が『あなた一人愛します』と言って死んでいった。残されたほうは、相手をひたすら回想し続ける。これは愛の成就? もし成就だとしたら、どちらの愛の成就なのかな?」

「どうだろう。ある意味、両方成就してるし、同時に成就してないのかもしれないな」

しばし、二人とも考え込む。

外をがやがやと歩いていく学生たちの声が店の中に流れ込み、やがて遠ざかった。

「愛の成就かどうかは分からないけど、もし自分が死のうとしてる時に、一緒に死んでくれるって言われたら心強いだろうなあ。すっごく感謝すると思う」

「そうかあ？　俺は嫌だな。ほっといてくれって思うな」

「その気持ちも分かるけどね」

「俺は、客死《かくし》希望だな」

「客死？」

「旅先とか仕事先で、事故か急病でバッタリっていう」

「ああ、それか」

「公演中に急逝、って理想だなあ」

「周りの人が大変そうだけどね」

私もHも、人生の折り返し地点を過ぎている。

こんなふうに、ふとした折り、自分の終点について考えることがある。ちらりとその瞬間を覗き見た気がする時がある。

「さっき言ってた、若い人の心中が衝動的で思考停止、っていうのは当たってるね。互いに人生そのものを同時に断ち切るんだものね。後悔するヒマも反省するヒマもない」

「ロミオとジュリエットは愚かだ」

「だけど、歳取った人の心中は？　ずーっと長いこと考えて、その挙句に心中するっていうのはどう？」

Hはつかのま思案した。

「それはそれでありかも」

「うん。いろいろ身の回りのことを整理して、段取りつけてからっていうのが大人の心中だよね」

そう口にして、かすかに鈍い痛みが過《よぎ》った。

私が小説に書いた二人は、身辺整理をしていったのだろうか？　きっと済ませていたに違いない。

「しかも、流行《はや》り廃《すた》りがあるわけだからなあ、ああいうのって」

「うん。死って確かに流行り廃りがある。若い人の自殺とか、特にそう」

「いろいろあったよなあ。自殺したアイドル歌手を追って飛び降り、とか、ネットを介して集まって練炭自殺、とか」

ただでさえ日本は自殺者の多い国である。年間万単位の人が自ら命を絶っていると考えると、空恐ろしい心地になる。

彼女たちは、その無数の死者のうちの二人だった。私の中に刺さっていた二人。再現を試みた二人。今でも顔を知らぬ二人。

「一緒に死ぬ」

そう口に出してみる。

「淋しいからかなあ」

「どうせ死ぬ時は一人だぞ」

Hが低く呟いた。

「そう。死ぬ時は一人だから」

あの二人の死は、何かの成就だったのだろうか？

いったい何の？

愛？　友情？　信頼？　諦め？

それとも何か別のものの？

今でも——彼女たちを書いたあとでも、よく分からない。

びしっ、という振動の予兆と共に、またしても電車が通り、二人は黙り込む。

電車だけでなく、目に見えない誰かも、天井の斜め上のところを横切っていったようだった。

# 0

死ぬということは一大事業なのだ。


どこかで思い浮かべていたのは、我が家のマンションの窓際にぽつんとうずくまっている、私の親指の爪くらいの大きさの黒い甲虫《こうちゅう》のことだった。

それは数日前に見つけたもので、いつ入りこんだのか分からなかった。かなり弱っている様子で、のろのろと動いていたものの、やがて窓辺の一点で動かなくなってしまった。

それから二日が経つ。

もう絶命しているのか、それとも動けなくなっているだけなのかは分からない。

普段ならばとっとと窓の外に放り出していたはずのその甲虫を、なぜかこの時は放り出すのが億劫で、放置したままにしていた。

当然、魔法のように消え去るわけはないので、ずっとそこにいる。

そこを通りかかるたび、見てしまう。

ああ、そこにいる、と思いながらも素通りしてしまう。

恐らくは――もう絶命しているのだと思う。

その証拠に、徐々に体表は艶《つや》を失い始めており、心なしか縮んで乾き始めているようだった。最初に見た時はつやつやと黒く光っていて存在感があったのに、今やなんとなく軽く見えるし、文字通り「影が薄い」状態だ。

それでもまだ、私はそのままにしている。

窓辺に来るたびにじっとそれを眺め、またそこを離れる、を繰り返しているのだった。

0

神奈川に住む父方の叔父が危篤状態だと父から連絡があり、急遽仙台から上京した母を、兄と東京駅で待ち合わせた。

父は一足早く来て、何日か叔父に付き添っていたらしい。父と入れ替わりに、我々が叔父を訪ねることにしたのだ。

東北新幹線の改札で兄と待ち合わせ、母が出てくるのを待っていたのだが、待てど暮らせど出てこない。

予定の新幹線は「到着済」の表示になっている。ひとしきり人の波が溢れ出してきたあとぱたりと途絶えた。これだけ見晴らしのいい改札だ。見失いようもない。

実は、私と兄が待っていたのは北乗換え口で、この時母は、南乗換え口から新幹線の改札を出てしまっていたのだった。

私も兄もいつも北乗換え口を使っているので、なんとなく母もこちらから降りてくるような気がしていたのである。

少し経ってから兄が南乗換え口を見に行ったが、そこにも母はいない。

心配になって携帯電話を掛けてみると、母は既に丸の内中央口まで歩いていってしまっていたことが判明し、結局合流できたのは新幹線が着いてから三十分近く経ってからだった。

思い込みというのは恐ろしいものである。次回は気をつけようと兄と肝《きも》に銘《めい》じたが、トラベルミステリーのトリックには使えそうにない話だ。

京浜東北線は比較的空いていて、三人で並んで座ることができた。

このところ台風や長雨が続き、しばらく陽射しを見ていないような気がする。

鉄橋の下の多摩川はどんより灰色にくすみもやっていて、遠くのほうで墨色をした雲と混じりあっていた。

「多摩川って大きいんだね」

「やっぱりこれが首都防衛ラインになるわけだな」

兄と私がボソボソとこの夏大ヒットしていた『シン・ゴジラ』の話をしているうちに、電車は目的地の駅のホームに滑り込む。

駅前から拾ったタクシーはうねうねと坂を上り、高台にある病院に着いた。

地元のタクシーの運転手は辺りに詳しく、日祝日の病院の入口はあっちですよ、と指をさして教えてくれる。

叔父はもう緩和ケア病棟に移されていた。

ナースセンターの前の待合室にいたいとこと再会し、病室に案内してもらう。

すっきりした機能的な部屋だった。

順番だと分かっていても――誰の身にもいつしか平等に訪れる日なのだと知ってはいても――それでもなお、どういう反応をしたらいいのか決めかねている自分がいる。

ましてや、日頃ほとんどの時間をフィクションを書いて過ごしている身である。

「これは現実なんだ、これは現実なんだ、ほんとのことなんだ」と何度も自分に言い聞かせていることに気付いた。そうでもしなければ、これもまたフィクションなのだと思い込みそうな自分もいる。

叔父はもう会話はできなかった。

意識の混濁が始まっている様子で、混乱を抑える薬も投与し始めているという。

こちらの会話や呼びかけは聞こえているようで、時折頷いたり、何か呟いたりする。

たまに痛みを訴えると、すぐに看護師が来てくれて、点滴に鎮痛剤を入れてくれる。

病室に入った時は緊張していたし、幾つかの管に繋がれた姿にショックを受けたりして、なかなか正視することができなかったけれど、だんだん病室に慣れてきたので、待合室から椅子を持ってきて雑談をする。

叔父の表情が心なしか穏やかになった。

恐らく、みんながここにいて、同じ部屋で四方山話《よもやまばなし》をしているというのが分かるのだろう。そういう雰囲気のほうが落ち着くらしい。いとこがついていない時に限って、病状が変わるというのも分かる気がする。

改めて見てみると、そんなに面変わりもせず、顔色も悪くなかった。腕と足の筋肉も落ちていない。

目を閉じてうとうとしているところは、驚くほど父と似ている。本当にきょうだいというのは、遺伝というのは不思議なものだ。

そして、この光景が遠からぬ将来、自分にも訪れる場面なのだというのも不思議だった。

私はそこに両親の姿を見、更にずっと先、意識が混濁してうつらうつらしている自分の姿を見ていた。

孤独死、という言葉がよく分からない。

死ぬ時は一人だし、皆死ぬ時は孤独である。

誰かに看取《みと》ってもらいたいという願望が全くない。象の俗説のように、死期を悟ったらひっそりどこかにフェイド・アウトしたいのだが、現代では難しいので、憧れは「客死」だ。できれば旅先を希望する。現地で私の「客死」に遭遇した人には気の毒だと思うが、そこのところはひとつ、よろしくお願いしたい、と虫のいいことを考えている。

ベッドでうとうとする叔父を囲んで、入院にまつわるもろもろの事情について、現実的なことをひとしきり話す。

いとこが何度も声を掛け、寝返りを助け、痛みがないか尋ねる。

長い人生を過ごし、さまざまな形で社会に関わってきた人にとって、人生のしめくくりというのは一大事業なのだ、とじわじわ現実が染みてくる。

なんて大変な事業なんだろう。物理的にも、精神的にも。

自分の家の荷物のことを考えると気が遠くなる。あれを片付けるだけでも大変なのに、手続きだって、業務連絡だって、ざっと考えただけでも、あれもこれも、やらなければならないことがたくさんある。

普通の人でこうなのだから、ましてや、それなりの名を成した人ならば、ますますやらなければならないことが膨れ上がるのは、ほんの少し想像しただけでも明白だ。それほどの人なら、周囲の人も含め、生前からいろいろな準備をしているのだろう。まさに一大プロジェクトといってもいい。

しかも、当人は身体も弱っていて、闘病しなければならないかもしれない。一人ではどうにもならず、必ず人の手を借りなければならないことがどうにも煩《わずら》わしい。それでもまだ自分でコントロールできればいいが、認知症になったりしたら、それもままならない。

——もしかしたら、どちらかの健康に不安でもあったのだろうか。

ふとそんなことを考えた。

むろん、私が書いている、書こうとしている、例の二人のことである。

実は、その可能性も検討したことがあった。

最初のイメージでは、二人はかなりの高齢という思い込みがあったので、どちらかが深刻な病気になり、世をはかなんで心中したのではないか、というのも考えたのだ。

ひと口に「世をはかなんで」と言っても、いろいろな要素が含まれる。

長い闘病や苦痛を恐れ、それにかかる費用を恐れ、人の手を借りなければならないことを恐れ、一人残されることを恐れる。それらを総合した「世をはかなむ」だ。

ならば、まだ身体の自由がきいて、どこにでも行けて、なんでもできるうちに自らの意思でこの世を去るほうがいい。そう考えたのではないかと思ったのだ。

ところが、実際の彼女たちの年齢は遥かに若かった。働き盛り、女盛りといってもいい年頃だったので、知らず知らずのうちに病《やまい》の可能性を除外してしまっていたのだ。

これもまた、思い込みに過ぎない。

このあいだ、同性愛者の可能性を「陳腐だから」と除外したように。

東北新幹線の改札で、きっと母が北乗換え口から降りてくるだろうと思い込んでいたように。

しかし、病は若い人でもかかるし、働き盛りでもかかるのだ。

むしろ、若い人のほうが、病気は死活問題だろう。

独身の四十代の女性が二人でルームシェアをしているとする。片方が病気になる。死に至る病でなくても、働けなくなるような病気であれば、たちまち二人は経済的に困窮する。長期療養を必要とする病気、半永久的に薬を飲み続けなければならないような病気だったらどうなるだろう。生きている限り、医療費が生活を圧迫し続けるのだ。

二人で働いているからこそ住める部屋も、片方の収入がなくなれば、たちまち住めなくなる。あらゆるものがもう一人の負担となる。病人の面倒も見なければならないことになれば、もう一人の収入も怪しくなる。

四十代半ば。

どうだろう？　どの程度貯金があるだろうか？　ちゃんと健康保険に入っていただろうか？　年金は？

結婚もせず、学生時代の友人どうしで暮らす。そこに何か公的な保障はあるだろうか？　どちらかを養子縁組でもしない限り、互いを受取人にする生命保険にすら入れない。

家族は援助してくれただろうか？

今はようやくルームシェアという概念が浸透するようになったが、当時、それがどのくらい珍しいものであり、イレギュラーな行為であったかは想像に難《かた》くない。

二人が家族と疎遠であり、孤立していてもおかしくない。友人や仕事仲間、ご近所づきあいはあったかもしれないが、それはあくまで「知り合い」でしかない。

何より、本人たちが家族との接触を、外部の介入を拒む。安定していた二人の生活への侵入を、誰かに助けを求めることをためらわせる。

しかし、病は待ったなしである。それは二人の生活を根本から揺るがし、じりじりと崩壊させてゆく。

二人は追い詰められる――

母が叔父に話しかけている。叔父の腕をさすりながら、いとこと交互に声を掛ける。この年代の女性のコミュニケーション能力の高さには、いつもつくづく感心させられる。それとも、女性が本来持っている能力なのだろうか。その場で必要とされる言葉を掛け、人を繋ぎ、和ませる。あるべき健全なコミュニティを当たり前のように成立させる。その能力に欠ける私には、彼女たちの能力が奇跡にしか見えない。

私が小説家になったのをとても喜んでくれた叔父だった。私のデビュー作を読み「『風の又三郎』を思い出した」と言っていた叔父だった。

母の声を聞きながら、私は数十年も前、二人の女が、部屋の中にいるところを思い浮かべる。

ひっそりとしたリビング。

食卓を挟み、俯き加減に座っている女たち。

沈黙が流れる部屋。もう日が暮れてきたというのに、どちらも明かりを点けようとしない。

何を話し合っていたのだろう?

この気まずい、張り詰めた空気は何だろう?

二人は何を決めたのだろう?

病室の大きな窓に目をやる。

雨は上がったようだ。陽射しは、ない。

# 1

二人の生活は、すぐにかっちりと歯車が嚙み合った。

片方が会社勤め、片方が在宅での仕事、というのもよかったかもしれない。つかず離れず。

共同生活で互いに助け合いつつも、過剰には踏み込まない。そんな暗黙の了解が成立していた。

互いに忙しい時は、ほとんど顔を合わさなかったりするが、何も言わなくとも家事分担はきっちり、うまい具合に分かれていた。

これは快適だ、とすぐに双方が感じた。

孤独からは解放されているし、かといって、互いの生活を背負っているわけではない。婚姻関係ではないので、相手の面倒をみるという責任はない。

これが男女の同棲であれば、一緒に住む必然性を常に考え、確認し続けていなければならないだろうが、同性どうしなのだから、そんな義務感からも自由である。あくまでも「つなぎ」であり、経済的・物理的な理由で一緒にいるのだから。

近所で怪訝な顔をされることはあった。

たまに外食でもしようかと、一緒に駅前の商店街を歩いていて、馴染みの店に挨拶したりすると、二人を見て不思議そうにする視線を感じることはあった。

きょうだいにしては全く似ていないので、一緒に住んでいるというとさまざまな憶測が相手の目を過るのにも気付いていた。

しかし、それにも慣れた。

この生活は互いに快適なのだし、誰にも迷惑はかけていないのだから、文句を言われる筋合いはない。

学生時代に通ったような居酒屋に寄り、互いの仕事の不満や愚痴を吐き出しながら、揚げ出し豆腐や煮込みをつまむ。

まるで学生時代に戻ったような心地すらする。

そこには、さまざまな現実問題が棚上げされているのだが、二人は気付かないふりをする。まだあたしたちは若い。まだ次のステージがある。今はあくまでも「つなぎ」の時期だ。一時退避のような状況なのだと、それぞれが信じ込んでいる。

初秋の夕暮れ。

居酒屋の引き戸は少し開けてあり、そこから夜風が吹き込んできて心地よい。外では、電車が通り過ぎ、踏み切りのカンカンカンという音が響いてくる。しばし黙り込み、二人はほろ酔い状態を楽しむ。

Tが煙草を取り出す。

あれ、あんた煙草吸うの？

Mがそれを見咎《みとが》めると、Tは苦笑する。

なんかねえ、ずっと家で作業してて、煮詰まっちゃって。頭すっきりするって言ってる人がいたから、ちょっと吸ってみたら、確かにすっきりしたような気がして。それから時々吸ってる。

ふうん。

Mはあきれたような声を出す。

MはTの喫煙に気付いていなかった。しかし、Tが煙草を取り出す仕草はあまりにも自然で、既に生活の一部になっていることが窺えた。

別に隠れて吸うことないのに。高校生じゃあるまいしさ。

Tは複雑な表情で首を振る。

うーん。部屋に匂いつくの嫌だし、なるべく窓開けて吸うようにしてたから。

Tはたくさんの注文を抱えていた。納期が厳しいらしく、ここ数週間、ほとんどこもりっきりで作業していたのをMは知っている。もっとも、M自身も大きなプロジェクトを抱えていて、あたふたと出張に駆け回っていたので、その様子を目にしてはいない。

なんというか、時間と日付の感覚がなくなるわね。まさか自分がこんな生活するなんて、思ってもみなかった。

Tはゆっくりと煙草を吸いながら、煙の行方を目で追っている。

そうだねえ、あっというまに季節が変わるね。

Mも一緒に煙が天井に消えていくところを眺める。

そう。あっというまに。

Tが声を出さずにそう言ったような気がした。

その時、Mはふと、二人の未来を一瞬垣間見たような気がした。

ひょっとすると、あたしたちは、ずっとこのままなのではないか。あっというまに、十数年の月日が経ち、「ほんとにあっというまだったね」「こんなに同居生活が長くなるとは思わなかったね」と、同じカウンターで呟いている、年老いた女二人がここに座っているような気がしたのだ。

それは奇妙な感覚だった。

Mは、未来の二人の徒労感を、諦観を、それでいてすっかり身体に馴染んだ安楽さを感じた。未来の自分たちの体験を追体験しているような心地になった。

Mは、そっとTの顔を盗み見る。

彼女も同じように感じているのではないかと思ったのだ。

しかし、Tはぼんやりと煙草の煙を見上げたままだ。

その目は虚無感すら漂わせ、なんの表情も表れていない。

フリーの顔になったな。

Mはそんな感想を持つ。

学生時代、OL時代、結婚式の時。いつもTは「しっかりしたお嬢さん」の顔だった。誰かの庇護下にある、与えられた役割を当たり前だと思っている女性の顔だった。

だが、今は違う。

フリーで働く、個人事業主の顔だ。

運動でもしたら？　こもりっきりだと、余計煮詰まるでしょ。

MはTに言う。

そうね、体力はつけておかないと。

Tは灰皿で煙草を潰す。

まあ、夕飯の買い物ついでに散歩するのが気分転換になるわ。あたしは女だからいいけど、男性の同業者は大変ね。昼間うろうろしてると不審者扱いされたりするんだって。

だろうね。

Mは相槌を打ち、日本酒の熱燗《あつかん》を頼む。

でも、東京はまだいいでしょ。昼間うろうろしてる、職業不明の人がいっぱいいるもん。地方で在宅の仕事の男の人は、目立っちゃってたいへんなんだろうな。

Tも頷いた。

そう思う。

二人はしばし、自分たちが出てきた郷里のことを考える。そこで暮らす家族、自分たちとは違う、「普通の」生活をしている人たちのことを。誰かとデートでもしようものなら、たちまち翌日には親戚じゅうに広まっているような狭いコミュニティのことを。自分たちのことを、都会に出て行って結婚もせずフラフラしていると評しているであろう人々のことを。

二人は無言のうちに、決意を新たにする。それは同じ決意である。

もう、あそこには戻らない。絶対、あそこには帰らない。いや、もう帰れない。絶対にあの人たちの世話にはならない。助けも求めない。

そう自分に言い聞かせる。

二人は、互いにそう決意していることを感じ取っている。

十年先、あたしたちどうなってるんだろうね。

Tがふと呟く。

十年後。それは――

Mの脳裏に、さっきの奇妙な追体験が蘇る。

こうしてここに、同じカウンターに座って、「あっというまだったね」と呟いているあたしたち。

だが、Mはそれを口にはしなかった。それは、二人にとって望まぬ未来だったからだ。

Mは冗談めかして口を開いた。

あの店のカウンターで、十年後どうなってるかなって言ってたよね、って言ってるかもね。懐かしがってるんだろうな。

徳利《とっくり》が運ばれてきた。

Tが、Mのお猪口《ちょこ》に酒を注ぐ。

そうだね。それぞれ別のところに住んでて、久しぶりって会って、あの時住んでたアパートに行ってみようよって言って、この店に来てるかも。

Tは頷きながら、ゆったりとした口調でそう言った。

だが、Mはその声に冷めたものを聞き取っていた。

そう言っている本人が、そんな未来を全く信じていないような感じ。ただなんとなく口にしているだけで、実感が全く伴っていない感じ。

もしかして。

Mはもう一度、チラリとTを見る。

もしかして、彼女もあたしと同じような未来を感じていたのでは？ あたしたちはずっとこのままで、あのアパートで、一緒に老いていく。次のステージなどなく、ここから動けず（動かず？）、ずっとここにいる。そう思ったのでは？

もちろん、Mはそのことを口にしない。

Tも何も言わない。

あたしたちの未来はどこに続いているのだろう。

お猪口を傾けながら、Mはぼんやりと考える。

快適な同居人。便利な同居人。気の置けない同居人。それは決して悪いことでも、まずいことでもない。だが、その歳月の先には何が待っているのだろう。

また電車が通る。

踏み切りの音。レールの継ぎ目を越える音。

どこかヒヤリとする、夜風が吹き込んできて、Mはほんの少しだけ、全身をぶるっと震わせた。

なんだろう、この寒気は。

すぐ隣にいるのに、Tは平然としていて夜風など感じなかったかのようだ。

Tはさっきと同じ虚無感を湛えた目で正面を見据えたまま、黙ってお猪口を傾けている。

（1）

ホワイエ、という言葉を初めて聞いた。

あとで辞書を引いてみたらフランス語だった。「溜り場、娯楽室」という意味で、入口から会議室やホールまでの間にある広い空間を指し、休憩・歓談に使われるところだという。

これまでそういう場所をずっとロビーと呼んでいたので、新鮮である。

確かに、言われてみればそこは「ホワイエ」という響きがぴったりの場所だった。

ずっと行きたいと思っていた、大阪は中之島にあるフェスティバルホールである。建て替えてからしばらく経つが、なかなか来る機会がなかったのだ。以前のホールにも来たことがなかったので比較はできないけれど、既に何十年もそこにあるような風格があって、堂々としたアプローチが素晴らしい。

広い大階段から始まるところは、宝塚の影響だろうか、などと考えてしまう。階段を上ると、天井の低いエスカレーターが三本あり、その先がホールを囲むように広いスペースになっている。そこがホワイエと呼ばれていた。

入口で、ビルの二階から七階部分がフェスティバルホール、と書いてあって、そんなにスペースを占めるのか、と思ったが、中に入ってみて納得した。

ホールそのものがとにかく巨大だ。定員二七〇〇人というのだから、スケール感がハンパない。ロビー（ホワイエ）も天井が高く吹き抜けになっていて、シックでゴージャス。今では死語となりかかっている「大人の社交場」という雰囲気が漂っている。

ホールの内部も、チョコレート色の立体的な反響板が張りめぐらされていて、とても落ち着く色合いだ。

自分が出演者だったら、うまく演奏できそうな感じのするホールである。演奏者をリラックスさせる、なんともいえぬ包容力を感じるのだ。

劇場というのは不思議なもので、それぞれに気質や人格みたいなものが宿っている。

気難しかったり、天邪鬼《あまのじゃく》だったり、寛容だったり、高慢だったり、いろいろだ。

使う者との相性もあるし、長いことつきあっていくうちに定まっていく性格もある。学生時代にバンドをやっていたので、いろいろなホールやライブハウスで演奏したが、居心地のいいところと、なんとなく反《そ》りの合わないところがあった。むろん、ロケーションや音響設備の性能などのせいもあるのだろうが、演奏に下駄を履かせてくれるような聴き映えのするホールがある一方で、できるもんならやってみろという冷ややかで、かつ失敗したら嘲笑《あざわら》ってやるぞという悪意みたいなものを感じるホールもある。

そういう意味では、フェスティバルホールは、出演するほうも、聴くほうも、心地がよいホールだった。ここをひいきにするミュージシャンが多いのも頷ける。建て替えに反対する声も強かったらしいが、概ね建て替え後の評価も高いようだ。

大阪フィルハーモニーの演奏を聴きながら、しきりにそんなことを考えていたのは、『灰の劇場』の稽古が始まったと聞いたからに違いなかった。

あの白っぽい場所——川沿いのビル。

かつては染料の会社だったという場所。地下のようでもあり、地上のようでもあり。都市のエアポケットのような不思議な空間。

稽古も上演もあの場所で行われるのだと思うと、なぜか胸の奥がざわつく。

ご覧になりますか？

プロデューサーから連絡があったのは、三日ほど前だった。

いつでもいらっしゃっていただいて結構ですよ。

私は「はあ」と生返事をした。

自分の書いたものが舞台化、あるいは映像化される時の、形容しがたいもやもやとした感覚が蘇る。

あの複雑さは、何回体験してもうまく説明できない。嬉しいような、嬉しくないような。恥ずかしいような、恐ろしいような。不安と期待が入り混じっていて、祈るような気分。この言葉が適切かどうか分からないが、判決を待つ被告はこんな感じなのではないかと思う。

つまり、他人が自分の書いたものをどう受け取ったか、どう感じたかを具体的に目の前で見せつけられる。自分の書いたものが、いったいどういうものなのかを、世間のフィルターを通した形で提示されるのだ。それが一種の「審判」と言っては大袈裟だが、評価を目の当《ま》たりにする気になるからだろう。

たぶん、私は通し稽古か初日まで行かないだろう。原作者としては、できれば通し稽古で見るのがベストだ。初日で観客と一緒に見るのは、それこそ「審判」をひしひしと肌で感じなければならないので、気の弱い私にはハードルが高い。

しかも、今回の場合、別のハードルもあった。

ずっと気にかかっているあの問題。

キャスティングされた、生身の役者の顔に、違和感を覚えるという問題。

主役二人の顔を、私は全く想定していない。アルファベットという記号しか与えていない二人に、顔が付いて舞台の上で発声する。そのことに、まだ私は違和感を覚え続けていた。

果たして、実際に上演されるところを観て、その違和感が解消されるのだろうか？

あるいは、大阪の友人が言ったように、芝居という寓話性によって納得できるのかもしれない。役者の顔も記号のひとつだと割り切るべきなのかもしれない。

だが、私はまだ半信半疑だった。

そして——実は、誰にも言っていない理由が、今回もうひとつあった。

こうして暖かくゴージャスな中之島フェスティバルホールの座席に収まりながら、劇場という場所について考えているのは、そのせいだということに私はどこかで気付いていたのだ——無意識というのは——連想というのは、奇妙なものである。

正直に言うと、私はあの場所が怖かったのだ。

あの妙に乾いた場所、水辺にありながらもカサカサした場所、空虚な、それでいて見えない何かが（恐らくは時間が）降り積もった遺跡のような場所。

初めてあそこに行ったあと、しばらくして、前を通りかかったことがある。

車での移動の最中だった。

曇り空の日の、午後四時くらいだったと思う。

私は都心でぼうっとタクシーに乗っているのが結構好きだ。パノラマ島のように次々と景色が変わる街の中を快適に運ばれていく感覚が心地よい。日常の中の、つかのまの小旅行。無心になれるひとときだ。

どうしてあんなところを通りかかったのかは今となっては謎であるが、とにかくあの古いビルの前に近付いたのである。

もっとも、あの場所に近付いたとは気付いておらず、ただシートにもたれてぼんやり車窓を眺めていただけなのに、なぜか不意にぎくっとして背筋を伸ばしていた。

何か異様なものを見た、と感じたからである。

それが何なのかは分からなかった。

きょろきょろした時に、周りの風景を見て、自分があの場所を通ったことに気付いたのだ。

あの古いビル。リノベーションしたアトリエ。

あそこだ、と気付いた時にはもう通り過ぎていて、たちまち後ろに遠ざかっていた。

今のは何だったんだろう。

私は冷や汗を掻いていた。

都市には、ところどころああいう場所がある——そこだけちょっと暗くて紗《しゃ》がかかっていて、危険信号を発しているようなところが。

今となっては、何に異様なものを感じたのかは思い出せない。

だが、中の印象は乾いて空虚な空間なのは、あのビルそのものが発していた負のオーラめいたものに反応したのだとしか思えなかった。

あの中の、降り積もった見えない何かが、ビル全体から瘴気《しょうき》のようにじわじわと滲み出ているような気がした。

今もあの中では何かがしんしんと降り積もり続けている。そして、何かがあそこに宿っている——

電話の最中、世間話のように、プロデューサーが言ったことのせいもある。

なんかね、あそこ、出るみたいなんです。

出る？

何気ない口ぶりなので、条件反射のように聞き返した。

あそこ、出るらしいです。スタッフが何人か見たって言ってました。

見た？

それでも私は彼の言っていることの意味が分からなかった。

幽霊ですよ。

そこでようやく、彼ははっきりとそう言った。

幽霊？

思ってもみなかった単語に、私はあっけに取られた。

プロデューサーの口調があまりにも自然で、「雨が降ってきました」というのと変わらなかったからだ。

どんな幽霊ですか？

つられて私も普通に聞き返していた。

分かりません。はっきりした姿じゃなくて、サッと後ろを影が横切ったり、足音だけだったりするらしいです。

へえー。確かに、古いビルですもんね。出てもおかしくないですよね。

はい。別に悪さをする様子もないんで、みんなだんだん慣れてきちゃったそうです。それぞれ「変だな」と思ってたようで、何かの折りに「あなたも？」「あなたも聞いた？」って感じで。

劇場には、よくいるっていいますけどね。でも、あそこは劇場じゃないし。

私がそう呟くと、プロデューサーが「ははは」と気のない笑いを返して寄こした。

劇場にしたから、じゃないですかね。舞台というのは、いろんなものを引き寄せますから。

そんなやりとりをしたあと、電話は切れた。

幽霊。

タクシーの中で、背筋を伸ばした時の感覚が蘇る。

やはりあそこには何かがいるのだ。ビルから滲み出している——降り積もり続けている何か。

モノを作る、あるいは演じる。それはパソコンの中であれ、劇場であれ、映画の画面の中であれ、「場」を作りそこに何かを招聘《しようへい》することであり、何かを出現させることだ。

それがかつては別の用途で使われていた場所であっても、その「場」に転用した途端、何かがやってきてしまうのかもしれない。

ましてや、長いこと人間の営みに使われていた場所であれば、「場」の持つ力のようなものはより強く反応するのではないだろうか。

昔観た映画の一節が、脳裏に繰り返される。

それを作れば彼はやってくる——

『フィールド・オブ・ドリームス』の一節で、映画の宣伝文句にも使われていたと記憶している。

　アメリカの田舎に暮らす男は、ある日トウモロコシ畑でその声を聞く。

　それを作れば彼はやってくる。

　誰の声かは分からないが、確かに声を聞いたと思った男は、畑を切り開き、野球場を作るのだ。そして、確かにその野球場に、トウモロコシ畑の中から彼はやってきたのだった——


　いつのまにかフェスティバルホールを出て、梅田の外れで食事をし、ビジネスホテルに引き揚げていくところだった。

　大阪人は世界一歩くのが速い、と言われているのを実感するのはこんな時だ。

　東京人も歩くのは速いし、私も歩くのが速いほうだと思っているが、地理を把握していないせいもあって、大阪の街のスピードの中では、自分がもたもたしているように感じられてしまう。

　ここ数年、日本の大都市はどこも中心部のホテルが取りづらくなっていて、少し離れたところのビジネスホテルに宿泊していた。

　地下鉄で何駅か移動し、地上に出てホテルに向かう。

　大阪というのも不思議な街で、意外にとりとめがなく中心部がない。東京の街のような明確なハブや役割分担がなく、「なんとなく」広がっている、という感じなのである。


地上に出ると、明るい月が輝いていた。

がらんとした郊外っぽい空間に、ビルやマンションが並んでいる。

ビジネスホテルは、切ったカステラみたいな、薄い直方体をしていた。

幹線道路には、チェーン店の串揚げ屋やお好み焼き屋が明るく客を誘っている。

ほろ酔い気分でのんびりとホテルに向かっていた私は、不意に背筋を伸ばしていた。

何かが足を止めさせる。

ホテルの通りの一本手前に、細い路地があった。

奥は暗くて、小さな飲食店の明かりがぽつんぽつんと灯っている。

私は棒立ちになって、暗がりの奥を見つめていた。

異様なもの。

タクシーの中で、背筋を伸ばさせたものと同じ何か異様なものが、この奥にある。

私は立ち止まったまま動けなくなった。

なのに、私は動いていた。もう一人の私が、私から抜け出して、そろそろと路地の奥に進んでいくのが見えるような気がした。

私は、とぼとぼと道を進んだ。

いつしか、私は東京のあの場所に向かっていた——川のそばの古いビル。あの白っぽいアトリエへと。

辺りは、暗くもなく明るくもなく、あの日車で通りかかった時のような灰色の曇り空だった。

音もなく、とても静かだ。人気《ひとけ》もなく、がらんとした空間。

川の匂いを感じる。少し離れたところで吹いている川風の予感がした。

私はいつのまにかあのビルの入口に立っていた。

看板が立っている。

本日初日。

地下に下りる階段が見える。

胸がどきどきしてきた。初日に来てしまうなんて。通し稽古にしようと思ったのに。

でも、人気が全くないということは、まだ通し稽古の時間なのかもしれない。

私はゆっくりと階段を下りる。

自分の足音が、やけに虚ろに大きく響く。

誰もいない。スタッフも、呼んでくれたはずのプロデューサーも。

踊り場に、辿り着く。

川に面した窓の向こうが明るかった。

踊り場に足を下ろした時、どこかでぱたぱたっと誰かが駆け抜けるような音がした。

思わず振り向いて天井のほうを見上げる。

上のほうに誰かがいる？

しばらく耳を澄ましたが、しんと静まり返って何も聞こえなかった。なんとなく、その足音は体重の軽い子供のような気がした。

再び歩き出し、アトリエに向かう。

驚いたことに、中にはぎっしりと人がいた。

どうやら、私は開演時間に間に合わなかったらしい。

既にもう上演が始まっていて、観客がそれを見守っている気配がした。

ちぇっ。時間を間違えたんだ。

私は舌打ちするのと同時にホッとしていた。あの観客の中にいなくて済んだことに安堵していたのだ。

まあいい。ここでちょっと聞いていよう。

壁に寄りかかると、その向こうで上演されている様子が伝わってくる。

役者の台詞は聞こえないが、その抑揚は分かった。

ああ、今、上演されているんだ。

私は目を閉じた。

役者の顔が見えないことにも、安心した。

もしかすると、こんなふうに「聞く」のがいちばんいいのかも。

こうして、見えない役者の顔を想像しながら、演じられているのを「感じて」いるのが、私にはふさわしいのかもしれないし、この上演に接するのにいちばんいい形なのかもしれない。

ふっ、と影が射した。

誰かが目の前を横切った。

そう感じて目を開けたが、そこには誰もいない。

今、誰か通ったよね？

きょろきょろと辺りを見回し、階段の上を覗きこんでみるが、なんの姿もない。

気のせいか。

私は再び目を閉じ、壁にもたれた。

が、壁の向こうに聞こえる音が変化していた。

さっきまで、確かに芝居を上演する台詞の抑揚が聞こえていたはずなのに、今聞こえてくるのは妙な音だ。

ざわざわ、がやがやという喧噪。これはまるで、繁華街を歩いているような雰囲気ではないか。

怪訝に思って壁に耳を押し付けるが、賑やかさは変わらなかった。閉鎖された空間とは思えない。

ふと顔を上げると、アトリエの扉がほんの少し開いているのが見えた。

五センチほどの隙間の向こうは、やけに明るい。

私は恐る恐る近付いていき、そっと隙間から中を覗きこんだ。

そこは、さっき出てきたはずの、フェスティバルホールのホワイエだった。

高い天井から雨のような照明が降り注いでいて、シックな赤い絨毯《じゅうたん》の上には高いカウンターテーブルが並んでいる。

行き交う客が、カウンターテーブルの上でシャンパンを飲んでいる。そこここで歓談し合っている。

おかしいな。もうコンサートは終わったはずなのに。

私は中に入ってゆき、客たちのあいだを歩き回る。

ホールの扉は閉じていた。

何かが上演されているらしい。

扉にそっと耳を付ける。

と、さっきの芝居の続きが聞こえた。同じ役者の声がする。そうか、こっちで上演されていたんだ。

拍手と歓声が聞こえた。

なんだ、もう終わっちゃったのか。ほとんど聞き逃しちゃった。

軽く落胆していると、ホールのスタッフがやってきて、扉を大きく開け放った。

拍手と歓声が大きくなる。

二七〇〇人収容の大ホール。

しかし、中はよく見えなかった。大量の白い羽根で客席が埋めつくされていたからである。

そこに大勢の人間がいて、舞台ではヒロインを演じた役者たちが歓声に応えているのが分かった。

しかし、顔のところに次から次へと羽根が降り注いできて、誰なのかは分からないのだ。

見えない。顔が見えない。

私は羽根を掻き分け、振り払い、舞台の上に目を凝らした。

なんにも見えないよ。

そう呟くと、ホールのスタッフが私の肩をつかみ、「こちらへ」とホワイエに連れ出された。

ちょっと待ってください、これ、私の原作なんです。初日だから、観に来たんです。

慌ててそう言い訳すると、スタッフは首を振った。

これがお望みなんでしょう？

愛想良くそう言うが、その顔も白い羽根に覆われている。

顔がないほうがいいんでしょう？

その声は冷たかった。

え。でも。

私は面喰らい、口ごもる。

それとも、こっちのほうがいいのかしら？

スタッフは、自分の顔に付いた羽根を手で払いのけた。

私は悲鳴を上げる。

そこには、鳥の顔があった——羽根をむしられ、むき出しになった、まん丸の目と突き出た灰色のくちばしと。骨に近い、ひからびた鳥の顔が。

うわっ、と私は後退り、後ろを振り返る。

たくさんの目がこちらを見ていた。

二七〇〇人の観客と、舞台の上の役者たちの、それぞれの一対の目が、こちらをじっと見据えている。

それは、みんな鳥の顔をしていた。

人間の身体の上に、鳥の顔が載っている。長い髪、パーマ、七三分け、さまざまな髪型をしていたものの、どれもが羽根のないむき出しの骨のような、灰色のくちばしを突き出した鳥の顔だった。

私は叫んだ。声を限りに叫んだ。金切り声を上げて、その場を逃げ出した。ホワイエを飛び出し、エスカレーターを駆け下りた。

赤い絨毯の敷かれた大階段を転がるように駆け下りて、玄関から外に飛び出す。

そこは町外れだった。

チェーン店の明かり。

我に返ると、幹線道路を飛ばす車の群れが見えた。

深い溜息が漏れる。

そっと振り向いてみると、路地の奥にはがらんとした気配しかなく、淋しい街灯の明かりしか見えなかった。

# 0

周囲を見回すと、なんとも奇妙な、形容しがたい心地になった。

なんだろう、この感覚。

もしかすると、死に際にはこんな感覚に襲われるのではなかろうか。あるいは、死に際に見る光景は、こういった感じのものなのだろうか。


会場は凄まじい人でごったがえしていた。いったい何人いるのか把握しきれない。

都心のホテルの大宴会場。

私は授賞式の壇上にいて、招待客の顔を視界の隅で検索していた。

とても自分の身に起きていることとは思えない。

誰でも知っているような大きな賞だったので、古くからの知り合いを含めていろいろな人に招待状を出した。みんな喜んで来てくれ、心から祝ってくれているのがひしひしと伝わってくるのだけれど、私がその時に味わっていたのは、ものすごい後ろめたさと違和感なのだった。

そのことに戸惑っているうちに、式はするすると進んだ。

なにしろ、これまでの私の人生に関わってきた人たちである。

中学、高校、大学の友人、元同僚、恩師、親戚、仕事仲間など、どう考えても決して一堂に会することのない人たちが、この一箇所に集まっているのだ。

二十年ほど前の話であれば、結婚式に呼ぶ顔ぶれに近いのかもしれない。結婚式を経験したことがないので、あくまでも想像であるが。

だが、よく行く飲み屋のマスターや、長年つきあっている校正者まで含まれた雑多な顔ぶれを見ていると、それは違うな、と首をひねった。

これは葬式のほうだ。

そう思いつき、腑に落ちた。

今ここにいるメンバーは、私の葬式に来るであろうメンバーである。恐らく、これだけの顔ぶれが次に集まるのは、それこそ私の葬式の時であろう。

なるほど、それならば、この奇妙な感覚はよく分かる。

未来のデジャ・ビュを見ているような感じ。将来の自分の葬式を先取りして覗き込んでいる。そんな錯覚に繰り返し襲われるのだ。

それにしても、一堂に会する、というのはビジュアル的にも凄いことだ。人間、誰しもそれぞれの場でそれぞれの自分を見せて生活している。それらの場を並べて見せつけられるというのは、過去のそれぞれでの悪行を思い出させられるということでもあり、かつての稚《いとけな》い自分、愚かだった自分が次々と蘇ってきて、その後ろめたさもハンパない。これまでの人生が絵巻物のごとく一本に繋がり、それを公の場で、ライトを当てられて、俯瞰させられている。そのことが気恥ずかしくてたまらないのだった。

ちょっと考えてみても、こんなふうに自分の人生を俯瞰できる、総括できる機会を与えられることはめったにないだろう。こういう場自体が異常というか、珍しいのだ。

更に言えば、こうして一本に繋がった自分の人生を見せつけられても、やはり実感が持てないのだった。

私が小説家という商売だからだろうか。他人の人生ばかり想像し、書きつらね続けているせいで、自分の人生にも虚構性を感じてしまうのだろうか。自分の人生にも実感が持てないのならば、他人の人生を紙の上に描くというのはどういう意味を持つというのだろうか。

ひたすら頭を下げつつも、頭の片隅でずっとそんなことを考えていた。

次々と懐かしい顔が現われる。それこそ、十年ぶり、二十年ぶりという人も少なくない。歓声を上げ、抱きあい、写真を撮る。

私は今、自分のこれまでの人生と対面しているのだ、と思う。なのに、「私の人生」にちっとも実感が持てないのはなぜなのだろう。

# 0

同じような居心地の悪さと奇妙な違和感を覚えたのは、映画館で友人と映画を観ていた時だった。

それは、この春話題になっていたミュージカル映画で、アカデミー賞も複数部門受賞していた。私はその映画を観るのは二回目で、週末、友人と飲んだあと、面白かったから深夜の回を観ようと誘ったのだ。

午前零時ぎりぎりに始まった回であったが、会場は満員に近かった。シンプルなラブロマンス映画とあって、いわゆるデートムービーであり、カップル客が非常に多い。

お話は単純である。

自分の店を持ちたいと思っているジャズ・ピアニストの男と、女優志願の女が出会う。男は、即興演奏などせずに無難なBGMを弾けとバイト先の店で言われるが、ついオリジナルを弾いてしまい、店をクビになる。女は女で、ハリウッドの飲食店でバイトをしつつ、ありとあらゆるオーディションを受けるが落ちまくる。二人は励ましあって一緒に暮らし始めるのだが、やがてそれぞれの思いがすれ違い始める——

まあ、特に目新しいこともないストーリーであるが、過去のミュージカル映画へのオマージュがふんだんに盛り込まれ、冒頭から次々と流れるご機嫌なナンバーのおかげで、長尺を一気に観られる。

そして、この映画の白眉《はくび》ともいえる場面は、ラストぎりぎりになって現われる。

一言でいえば、もうひとつの人生、あったかもしれない人生をビジュアルで（それこそ走馬灯《そうまとう》のように）見せる場面なのだが、ある一定の年齢以上の人間であれば、必ずや心を揺さぶられずにはいられない場面だ。

現に、私自身、最初にこの映画を観た時、この場面に心をわしづかみにされ、この場面観たさにもう一度観ようと思ったのだから。

ところが、二度目に観た時に襲ってきたのは（もちろん改めて感情を揺さぶられたのではあるが）先の授賞式で感じたような、奇妙な後ろめたさと違和感なのであった。

今この映画を観ている、今映画館でこの座席に座っている自分。その自分のほうがよほど嘘っぽくて、虚構の世界に生きている。

そんな「実感」を覚えてしまったのである。

なぜだろう、こんなふうに感じるのは。

えんえんと続くエンドロールを観ながら、私はずっと今まで感じていた違和感について考えていた。

やはり、私はフィクションのほうにシンパシーを覚えているのだろうか。自分が「虚業」に携わっているから、自分の人生よりも物語の中身のほうが「親しい」のだろうか。

首をかしげつつ映画館を出た。

友人も「よかった」と興奮して映画の感想を喋り続けている。

ああ、そのせいか。

ようやく私は気がついた。一緒に映画を観た友人は、授賞式にも招待したし、私の人生に長く関わってきた人物である。

一人で映画を観ていた時には気付かなかったが、「現実」の「私の人生」の一部であった友人と同じ空間で鑑賞したせいで、授賞式で感じた「虚構」臭い「現実」が、映画館の中にも侵入してきたということになるらしい。

それでなくとも、こういう小説——現実に材を取った小説、あるいは、限りなくノンフィクションに近い小説——を書いていると、しばしばするりと現実が裏返り、虚構が生活の中にせり出してくる、という状態になる。そんな逆転現象に、深夜の映画館で見舞われたことに、私は戸惑いつつも、かすかに快感を覚えていた。

戸惑いばかりだった授賞式の時にくらべ、興趣《きょうしゅ》めいたものをどこかで感じ始めていたのである。

# 1

それは、なんでもない初夏の火曜日の午後のことだった。

Mのお昼の時間はまちまちで、基本、外食である。外出先で摂ることが多いので、日によって入る店は異なるが、なんとなくローテーションのようなものができていて、この町ではこの店、というのが決まっている。

その日、Mは取引先に来た際、「この町はここ」と決めている老夫婦がやっているレストランに入った。いわゆる洋食屋で、野菜もたっぷり入った深みのあるビーフシチューが評判の店である。

時間はもう一時半近くになっていたので、ランチ客のピークは過ぎたところだった。Mは奥の二人がけの席に腰掛け、ビーフシチューセットを頼むと、文庫本を開いた。

こうして、おいしいことが分かっている定番メニューを確保して過ごす一人の時間は、つかのまの解放感に浸れる。

料理が運ばれてきた。

おいしそうな香りを吸い込み、ゆっくり味わいながら、ささやかな幸福を感じる。

すると、遅いランチの客が次々にやってきて、二度目のピークが訪れた。

一人客も多く、狭いカウンターがいっぱいになった。

と、タッチの差で、また一人、若い男性客が入ってきた。

店内を見回し、いっぱいなのを見てとると、がっかりした表情になる。

ふと、Mと目が合った。

ちょっと驚いたような顔をした気がしたが、同時にMは手を上げて声を掛けていた。

ここ、もうすぐ空くから、どうぞ。

青年は、引き寄せられるようにMの席までやってきて、すとんと向かいに腰を下ろした。

あ、急がなくていいです。ゆっくり食べてください。

Mがコーヒーを飲むのを速めたのに気付くと、彼は宥《なだ》めるように手を振った。

ビーフシチューセットひとつ。

注文して、Mの正面に座り直す。

時々、ここにいらしてますよね。

青年がいきなりそう言ったので、Mは驚いた。

ええ。お客さんがこの近くなんで、そのお客さんのところに来た時は、ここでランチを食べるんです。

なるほど。

青年は大きく頷いた。

じゃあ、あなたもよくここに?

Mが聞き返すと、青年はもう一度頷く。

はい。僕は会社がこの近所なんで、週に一回は来てますね。以前、何度かお見かけしたことがあったので。

ああ、そうなんですか。

思いがけなく、話は弾んだ。

この店で何度かすれ違っていたと聞いたせいもあるのか、なんだか初対面のような気がしない。青年は穏やかで気さくで、すんなりと会話が進む。

歳はかなり下だろうが、あまり違いを感じなかった。

結局、彼が食べ終わるまで一緒に過ごし、店を出たところで名刺を交換した。彼は大手飲料メーカーの営業マンだった。


名刺を交換したことはすぐに忘れたが、二週間ほどして、同じ取引先に来て、あの店に行こうとした時に思い出した。

そういえば、このあいだ感じのいい男の子と相席になったっけ。

やはり、一時半近く。

店に入ると、このあいだ座った席に、彼がいるのがパッと目に飛び込んできた。

彼もすぐにMに気付き、ニコッと笑って手招きをする。

つられて、彼の向かいに座った。

こんにちは。また会えましたね。

実は、なんとなく今日あたり来るんじゃないかなーって思ってました。

すんなりと会話に入る。

なんだか知らない人の気がしない。ずっと前から知ってたみたい。

言葉を交わすのはまだ二回目なのに、互いに完全に打ち解けていた。

店を出る時には、どちらからともなく言い出して、今度飲みに行く約束をした。


実は、あの週、毎日あの時間にあの店に行ってたんです。

二度目に一緒に食事をしたあとで、彼は照れた様子で打ち明けた。

また来るかなー、と思って。

Mはびっくりした。彼のほうが自分に会いたいと思っていたということが、思いがけなかったのだ。

更に何度か食事をして、互いの会話から敬語が消えた頃、彼は打ち明けた。

前から見かけてて、カッコいい人だなーと思ってたんだよね。

Mはまたしてもびっくりした。こんな若い子が（見た目が童顔のせいか、もっと下かと思ったら、三歳年下だった）、自分に好意を抱いていたなんて。

忘れていた感情だった。

誰かに恋する。心ときめかす。

目の前の青年が、そういう感情を自分に抱いていたということが驚きだった。そして、自分の中にもそういう感情が芽生えていることも驚きだった。

心のどこかがざわめいて、何かがふつふつと泡立ち、浮き立つ。

Mはその感覚に戸惑いつつも、密かに感動していた。

1

Mの変化に、Tは最初のうちは気付かなかった。

常に〆切を抱えていて忙しく、Mの様子を観察する余裕もなかったし、あまりにも日常生活がルーティン化していたからだ。

煙草の量が増えたな。

ある日、ベランダで一服していて、ふと灰皿がいっぱいになっていることに気付いた。

テクニカルな文章を翻訳していると、思考が無機質になっていく気がする。正確に、緻密に、と心がけているのだが、ずっとその状態を保ち続けるのは結構なストレスだった。

翻訳の質で評価を受けているのはありがたいのだが、次から次へとハードな仕事が舞い込む。それをこなすためには新たな分野の勉強もしなければならないし、資料も読まなければならない。すべきことは山積みだった。

今さら会社勤めをする気はしないが、ひたすら家にこもって無機質な文章と向き合っていると、しばしば叫び出したくなるほど煮詰まる。

そんなある朝、Tは何気なく目にした、家を出る瞬間のMの表情にハッとした。

行ってまいりまーす。今日も遅くなりそうだから、夕飯はいらないよ。

明るい声にもハッとさせられた。

彼女、変わった？

Tの中に、外光に照らされ、こちらを振り向いたMの表情が焼きついていた。

Mは、とてもいきいきとした顔をしていた。それに、見たことのない服を着て、見たことのないネックレスをしていた。

綺麗になった。

ドアが閉まって、Tが真っ先にしたことは、鏡で自分の顔を見ることだった。

そこには、少しやつれて、無感動になった、中年女が映っていた。

Tはぎょっとした。

ろくに外出もせず、ひたすら仕事に追われていたので、こんなにきちんと鏡を見るのは久しぶりだということに気付いたのだ。

そして、Mの顔をきちんと見たのも久しぶりだったと気付く。MはMで仕事が忙しいらしく、あまり自宅で夕食を摂っていなかったし、Tは土日も仕事に追われていたから、このところMとほとんど喋っていなかったのだ。

Tは、出がけのMの表情を繰り返し反芻した。

声にも華やぎと、ハリがあった。

彼女の声を何度も思い出す。

デートだ。

Tは確信した。今日は、彼女はデートなのだ。彼女は、誰かに恋している。誰かとつきあっている。

そう気付くと、これまで見逃していたさまざまなことが腑に落ちた。元々あまり愚痴をこぼしたり不満を口にするタイプではなかったが、仕事も忙しいらしいのに、このところのMはいつも機嫌がよかった。以前のハードなプロジェクトの時は、ほとんど笑顔がなかったというのに。

そっとMの部屋に入りこむ。

誰もいないのに、自然と忍び足になっていた。

あたし、何をコソコソしてるんだろう。

ぐるりと部屋を見回し、化粧道具入れを見つけた。

そっと蓋を開ける。

新色の口紅が、いつのまにか数本増えていた。TVでCMが流れていた、最新のものである。

Tはそのうちの一本を取り上げ、キャップを外すと、まるで恐ろしいもののようにしげしげと眺めた。

少しオレンジがかった、綺麗な赤。

それは、Tにとっては不吉な色としか感じられなかった。

間違いない。彼女は恋している。誰かのために、装っている。そのはりあいが、彼女をいきいきとさせているし、ハードな仕事にも耐えさせているのだ。

そう結論づけた時に、Tが感じたのは、強い恐怖だった。まさに、ゾッとして、全身が冷たくなったのである。

どうしよう。彼女がここを出ていってしまったら。

その考えは、衝撃的だった。

そして、Tは別のことにも衝撃を受けていた。

ずっと、心の底では、自分が先に出ていくだろうと思っていたことに。

Tは、この生活が終わる時――Mとの生活を解消する時は、自分が再婚して出ていくのだと思いこんでいた。

Mはどのみちずっと独身だろうし、Tが再婚して出ていくのも、同居を受け入れてくれた時と同じく普通に受け入れてくれるだろう、と。置いていくのは自分だ、と。

そう、あたしたちは約束した。

ここはあくまでも一時避難場所。次のところに行く時には、互いに笑って見送りましょう、と。

だけど――だけど、本当のところはそうじゃなかった。本音は違う。

きっとあたしが先に出ていくから、その時は笑ってこの暮らしを解消してね。

Mにそう頼んだつもりだったのだ。

全身にじっとりと冷や汗が浮かんでくる。

別の衝撃もあった。

いつのまにか、この暮らしに慣れてしまった――いつのまにか、この暮らしがずっと続くものだと思っていた。だから、あんなにもうんざりして、煮詰まっていたのだ。一時的なものだと思っていたら、もっと割り切って仕事をしていたはずだ。なのに、もうすっかりあたしは「ここを出る」ことなど考えなくなっていた。

恐怖に囚われたまま、Tは衝動的に美容院に電話を掛けると、カットを予約した。ずっと美容院に行っていなかった。どうせ人に会うわけじゃない。〆切が一区切りつくまで、とのびのびにしていたのだ。

Tは背筋を伸ばし、久しぶりにゆっくり化粧をした。

自分の化粧道具入れがひどくみすぼらしく見えた。アイシャドーも口紅も、新しいものを買ったのなんていつのことだろう。

じっとしていられず、まだ美容院の予約の時間までずいぶんあるのに、外に出ていた。

夏の陽射しがまぶしい。

Tは、自分がおどおどしているのを感じる。太陽の下に晒されているのが、ひどく恥ずかしく思えたのだ。

さっき鏡の中に見た自分の顔――Mのいきいきとした表情とは全く違う――無表情でどんよりした、不満を溜め込んだ中年女。

強烈な焦りを感じた。

若くない。もう若くない。なのに、ずっと家に閉じこもったまま、老いていく。

Tはふらふらと歩き出した。

そう、当たり前のことだ。あたしはずっと家にいる。出会いなんか、全然ない。なのに、どうして再婚なんかできようか。親戚とも絶縁状態で、話を持ってきてくれる人もいない。

駅前の、不動産屋の前を通りかかる。

これまでずっと素通りしてきたのに、無意識のうちに足を止めていた。

一人――もし、一人になったら。

Tは、いつしか真剣にアパートのチラシを見つめていた。

収入は確かに増えたし、安定しているけれど、この先どうなるか分からない。一人では、今のところには住み続けられない。

家賃の額がひしひしとのしかかってくる。

今の大家は非常に良心的ではあるが、東京の地価はじりじりと上がるいっぽうなので、更新の度に、少しずつ値段が上がっている。

来年はまた更新だ。今度はいくら上がるだろう？

一人になったら――もっと狭いところに引っ越さざるを得ない。寝る部屋は別にしたいし、せめて１ＬＤＫ。

しかし、その広さでも結構な値段である。こうしてみると、改めて今住んでいる物件は恵まれているということが染みてきた。

Tの恐怖は消えなかった。

夏の強い陽射しの中で、寒気を覚える。

一人暮らし。一人きりで、ずっとあの仕事をやっていく。たった一人で、ずっと家に閉じこもり、一生自分とは縁のないような技術用語を辞書で引きながら、歳を取っていく——

いやだ。

Tはチラシを見ながら心の中で叫んだ。

そして、今度は急速に怒りが膨らんでくるのを感じた。

それは——Mに対する怒りである。

ひどい。あたしはずっと家にいて、家事一切をやっているのに、彼女はずっと外にいる。あちこち出歩いて、出会いもある。いつでもデートに行ける。なのにあたしは。

もちろん、それが理不尽な怒りだということは彼女も承知していた。

ずっと家にいるから家事は任せて。家賃を折半してくれればそれで構わないから、一緒に住んで。そう言い出したのは自分のほうなのだ。

そう、この生活を決めたのはあたしだ。頼んだのはあたしなのだ。だけど、だけど、先に出ていくのはあたしのはずだったんだもの。あたしが先に出ていくから、お願いしているのはあたしだから、そうしたんだもの。

頭の中に渦巻くさまざまな悲鳴と怒号に眩暈《めまい》を感じながら、Tはよろよろと美容院に向かって歩き出した。

# 1

ねえ、誰かとつきあってるの？

そうTに聞かれたのは、秋風の吹き始めた日曜日の夕飯の席でだった。

一緒に夕飯を食べるのはずいぶん久しぶりだった。

Mは不意を突かれ、思わずどぎまぎしてしまい、Tの顔を見た。

Tは至極冷静な、いつもの表情だった。

その落ち着いた目から、ずっと前から気付いていたのだ、と思った。

バレてたか。

Mは頭を掻いた。

なんだろう、この後ろめたさは。まるで親に男女交際を咎められたみたいだ。

六月の終わり頃に知り合って、ね。

Mは出会いの経緯を説明した。

ふうん。言ってくれればよかったのに。

Tは溜息をついた。

いや、なんとなく言いづらくてさ。最初のうちは、単に気が合うな、くらいで、まさかホントにおつきあいになるとは思わなかったから。

Mは慌てて手を振った。

ただ、ね。あたしも相談しようと思ってたんだ。実はね、プロポーズされたんだ。

Tが息を飲むのが分かった。

Mは、チラッと見たTの瞳に、恐怖の色を読み取ったような気がしてどきっとした。と、同時に奇妙な快感を覚えた。

Mは気付いていた――Tが、自分のほうが先に再婚すると思っていることに。Mは結婚なんかしないだろうと思っていることに。

Tは綺麗で昔からとてももてたし、いかにも「お嫁さんにしたい」ようなタイプに見えたので、恋愛に関しては、Mのことなど競争相手として全く眼中になかった。その彼女に「プロポーズされた」と言うのは気持ちがよかった。どこかで「勝った」と思ったことも否定しない。

だが、これはささやかな勝利だと承知していた。すぐにその気持ちはどこかに消え失せた。

Mは迷っていた。このプロポーズを受けるには大きな決断が必要だったのだ。いつも冷静なTに、この結婚について相談したかったのも事実である。

でも、迷ってるの。

Mは自分の声に困惑の響きを聞いた。

彼、結婚を機に会社を辞めて、実家の家業を継ぐって言ってるんだよね。

実家？　どこにあるの？　何やってるの？

静岡の造り酒屋なんだって。

そうなの？

今度は、Tの声に安堵の響きを感じたのは気のせいだろうか。

つまり、あたしも会社を辞めなきゃならないし、彼と一緒に家業を継がなきゃならないわけ。

造り酒屋を？

うん。長男なんだよね。あたし、彼、一緒に会社を経営できる人っていうんであたしを選んだんじゃないかって気がするんだよね。

ああ、なるほど。

更にTが安堵するのが分かった。

自分が女としての魅力で負けたわけではない、と受け取ったのだろう。ビジネスパートナーとして優れているから、というのはTには納得できる理由に違いない。

まあ、Mなら確かに会社経営もできるだろうね。だけど、どう？　いきなりそんなところに嫁に行くなんて、すごい大変なんじゃない？

Tの顔には「うまくいきっこない」と書いてあった。

それにはMも賛成だった。

うん、大変だと思う。あたし、今の仕事好きだし。やっとやりたいことをやれるようになったところだし。

Tの顔に期待が浮かんだ。

そうよね。Mが仕事辞めるところなんて想像できないもんね。

そうなの。だから、ちょっとね。

頷きあいながら、二人はお互いに気持ちが凪《な》いでいくのを感じていた。

たぶん、この結婚はないだろう。きっと、二人の生活解消はない。

この短い会話のあいだに、互いにそう心のどこかで悟ったのだ。

さざなみは、消えた。

再び、凪いだ海、凪いだ時間が訪れた。

# 1

結局、Mは静岡にはついていかなかった。

それは、Mが会社を辞めることを渋ったせいもあったが、彼の実家に猛反対されたためでもあった。彼の実家は、Mが彼よりも三歳上で、三十代後半というのに抵抗を示したらしい。Mは彼に紹介されて、元同僚とも何人か面識があったが、その後、風の便りに、地元で見合いをして十歳年下の若い花嫁を娶《めと》ったと聞いた。

## (1)

眼下に広がるのは、少し灰色がかった、うっすらとぼやけた水平線である。

それも、よく磨かれた、巨大な一枚ガラスの向こうに見える風景だ。

「絶景だなあ」

「凄いねえ」

思わずそう呟いたきり、知人と二人、絶句してしまった。

静岡県の有名温泉地にいる。

もっとも、温泉に来たのではなく、ここは山沿いに広がる温泉街を見下ろす山頂にある、私立美術館である。

最近リニューアルしたのが評判になっていたが、正確に言うと、我々が来たのは併設されている能楽堂で、しかも、本来の能ではなく、クラシックの弦楽四重奏のコンサートが行われるのを聴きに来たところなのだった。

早めに到着したので、リニューアルした美術館を見物することにしたのだが、ここに辿り着くまでのアプローチが凄かった。

エントランスがあるのは、山の中腹である。がらんとした入口の向こうに始まるエスカレーターに乗り、ひたすら上へ、上へとのぼっていく。

それぞれの階の照明の色が異なるのが、まるでSF映画のセットみたいだ。これから宇宙船に乗りこもうとしているような、天国に向かっているような、浮世離れした雰囲気が漂う。

途中で何回乗り換えたのか、分からなくなってしまうほど繰り返しエスカレーターを乗り換え、ようやく辿り着いたのが美術館本体の入口。

それまでずっと窓のない、地下鉄のエスカレーターみたいな空間を通り抜けてきたせいか、その開放感は格別だった。たぶん、そういう効果も狙っているのだろう。

評判通り、日本美術を中心としたコレクションも素晴らしいものだったが、やはり展示室を出て最初のロビーに戻ってくると、巨大な窓という額縁の外に広がる景色に圧倒されずにはいられない。

コンサートが始まるまで時間があったので、海の見えるカフェで一休みすることにした。他のお客も、皆コンサート待ちのようである。

「で、どう？　舞台化のほうは」

知人が尋ねる。

私の本の舞台化が進んでいることは以前から話していた。

「もう稽古に入ってる。まだちゃんと観に行ったことないけど」

私はそっけなく答えた。

「そう」

そのそっけなさに何かを感じたのか、彼女はもうそれ以上その話はしなかった。

「——能って好き？」

彼女が唐突に尋ねる。

意外な質問だったので、しばし考えた。

「好きも嫌いも、よく分からない。まだ二回くらいしか観たことがないし」

正直に答える。

「あたしも。前に観た時は五分で爆睡した」

知人は同意してから続ける。

「だけどさ、おじさんたち、好きじゃん？　能。芝居とコンサートは女性客ばっかりだけど、能とオペラはおじさんが多い」

「ああ、確かにオペラは日本では珍しく男性客が多いよねえ。オペラそのものが、男性的だからかな？　体力勝負ってとこもあるし」

「長いもんね」

「ワーグナーなんか、いったいいつまでやってるんだよって。やってるほうも大変だろうけど、観るほうも大変。新文芸坐のオールナイトどころじゃない。幕の内弁当、食べても食べても終わらない」

「能って、戦国武将からして好きだったよね。信長、秀吉、家康。みんなやってたわけじゃん。当時からおじさんをひきつける何かがあったわけだ。それって何？」

「なんだろねえ。でも、あの静かな動きとか、呼吸とか、精神安定剤としてはよさそうな気がする」

「ふむ。眠くなるってことは、リラックスして心が穏やかになるってことか」

「やってるほうもそうとは限らないけど」

「能の役者って、体幹とインナーマッスルを鍛えるから、長生きの人が多いらしいよ。健康法だったのかも」

「能で長生き！　そりゃおじさんに受けるよね」

二人して肩を揺すり、低い声で笑う。

カフェのテラス席のガラス戸が少し開けてあって、時折柔らかな風が吹き込んでくる。

寒くも暑くもなく、ちょうどいい気温だ。

「能って、これまでにも何度もブームがあったんだってさ。あ、自分でやるほうのブームね。財界人とか、政治家にもやってる人が多かったらしい」

「財界人も、政治家も、戦国武将みたいなもんだものね。やっぱり、戦う男がやりたくなるんだ」

「うん。何かあるんだねえ、そういう人をひきつけるものが。型があって、哲学的だからかな？　やっぱり型から入るお茶とかも、財界人で大茶人だった人って、結構多い」

「何かつきつめて考えたいのかなあ。日本人、『道』を究めるの、好きだもんね。経営に通じるものがある、とか」

「深遠な感じがするからか」

　ふと、思いついて尋ねた。

「ねえ、死者との対話だからってことはない？」

　知人が訝しげな顔になったので、付け加える。

「能って、ほとんどは死者が出てきて話しかけてくる、ってパターンだって聞いたけど」

「それは世阿弥《ぜあみ》によって完成されたやつね。夢幻能ってやつ」

「それそれ。ほら、経営者とか政治家って、厳しい世界でいろんなことして勝ち残ってきた人たちなわけじゃん。はっきりいって、後ろを振り向くと死屍累々《ししるいるい》、ってことだよね。もしかすると、しばし、死者と話したい、弔《とむら》いたい、思い出したいっていう気持ちがあるんじゃないかな」

「なるほど」

「そもそも、日本って、さんざんひどい目に遭わせて殺しちゃった人のことを神様にして祀《まつ》っちゃうじゃない？　だったら生前大事にしてやればよかったのにっていつも思うんだけどさ。だから、権力握ってる人、生き残ってきた人って、何かしら引け目とか後ろめたさとか、鎮魂しときたいって気持ちがあるんじゃない？」

「信長とか秀吉とか、あいつらにはそういう気持ちなかったと思うけどなあ」

「かもしれないけど」

　私は苦笑した。

「でもさあ、どっかで心の平安みたいなものは求めてたんじゃないかって思うのよ。能をやりたいって思った時点で、本人は自覚してなくとも、そういうものを必要としてたんじゃないかな」

「ふうん。そういうものかしらねえ」

　知人は訝しげな表情を崩さない。

「ともあれ、能って後ろ向きな芸能だよね。時間的にも、内容的にも。あんまり前向きって感じじゃないなあ」

「だけど、過去にこだわってるとか、すごーく暗いってイメージでもないよね。どちらかといえば、淡々としてて、虚無的というか」

「うん、それはそう思う。えーと、後ろ向きという言葉は違うか。過去と行ったり来たりしてる。時間の中をたゆたってる、というほうが近いかな」

「うん、たゆたう。いいねえ、久しぶりに聞いたねえ、その言葉」

「久しぶりに使ったよ」

　もう一度、低い声で二人で笑った。

# (1)

サッと揚幕《あげまく》が上がり、若い演奏者たちが入ってきた。

楽器を抱え、ドレスを身に着けた演奏者たちが橋掛かりを歩いてやってくる。

ほぼ満席の客席から、熱心な拍手が起きる。

能舞台に並べられた椅子に四人が腰掛け、すぐに演奏が始まった。

いい響きだな、ちょうどいいな、というのが最初の感想だった。

木で出来た舞台に木の楽器。

想像以上にまろやかで、自然かつアットホームな響き。観客がたちまち安心するのが分かった。

ありがたいことに、眠くはならなかった。

隣で聴いている知人もそうらしい。

奇妙なことに、目の前で演奏する四人を見ているのに、なぜか舞を舞っている能役者がすぐそこにいるような気がした。

女の面《おもて》を着け、ゆったりとした動きで舞う役者。

豪華な衣装は、今そこで光っている眩《まばゆ》いドレスにも劣らない。色鮮やかな金糸《きんし》に縁取られ、鈍い光に輝いている。

仮面でもいいのかもしれない。

ふと、そんなことを思った。

イニシアルだけの二人の女は、仮面を着けていてもいいかもしれない。

あるいは、元々「能」にすべき話だったのだろうか。

私は物語る形式を間違えたのだろうか。

そんなこともぼんやり考えた瞬間。


サッと揚幕が上がり、女の面を着けた、二人の女がしずしずと橋掛かりを進んでくる。

あれっと思った。

観客は気付かない。

みんなが寛いだ表情で、モーツァルトに聴き入っている。

若い女、二人。

いや、若いといっても、もうそれなりの歳を取っている女たち。

灰色がかった青のワンピースを着ていて、二人とも裸足だ。

このワンピースの色には見覚えがある。そんな気がした。

ついさっき目にした色だ。ええと、あれは確か——そう、海の色だ。

長いエスカレーターを登りつめた先に開けた、窓を額縁にした広い海の、水平線がかすかに空に滲み出した色。

あの色のワンピースを着ている。

二人は、前後して橋掛かりから能舞台に進んできた。

かすかに一礼するようにして、ゆったりと舞い始める。

弦楽四重奏は続いていた。

熱心に、少し恍惚《こうこつ》とした表情で演奏を続ける四人。

その後ろで、ゆったりとした動きで舞っている二人。

いや、「ゆったり」というよりも、ほとんどスローモーションと言ってもいいくらいだった。

じっと見つめていると、動いていないのではないかという錯覚に陥るのに、少し経つとやはり移動していることに気付く。

こんなにゆっくり動けるものなのだ。

私はそんなところに感心していた。

そして、どこかから声が聞こえてきた。

いわゆる、「謡《うたい》」のような声。

しかし、それは野太い男性の声ではなく、細くたどたどしい、あるいはかすれて疲れた、二人の女性の声が重なりあっているのだと気付いた。

「謡」っぽいようでもあり、いかにも素人臭いふうでもあった。

必死に耳を澄ます。

モーツァルトの合間に、弦楽器の奏でるメロディの隙間に、聞こえてくる声に集中する。

それは、直接私の頭の中に響いてくるようでもあった――

頼んでない／
望んでません
あたしたちに構わないでください／
いったいなんの権利があるっていうんでしょう／
何が面白くてあたしたちを引っ張りだしたのか／
小説にしたいらしいです／実録ものってヤツ／
下世話な興味であたしたちを白日の下にさらそうってこと／それってそいつの得になるの／

おカネにはなるんじゃない多少は／
頼んでない
望んでません／
あたしたちは眠ってる／眠ってた／眠りたかった／
長いこと平穏な眠りに
二人で静かに
忘れられていた／忘れられていてよかったのに
重箱の隅をつつくみたいに／新聞の三面記事を見つけて覚えてたんだって
おかしな人
他にいくらでも事件はあるでしょ／なぜよりによってあたしたちなんでしょう
女どうしっていうのが珍しかったんでしょ
ほっといてほしい／
言いたいことなんかない／
告白したいことなんてない
死者が出てくるのは古典だけ／昔のお話の登場人物だけ／
呼び出す相手を間違えたんじゃない
見当違いのところを掘っている哀れな犬みたい

声はどんどん調子っぱずれになり、甲高くなり、怒りに満ちているように聞こえてきた。

頼んでない
望んでません
なんの権利があって
どんな下世話な想像をしてるんでしょうか
言いたいことなんかない
告白したいことなんてない
あたしたちの何が分かるっていうんだろう
勝手にでっちあげないで
そのちっぽけな想像力とやらで
想像しないで
あたしたちの顔を見ないで
見当違い
勘違いしてる

私は全身に冷や汗を感じ、頭にかあっと血がのぼり、それからだんだんと足のほうに向かって落ちていくのを感じた。

これが、彼女たちの声なのか。彼女たちの抗議なのか。

嫌な気持ちが胃の底から上半身に広がって、思わず顔を歪めていた。

いつのまにか、二人は並んでぼんやりと立っていた。

演奏に没頭する四人の若者の後ろから、私のほうをじっと見ている。

いや、見ているのかどうかは分からなかった――なにしろ、彼女たちは「能面」を着けているのだし、表情も、どんな顔をしているのかも分からない。

しかし、私もじっと二人を見つめていた。

私が見つめているのは分かっているに違いない。モーツァルトの音符に満ちみちた能楽堂の中で、私と二人だけが、見つめ合っていた。まるで、三人しかこの世にいないようだった。

私は悲しく、恥ずかしく、いたたまれなく、後ろめたく、引け目を覚えていた。

戦国武将たちは、こんな感覚を抱いていたのだろうか。

彼らが葬《ほうむ》ってきた、踏み越えてきた死者たちを能舞台に眺めていたのだろうか。

二人はぼんやりと立っている。

頭の中に聞こえてきた声の内容とは裏腹に、そこには何もなかった。カラッポで、カサカサしていて、静かで、ひんやりしていた。

私の中のいろいろな感情が少しずつ抜け落ちていき、最後に残ったのは、乾いた悲しみだけだった。

そのことをじっと嚙み締めていると、二人の面を着けた女は、ゆっくりと橋掛かりのほうに身体を向けた。

もはや、私のことを見ていない。

そのことに、屈辱を覚えたのが自分でも不思議だった。

見捨てられた。見放された。そんな気がしたのだ。

待って、と叫びそうになるのをハッとして踏みとどまる。

二人は来た時のように、前後してしずしずと進み始めた。

能舞台を去り、橋掛かりの上を、ゆっくりと帰っていく。

待って。

私は口の中で呟いた。

見捨てないで。もう一度こっちを見て。

しかし、その望みは叶えられることはなかった。

サッと五色の揚幕が上がり、二人はその向こうに消えた。

揚幕が下ろされ、モーツァルトの音楽だけが、聴き入る聴衆と共に辺りに満ちていた。

# 1

日常。なんという不可思議なものだろう。

それは「人生」とほぼ言い換え可能なのに、「人生」の大仰な響きに比べて「日常」の、この小ささはなんだろう。

「日常」が日々の繰り返しを表すのに対し——そう、日記のページや日めくりを一枚一枚めくるがごとく——「人生」は一続きの絵巻、あるいは一本の映画を表すからだろうか。

日常。

この字面には、つい騙されてしまいがちだ。当たり前のごとく、なんでもない顔でひたひたと過ぎていく日々。「私が普通なんです」と澄まし顔でそこにいる。その見た目の平凡さに我々は安心しきって、そこに身を委ねている。任せきりにしている。

けれど、そこに罠はある。ただの繰り返しのように見えていても、その裏側ではじわじわと何かが進行し、何かが降り積もっている。

そう、あの白い羽根のように。

もはや、一緒に暮らし始めて四年近くになろうとしていた。

暮らし始めてしまえば、あっというまだった。

小さな事件はあったといえばあったし、なかったといえばなかった。造り酒屋の息子とMとの話も、あの時は二人の心をざわめかせ、いっときさざなみが立ったものの、ひと月もすれば、ただの過去の出来事に過ぎなかった。

するすると二人の「日常」は過ぎる。

幸いにも。残酷にも。

お客への手土産を選ぶのにショーケースの前で迷っていれば。

出来上がった原稿を送るため、郵便局で簡易書留の送付状を書いているあいだに。

化粧を落とし、バッタリと布団に倒れこむ刹那《せつな》の喜びを享受しているうちに。

そして、二人は何も言わなくなった。

さざなみのない日常。それは互いに安定であり、安寧であり、心穏やかに過ごしていける世界だった。

いつしかもう、二人でいることが日常になったのだ。イレギュラーでもなく、一時退避でもなく、二人でここで暮らしていることこそが。他人どうし、同性どうしで暮らすという、世間から見れば普通ではないことが、二人にとっての普通、二人にとっての平凡になったのだ。

だが、この「日常」は、少しずつ変容しはじめていた。

一時間ごと、一日ごとに、ほんの少しずつ——恐らくは、白い羽根がちょっとずつ積もっていくのと同様——二人にとって徐々に重くなっていた。

もはやこの日常は「仮」ではない。この日常こそがメインであり、二人の人生の中心である。それぞれの仕事で、異なる場所のポジションを持ってはいても、もはやこの部屋、二人が暮らすこの２ＬＤＫが二人のプライベートであり、二人の世界の重要な部分を占めるのだ。

二人は、暮らし始めてから、それぞれの誕生日を祝っていた。

最初のうちこそ、職場やそれぞれの友人たちとの誕生会もあったが、四十も近くなると、わざわざプライベートで祝ってくれる人もいなくなってくる。スケジュールを調整することもなく、手帖には年のはじめに最初からその日が書き込まれている。

誕生会と称して外食していた時期もあったが、やがてはそれも億劫になり、二人して自宅で祝うのが定番となった。

Ｔは六月生まれ。

Mは四月生まれ。

かつて、学生時代もこんなふうに祝ったね、と口に出していたこともあったが、それもいつしか話題に上らなくなった。

よもや、こんな歳まで二人で誕生日を祝うことになろうとは。

まさか、四十歳を二人で迎えることになろうとは。

どちらも口にはしなかったが、どこかでそう考えていることは、お互いに分かっていた。

これが、もう少し昔であったら——暮らし始めて数年の頃であれば、その事実に恐怖したり絶望したりしていたかもしれなかったが、これが「日常」となり、「平凡」となり、「平穏」であることを認識している今となっては、互いにとって、それほど心をざわめかすような考えではなくなっていたのだ。

もうロウソクは貰わない。立派なケーキも買わない。

片手でぶらさげて帰ってきた化粧箱の中に入っているのは、ショートケーキかチョコレートケーキ、あるいはチーズケーキやモンブラン。

甘味はデザートとして買うだけで、もうお祝いの会のメインにはならない。かつては——少女だった頃、若い女性だった頃にはテーブルの中央を占め、年の数だけ立てられたロウソクの炎を吹き消していたことなど忘れてしまったかのように。

今、二人のテーブルの中央を占めるのは、フライドチキンや寿司など、仕事の疲れを癒すアルコールのためのものがほとんどだ。

オヤジのテーブルだね。

Mはそう言って苦笑した。

専《もっぱ》らメインは酒の肴《さかな》であり、かつての目玉であった甘味の地位はそれよりも下位に押しやられてしまっている。

おめでとう。

ありがとう。

乾杯。

そっけない祝いの言葉と、グラスの触れる音。

四十かあ。もっと大人かと思ってたのに、全然大人じゃないね。

Tが呟いた。それは、Mにとっても同感だった。

なにしろ、学生時代を一緒に過ごしていた顔だ。あの頃と意識は全く変わっていないのに、人生の折り返し地点を迎えているなんて。

こんなに進歩しないで四十になるなんて、思ってもみなかったなあ。

二人は頷きあいながらグラスを傾けた。

ほんとにね。

Mが、何気なく電話台のほうに目をやった。

そこには、この春急逝した彼女の父親の小さな写真が飾ってあった。弟から連絡があった時、彼女は出張に出ていて、郷里に戻れたのは二日後だった。しょんぼりと、小さな写真を持って帰ってきた彼女を、Tは何も言わずに迎えて、肩に清めの塩を振り掛けてやった。

Mはぼんやりした目でその写真を眺めた。

Tは、そんなMの表情をそっと探るように見る。

Tと違って、Mは家族と完全な絶縁状態ではなかったので、彼女は郷里に帰って弟たちと葬儀に行ってきたのだ。

里心がついたのだろうか？

Tが気にしていたのはその点だった。彼女は、過去のものとなったとはいえ、Mがプロポーズされた時の恐怖を忘れてはいなかった。一人で取り残される恐怖。同じ暮らしが保てなくなるという恐怖。

Mならば、今戻ったとしても、郷里で受け入れられるだろう。だが、自分はそうはいかない。親の死に目に会えるかどうかも分からない。考えてみれば、Tはまだまだあの恐怖から逃れられないのだ。

向こうに帰りたくなった？

Tはさりげなく尋ねた。

Mはハッとしたように Tを振り返った。自分がぼんやり父親の写真を見ていたことにも気付いていなかったらしい。

ううん。

Mはきっぱりと首を振る。

それはない。こないだ帰ってみて、もうあそこにあたしの場所はないってことを改めて確認してきたわ。

Tはテーブルの皿に目を落としたまま、「そう」とだけ呟いた。

そうよ。あんただってそうでしょ?

何を今更。

二人とも、テーブルに目を落とし、黙々と食事を続ける。

淡々と、互いに酒を注ぎあう。

二人は何も言わない。

（1）

日常。なんという不可思議なものだろう。

誰しも、日常は連続しているし、どこにも隙間や欠落はない。時間は続いていて、逆戻りしたりはしない。波瀾万丈の人生を送っている人でも、ご飯を食べ、トイレに行き、風呂に入り、布団に入っている時間が人生の大部分を占める。

ドラマになるのは、その膨大な時間の中からほんの一部をつまみだした部分だ。ましてや、誰かの一生をせいぜい二時間くらいしかない舞台の上で再現するとなれば、いったいその人生のどこを「つまんだ」ことになるのだろうか。

自分の人生であっても、思い出せるのはほんのわずかなことだけだ。履歴書であれば一枚に収まるようなもの。いわば、ふせんを付けた部分しか思い出せない。

私は、彼女たちの人生について、ふせんすら付けられなかった。

彼女たちの人生がそれぞれ一冊の本だったとすれば、ほぼ読み終わった最後のページの数行しか目撃していないのだ。

本はそのままあっさりパタンと閉じられ、二度と開かれることはなかった。

二冊の膨大なページで描かれていたこと。なぜそのラストに辿り着いたのか。私はそれらを知る手がかりを全く持っていない。

にもかかわらず、顔のある女たちが彼女たちを演じるとは。

ここにきて、私はまたくよくよと悩み始めていた。

夏に能楽堂で見た、まぼろし。揚幕の向こうから能面を着けてしずしずと進んできた女たち。

彼女たちは私を非難した。

そう、あれは確かにまぼろしだった。私だけが見たまぼろし。しかし、私は「確かに」見たのだ。

私は迷っている。傷ついている。

このまま進めてよいものなのかと。

もう立ち稽古も進み、通し稽古、そして初日がじりじりと近付いてきているというのに。

彼女たちの日常。

役者たちの日常。

私の日常。

どれも重なりあってはいない。むしろ、とことん乖離しているというか、全く別々の宇宙で進行していることのように感じられる。

しかし、もう逃げられない。

いや、逃げられないのだろうか？

私は半ば恐怖し、絶望し、逡巡しながらも、じっと息を殺してその日を待ち続けることしかできなかったのだ。

0

日常。なんという不可思議なものだろう。

有楽町の交通会館にいる。広いフロアにずらりと並ぶ、列ごとに繋がった椅子は、八割がた埋まっている。

パスポートの更新に来たのだが、この状態が「混んでいる」のか「空《す》いている」のかはよく分からなかった。外務省のホームページによれば、十一月は比較的「空いている」と書いてあったのだけれど。

窓口の上には、どのくらいの待ち時間になるかを割り出す計算式が掲げてあった。なるほど、これで計算すれば、いちいち「ただいま待ち時間〇〇分」と表示しなくても済む、というわけだ。

その計算式で割り出したところ、私の待ち時間は四十分ほどらしかった。

私は運転免許証を持っていないので、いわゆる写真付きの身分証明書と呼ばれるものはこのパスポートだけだ。

人間というのはタグがないと存在していることにならない。役所に行く度に、いつも不思議な気分になる。いくら本人だと主張しても、タグがなければ証明できない。

十年前に更新したので、当分大丈夫だと思っていたのに、あっというまにもう更新の時期が来てしまった。

次回の更新は、二〇二七年。私は六十三歳になっている。

人間、十年も経てば面変わりしてしまうのに、十年も同じ写真でいいのだろうか、と前回思ったことを思い出した（実際のところ、出来上がってきたパスポートを見てみたら、ほとんど十年前と変わっていなかった。四十代と五十代という微妙な年代だからかもしれない）。今は顔認証技術も発達しているので、見てくれが変わってもあまり関係ないという話も聞く。

十年。その長さをどうにも把握できかねている。

そのあいだ、自分が何をやっていたのかさっぱり思い出せないのだ。いや、それぞれの日々を必死に過ごしていたことは確かだ。ひたすら原稿を書き、ゲラ刷りを直し、ああやっと終わったと布団にもぐりこみ、寝入ったところを宅配便に起こされる。それをさんざん繰り返してきたはずなのだ。

この十年間、既に彼女たちはいなかった。

奥多摩で橋から一緒に飛び降りた二人は、既にこの世に存在しなかった。彼女たちがこの世から消えたあとも、私の日常はずっと続いていた。

しかし、その一方で、あの記事を目にした瞬間から、彼女たちはずっと私の中でひっそりと生き続けてもいた。

彼女たちがこの世で過ごした時間。四十数年に亘る日常生活があり、二人で過ごした日常生活もあった。

一緒に暮らそうと思ったのだから、うまの合う二人だったのだろう。仲の良い二人だったのだろう。楽しい時間もたくさんあったのだろう。

それでも、その時間を一緒に終わりにしようと思った瞬間が訪れたのだと思うと、どこかに鋭い痛みを感じる。

日常。

人は、それを維持しようとする。「日常」という文字が示すありふれた感。ちょっと見にも、左右対称のこの単語自体、安定感は抜群だ。

よほど危険愛好因子を持った人間でない限り、通常、人はあまり変わったことは求めない。たまにささやかな冒険を求めたとしても、そのあとはいつもの「日常」に帰っていきたいと望んでいるはずだ。

しかし、「日常」は決して磐石《ばんじゃく》でもなく、保証されたものでもない。本当の「日常」という文字が完全に左右対称ではないように、それは半ば幻想の上に築かれたもので、よく見るとふるふると全体が震えている。

分からない。

本当のところは、いったい何が二人に「日常」を断ち切る決心をさせたのだろうか。これまでも、いろいろ考えてきた。許されぬ恋。病気。経済的なもの。どれも私にはピンと来なかった。

もっと見た目には分かりにくい、言葉にできない感情のせいだったという直感はあるものの、それが実際何なのかということが、私には分からないのだ。

私大の同級生だったという一点からしてみても、刹那的な生き方をしていたとは考えにくいし、そういう女性二人なら、よりいっそう「日常」を維持しようというバランス感覚は強く働くだろう。

女性が実家でも嫁ぎ先でもなく、外に出て暮らすには、それなりの条件をクリアしなければならない。社会性、経済力、事務処理能力、どれもある程度求められるし、誰よりも彼女たち自身が「安定した生活」を望んだはずだ。

なのに、なぜ。

「日常」を断ち切る。

いつのまにか、番号が呼ばれていたのに気付かなかった。

窓口の職員が立ち上がり、もう一度呼んだが誰も来ない。まさかと思ったら、自分の番号だった。

慌てて窓口に行くが、「次の人をもう呼んだので、一人待つように」と言われ、すごすごと引き返し、一番前の椅子の列の空いたところに浅く腰掛ける。

パスポートセンターの窓口はとても広く、二十近い窓口で流れ作業のように業務が進められている。

フロアの大半を占める椅子には、誰もが順番を待っておとなしく座っている。

ここにいる人たちの大部分は、海外旅行のためにパスポートを手に入れるのだろう。休暇ごとに、半年も前からスケジュール帳をにらみ、どこかへ出かけていき、たくさん写真を撮り、みんなにお土産を買って帰る。

それが非日常という名の日常であり、ささやかな冒険である旅行から帰って日常へと戻っていく。それが普通の営みなのだ。

ここから抜け出す。ここを断ち切る。

私はぼんやりと周囲を見渡す。

あまりにも普通の「日常」に囲まれて、私は自分だけが異質に感じられた。

これは私の「日常」だろうか？

窓口の男性が私を見て、もう一度私の番号を読み上げる。

私は慌てて席を立ち、今度こそ彼の前に——彼の「日常」の中に座る。

0

売るのはいいけど、買うのはやめといたほうがいいよ。少なくとも、東京オリンピックが終わるまでは。

不動産会社の元同僚は、焼酎の水割りを飲みながらそう言った。

そういえば、都内に土地買って家を新築しようとしてる人がいるんだけど、全然腕のいい職人がつかまらないんで、東京オリンピックが終わるまで家が建てられないって言ってたよ。

私も聞いた話をすると、今がいちばん高いんじゃないかな、と彼は呟いた。

まだ六時前で、入口の見た目とは裏腹に広い店内は、私たち二人しかいなかった。「昭和な居酒屋」がコンセプトなのか、えんえんと昭和歌謡が流れていて、同い年の元同僚、しかも彼とは大学も一緒だったので、学生時代に引き戻されたかのようなデジャ・ビュを覚える。

かつて同じチームで働いていた同僚。彼は、今は別の不動産会社に転職していたが、今でも元同僚どうし、しばしばみんなで会って飲む。

私の住むマンションの道を挟んだ隣のマンションが、ここ半年ばかりずっと工事をしていた。そのマンションの担当を偶然にも元同僚がしていたのだ。彼いわく、ずっと賃貸だったのを一棟まるごとリノベーションして、今度は分譲するという。この日は内覧会で、案内が終わったので飲まないか、と連絡をくれたのだった。

中規模のマンションで、全十戸ほど。どれも百平米以上で、なかなか新しい物件が出ないこのエリアでは、かなり広め。既に最上階のいちばん高いメゾネットタイプの部屋は売れているという。

アジアの富裕層が買ってるんだよ。

その値段を聞いて仰天した。てっぺんのいちばん広い部屋とはいえ、バブル期を髣《ほう》髴《ふつ》させるような、べらぼうな金額である。

自国では土地を所有できない金持ちが、近隣諸国の土地を買っているという話はよく聞くが、目と鼻の先のマンションでもそうなのだと聞くと、その現実を実感する。

我々の世代は、身をもってバブル経済のはじめとおわりを経験しているが、リーマン・ショックの直前もミニバブルだと言われていた。それがアメリカのサブプライム・ローンの破綻で冷や水を浴びせられた形になったのだが、今またミニバブルの様相を呈しているらしい。

今となれば、バブル経済の狂乱の様子は、おとぎばなしとしか思えない。

何も恩恵を受けた覚えはなく、当時はアナログからデジタルへの移行期で、凄まじい業務量。組合問題になるほど慢性的な残業が続き、家は寝に帰るだけの場所だった。一緒に住んでいた両親が郷里に帰ったため一人暮らしになり、引っ越して1Kのアパート暮らしになったものの、更新のたびにどんどん家賃が上がっていくので、このまま都内に住み続けられるのか、いったいどこまで家賃は上がるのかと、更新が近付く時期はひたすらビクビクしていたことしか覚えていない。

とにかく、当時の土地神話は絶大だった。上がることはあっても、下がることなど絶対にないと誰もが思っていたのだ。

他の元同僚の話をしながら、彼女たちはどのくらいの家賃を払っていたのかな、と思った。

彼女たちが亡くなったのは、一九九四年。一般的に、バブル経済が崩壊したのは一九九一年以降とされているが、当時はまだそんな実感は全くなかったように思う。

　大手金融機関が連続して破綻したのは九七年になってからだから、九四年頃は、市況が怪しくなってきた感はあったものの、不動産に関していえば、まだまだ高かったはずだ。

　二人が住んでいたのは大田区だったらしいが、彼女たちも家賃はかなり負担になっていたのではないだろうか。

　以前にも考えたように、どちらか一人の収入だけでは支えきれなかったはずだ。二人とも働き続けていてこそ維持できる生活だっただろうし、どの程度の収入があったのかは分からないが、彼女たちも上がり続ける家賃を脅威に思っていたことは想像に難くない。

　ずっと働き続けられるのか。家賃を払えるのか。老後は。

　経済の不安というのは、人生においてかなりの比重を占める。

　彼女たちの賃貸契約はどうなっていたのだろう。部屋は片付けられていたのか。それとも、そのままになっていたのか――

　ふと、まだ不動産会社に勤めている時に起きた事故を思い出した。

　とあるマンションに入居していた男性が、自宅で自殺を図ったのである。

　妻が出ていったばかりだったその男性は、こともあろうに、集合住宅でガス自殺という手段を選んだのだ。

しかも、火災報知機や煙感知器が作動しないよう、そういった天井の機器をひとつひとつ丁寧に、料理用のラップで包んでいたという。

結果、ガスに引火して爆発。男性は、大怪我を負ったものの自殺は果たせず、病院に運びこまれた。

不幸中の幸いで、他の部屋への延焼はなかったが、周囲の巻き添えも辞さない、いや、それを狙っていた節もあった。被害を大きくして、出ていった妻に、おまえのせいでこうなった、この後始末をさせてやるという腹いせだったらしい。

そこへいくと、家を遠く離れた奥多摩で投身自殺を図ったというのは、アパートの大家らに迷惑を掛けないようにするというのも理由のひとつだったかもしれない。

前の住人が自殺したとしても、その部屋で亡くなったというのと、よそで亡くなったというのでは全く印象が異なる。

彼女たちの住んでいた部屋は、この場合、事故物件になるのかならないのか？　次の入居者にその説明はあったのだろうか？

もしその部屋で亡くなっていたら、そのことを次の住人に説明する義務があるが、そうではないから事故物件扱いにはならなかったかもしれない。

ならば、すぐに次の借り手がついて、彼女たちの痕跡は、もう翌月には跡形もなくなっていたのかもしれない――

# 1

また朝が来た。

窓の外では、いつもどおりに、小鳥の鳴く声が聞こえてくる。

こんな都会のど真ん中でも、夜明けと共に真っ先に活動を始める、あの賑やかな鳥たちの声だ。

閉められたカーテンの隙間から、淡い光が射し込んで、畳にひとすじの道を作っている。

柔らかい陽射しは、輪郭も柔らかい。

部屋の中に、動くものの気配はない。

いや、生きているものの気配がない。

ひっそりとした、朝の沈黙。

いつものこの時間であれば、そこには一組の布団が敷かれ、一人の女が深い眠りの中にいただろう。

まだ、世界は女の眠りの外側にあっただろう。

けれど、この沈黙は、これから先も破られることはない。

そもそも、今の部屋の中に布団は敷かれていなかった。

布団は押入の中に仕舞われたまま。二度と取り出されることはない。少なくとも、いつもそこに布団を広げていた女が取り出すことはない。

一年三六五日、ささやかな儀式のように繰り返されていた、布団を上げては下ろすという活動自体、しばらくここで行われることはないだろう。

襖《ふすま》はきちんと閉じられている。

中に、もう持ち主が使うことのない布団が静かに収められている。

こざっぱりとした部屋。ここに住んでいた者が、几帳面で綺麗好きだったことを示す、手入れされ管理された気配が漂っている。

まだ、ここには住んでいた者の息遣いが残っている。彼女の残り香が、かすかに漂っている。

部屋はとても静かだ。

小さな鏡台に並ぶ化粧品。

片隅のトレイに並んだ、いくつかの指輪。

木のブックエンドに挟まれて何冊も英和辞書の並んだ、使い込まれた書き物机。

アンティーク風の照明スタンドは、消されている。

すっきりと片付いた机。

ペンスタンドには、赤鉛筆や青鉛筆。短くちびた鉛筆が、捨てられないのか、小さな紙の箱に入っているのが見える。

小さなガラスの灰皿。

吸殻はなく、掃除したばかりなのか綺麗だ。

小さな木の椅子には、お手製のクッション。

よほど長い時間座っていたのか、すっかり潰れて薄くなり、表面はこすれて色褪せている。

椅子の背には、これまた使い込まれた膝掛けが畳んで掛けてある。

洋服ダンスの上には、小さな目覚まし時計。耳を澄ますと、カチコチと秒針が動く音が聞こえてくる。

部屋の入口の襖は開け放してあった。

薄暗い部屋の中。

もう夜は明けているので、明かりは点いていなくても、うっすらと中が見える。

広めのダイニング・キッチン。

冷蔵庫も沈黙している。普段なら、規則正しく響いているはずのサーモスタットが切り替わる音も聞こえない。

片付いたキッチン。

流しはもうカラカラに乾いていて、隅の三角コーナーも空っぽだ。一筋、水の流れた痕があるが、それもよく見ないと分からない。

水切りカゴの中には、伏せられたマグカップが二つ置いてある。

パン皿も二枚、立てかけてある。

スプーンと、おたまも無造作に置かれている。

テーブルの上に、小さな一輪挿しが置かれている。

中には黄色いガーベラが一輪活けられていたが、既にしおれかけていた。弱い光に照らされて、まだ艶やかな色の残る花弁が、最後の輝きを見せている。

静か。

とても静かだ。

この部屋は無人だ。

もうひとつの部屋の入口である木の引き戸も、今は開け放してある。

そちらの部屋は、部屋の半分をベッドが占めていた。

ベッドには、チェックのカバーが掛けられていて、その上にちょこんと古い熊のぬいぐるみが置かれている。

ベッドの真ん中に置かれたそれは、今後そのベッドカバーが剝がされることはないと宣言しているかのようだった。

鴨居に掛けられたスーツやジャケットは、華やかな色だ。この部屋の住人が行動的な人間であることを示している。

小さなコーヒーテーブルの上には、読みかけの文庫本が重ねて置いてあった。カセットテープも積んであり、ほとんどスペースがないところを見るに、あまりテーブルを使うことはなかったように思える。

持ち主は二度とこのテーブルを使うことはない。文庫本を開くことも、テープをカセットデッキに入れることもない。

床に無造作に置かれた、大きな革のカバン。

仕事用なのだろう。使い込まれたベージュのカバンは、あちこち手垢で黒ずんでいるが、それがみすぼらしくなく、いい味わいを出している。

ファスナーが開いたままで、中からは化粧ポーチや大判の手帖が覗いている。

カバンは、くたりと床の上でうずくまっているように見える。つかのまの休息を取っている。いやもう、休息を中断されることはないだろう。

静かだ。

夜明けの沈黙と同じくらい、いや、それ以上に静かな部屋。

それでいて、ここに住んでいた者の気配が、まだそこここに残っている。

女たちの会話が聞こえてきそうにすら思える。

今にも、慌ただしい朝の時間が始まりそうに思える。

再び、キッチンに戻ってくる。

沈黙したままの冷蔵庫。

マグネットで貼られたメモには、買い物のリストが残っている。

・マヨネーズ。
・ねりからし。
・固めるテンプル。

几帳面な字で書かれたそのリストの、マヨネーズだけが線で消されている。

こざっぱりとした、いかにも女所帯という部屋だ。

玄関には二つのスリッパが並んでいる。オレンジと赤。どちらも同じくらいに使い込まれた、女性の足のサイズのスリッパだ。

作りつけの靴箱の引き戸は閉められている。

入りきらないスニーカーとパンプスが、壁の前にぎっしり並んでいる。

靴箱に立てかけられたプラスチックの靴べら。

靴箱の上には、小さなメッセージボードとカレンダーが掛けられている。

白いメッセージボードには、何も書かれていない。念入りに消したような痕があるが、何が書いてあったのかは読み取れない。

カレンダーには、こまごまとした予定が書き込まれている。

二種類の筆跡があるのは、二人の人物がそれぞれ自分の予定を書き込んでいたのだろう。

カレンダーは四月。

四月二十九日のところに、ぽつんと赤い丸がつけてある。

何も書かれていない。赤い小さな丸が、ひとつだけ。

それが、まるで血のしみのように見える。

ぽつんと飛んだ、小さな血のしみのように。

毎月一枚一枚めくっていくタイプのカレンダーだ。

今見えているのは、一九九四年の四月。

めくってみなければ分からないけれど、きっとそれ以降、カレンダーにはひとつも書き込みはない。

（1）

ついにこの日が来たことを、私はまだ受け入れていなかった。

身体はふわふわと浮遊していて、ちっとも現実感がない。地に足が着かない、とはまさにこのことだ。昔の人のいうたとえはどれもこれも身体的に腑に落ちるので、その的確さにいつも感心する。

私は常々考えていた。

恐怖はどこからやってくるのだろう、と。

何かの真実に、あるいはその重大さに思い当たった瞬間に訪れる白い恐怖。

今回、初めて気付いた。

私の場合、恐怖は左肩の、少し後ろからやってくる。

文字通りの意味だ。恐怖という名の誰かが、ふっと左肩の少し後ろに立っていて、あっというまに肩甲骨《けんこうこつ》の下辺りから私の中に入り込むのだ。

知人たちは言う。

別に自分で演技するわけでもないし、自分で脚本を書いたわけでもないのに、何にそんなに恐怖を覚えるのか、と。

それは私にもよく分からない。

「初日」。その響きに、勝手に過敏に反応しているのかもしれない。

ジョン・カサヴェテスの映画を思い出す——ジーナ・ローランズ演じる舞台女優が、初日のプレッシャーに耐えられず、開演前に逃げ出してアルコールをひっかける——いや、正確には溺れる場面。

さすがにアルコールをひっかけていこうとまでは思わないが、その恐怖は理解できる。逃げ出したい、できることなら回避したいという衝動。

分かっている。私に必要とされているのはその日その場所その座席に座っていることだけだ。

ただそれだけなのに、何かの罪で罰せられているような気がするのはなぜなのだろう。

華やかで、緊張していて、不安定で、不穏で、わくわくしていて、熱に浮かされている。

劇場の初日というのはいつもそうだ。まだ何も始まっていない状態の芝居は、イメージだけがロビーの観客の頭上に浮かんでいて、不定形のまま。こんな感じであろう、というそれぞれの予想と期待とが混沌としており、固まらないプリンみたいにどろりとしている。

問題は、今日の卵は私の小説だということだ。

卵は明確にある。形を持っている。存在している。しかし、料理人が何を作るのかはまだ知らされていない。卵焼きになるのか、茶碗蒸しになるのか、プリンになるのか、スクランブルエッグになるのか。果たしてそれがどんな味なのか、どんな皿に載せられて出てくるのか。テーブルに着いて、料理が出てきて食べてみるまでは分からない。

私は座席で一人、沈み込むような不安と憂鬱を噛みしめていた。

誰も私のことなど注目していないし、気にもとめていない。期待に満ちた表情で席を埋める観客を、羨望と申し訳なさを抱えておどおどと盗み見る。

うちの農場から卵は提供しましたが、料理がどうなるかは私も知らないんです。もしもお気に召さなかったら、ごめんなさい。

既に平身低頭している自分、こそこそと衝立《ついたて》の陰に隠れる自分がいる。誰よりも孤独。そんな気がした。

罰。やはり罰だ。ここに私がいるのは、告発され、断罪されるためなのだ。

それはなんの罪だろう？

静岡の能楽堂で見たまぼろしは、身体のどこかに凝った痛みとなって残っていた。

あの時の彼女たちの訴え――やんわりとではあるが、私に苦情を申し立てた二人。なぜ私たちを見つけたのか。なぜ墓から掘り起こしたのか、と。なぜ静かに眠らせてくれないのか、と。

それは、私のほうも聞きたい。なぜ私はあなたたちを選んだのか――あえて逆説的に言わせてもらえば、なぜあなたたちは私を選んだのか。

そう、私が選んだのではなく、あなたたちが選んだのだともいえる。無数の事件、無数の自殺や心中の中から、なぜあなたたちの声だけが私を捉えたのか。その不思議は今もって私にも分からない。

もしかすると、あなたたちは私を必要としていたのではないか。眠らせてほしいと望むのと同じくらい、掘り起こされ、記憶されることを望んでいたのではないのか。

そうなのだ、これはあなたたちと私の邂逅《かいこう》の話でもあるのだ。それを、私はこれから舞台の上で見せられようとしているのだ。

そんなことを考えているうちに、いつのまにか舞台は始まっていた。

それは奇妙な感覚だった。ほんの少し前まで、吐きそうだった。ここから逃げ出したい、目の前のものを回避したい、いたたまれないと思っていたはずなのに、本当に

「いつのまにか」、さりげなく始まっていたのだ。

奇妙な感覚は続いた――もちろん、目の前に繰り広げられる舞台を食い入るように見つめているのだが、意識は別のところにいるような。

なんといえばいいのか、私はあの二人の視点から舞台を見ているような気がした。原作の著者である私の視点からではなく、能楽堂で出会ったあの二人が私の後ろに立っていて、彼女たちに私の身体を貸して、彼女たちの目線で舞台を見ている、そんな気がしてならなかったのだ。

もしかすると、実際、彼女たちはここに来ていたのかもしれない。私の目を通して、自分たちの人生が舞台の上に展開するところを目撃していたのかもしれない。

ああ、あれがあたしたちなのね。

そんな声を聞いたような気がする。

全然違うんだけど、でも、あれがあたしたちの「ああ」であったかもしれない人生なのね、と。


それは、静かでシンプルな舞台だった。

セットはただひとつ。中央に、白い、正方形のベンチが置かれている。

結局、最終稿もチェックせず、ゲネプロも見に行けなかったので（見に行かなかったともいえる)、どのような形に落ち着いたのか知ることなくこの日を迎えた。

登場人物は四人になっていた。

二十代、三十代、五十代、六十代。

オーディションで見た顔もいたと思うが、特にこの人と特定はできなかった。オーディションを見たのが遠い昔のことのように思える。

なるほど、実際に死亡時の年齢であった四十代をあえて外したのだろう。不在の年代を挟んで、対称になるように年齢を散らしてあったのは意図的なものと思われた。

四人の女たちは、微妙にデザインが異なる同じ衣装を身に着けていた。

シンプルな、ストンとしたワンピース。たぶん、素材は木綿だろう。

丈の長さであったり、衿《えり》ぐりのカットであったり、袖のデザインであったり、よく見ると少しずつ変えてあるのが分かった。

そして、薄紅色のぼかしのような色が入っていて、それぞれの服のグラデーションが異なっていた。

だから、四人の並び具合によっては、四人の衣装のグラデーションの組み合わせで、それぞれの異なる絵を描くことになるのが印象的だった。

髪型もバラバラだった。二十代の子は肩までの長さ、三十代の子はショートボブ、五十代はソバージュで、六十代は後ろでひとつに結わえている。

とても静かな舞台だった。

無音の舞台。

四角いベンチの四つの辺に、四人の女がぼんやりと腰掛けている。全員が互いに背を向けている。

無音。

ふと、四人は天井を見上げる。

サーサーと音がして、白い砂が降ってくる。

ああ、羽根はやめたんだ。そんなことを思った。白い羽根の代わりの白い砂。

やがて四人は立ち上がり、語り始める。

淡々とした、感情のこもらない語り口。

登場人物を四人に増やしたのかと思いきや、見ているうちにそうではないと気付いた。

あくまでも、原作の二人を、四人が入れ替わり立ち替わり演じているのだ。しかも固定ではなく、MもTも、四人全員が演じた。つまり、MとTの組み合わせもさまざまで、時には二人ずつがM、Tを演じ、二人で同じ台詞を話したりする。

学生時代の出会い。

二人で過ごした濃密な時代。

社会人になってからの中断。

そして再会。

それらが声を変え、姿を変え、四人の女たちによって淀みなく語られていく。

私はそれを音楽のように聞いていた。

実際、それは演劇というよりパフォーマンスのようでもあった。

四人はしばしばゆらゆらと揺れ、動きをシンクロさせてシンプルなダンスを踊った。

相変わらず、音楽はないというのに、それでも音楽を感じた。

唯一、思い出したように白い砂がサーサーと降る。

それもまた、静かな音楽のようだった。

四人の並び順で、薄紅色の描く絵模様が変わる。それは、まるでロールシャッハ・テストのシミみたいで、何か意味のある模様を見つけ出そうとしている自分に気付いた。


いつのまにか、私はひどく冷静になって舞台を見ていた。

なるほど、こうして四人の女に、不在の年代の女性二人の人生を振り分け、移ろうように語らせることで、二人の匿名性を確保しているのだ、と思った。

能楽堂で、仮面を着けたら、と思ったことを思い出す。

確かに、彼女たちは仮面を着けている。複数で同期する、という仮面。ヒロイン二人は、彼女たちの誰でもあり、同時に誰でもないという仮面。

舞台の途中で彼女たちがしばしば髪型を変えたことも、それを表していた。

語りつつも、後ろで結わえてポニーテールにしたり、前髪を上げてピンで留めたり、シニョンにまとめたり。

現実でも、女は髪型を変える。気分を変えるため、あるいは必要に迫られて。

最後に髪を伸ばしたのはいつだったろう？　パーマを掛けたのは？　白髪を染め続けるのか、そのままにするのかを決めるのはいつ？

そう、MとTだって美容院には通っていたはず。なんとなく、Tはロングヘアのような気がした。Mはしっかりした、やや戦闘的なパーマを掛けていたのではないか。そんなふうにイメージしていたことを思い出す。

二人の日常。

二人のあいだの小さなさざなみ。

ちょっとしたアクシデント。

微妙に移り変わる力関係。入れ替わる優越感や敗北感。

白いベンチはしばしば食卓になった。

床に座り、テーブルを挟んで話し合う二人。その間、残りの二人はじっとその二人を見ていたり、二人の「ココロの声」を演じたり、あるいはそっぽを向いて、ベンチにもたれかかっていたり。

そして、白い砂が降る。

最初は、舞台の隅に降っていた砂は、やがてベンチの中央に降り始めた。

対話する二人のあいだに――あるいはちょっとした諍《いさか》いが起きている二人のあいだに、間断なく少しずつ砂が降り積もっていく。

それは、なぜか胸の突かれる光景だった。

降り積もる。どんどん積もる。世界は真っ白になっていく。

すべては埋もれる。歳月は目に見える地層となって、失われたもの、死んだ者はどんどん地下へと押し込められていく。

ああ、こうしてすべてが忘れ去られる。誰もが、骨になり、灰になり、時間の底に沈黙する。

降り積もる。時は降り積もる。

生きたことも、愛したことも、絶望したことも、すべて何もなかったことになってしまう。

だからこそ、私はあなたたちに惹かれたのではなかったか？　自らをおしまいにしたあなたたち、その選択肢を選んだあなたたちに、そのままいなくなってはならじ、満足させてはならじと引きずり出したのは、羨ましかったからではなかったか。

ああそうなの、と声がした。

私のすぐ後ろに立っている二人。
左肩の少し後ろ、いつも恐怖が入ってくる肩甲骨のすぐ後ろに。
羨ましいの、あたしたちが？
こんなに何十年も経っているのに？
羨ましがられることなんか、何も思いつかないのにね。
二人の声がする。
別に大層なことがあったわけじゃないわ。
静かな声がする。
ただちょっと――疲れちゃったんだよね。こうしてやっていくことに。
そう、本当にそれだけ。理由なんかないわ――でもきっと、それが理由。
舞台の上では、あの場面が演じられていた。
あの、きっかけの場面。

『久しぶりに揚げ物をしようと思い立った。Mの好きなトンカツを揚げようと思った。最近はあんまり揚げ物をしなくなった。近所のお肉屋さんで揚げてあるものを買ってくることがほとんどで、すっかり無精になっていたから』
Tが舞台でトンカツを揚げている。

今は、ベンチがキッチンのガスコンロになっていて、彼女はその上で揚げ物をする仕草。

トンカツを皿に盛り、ひと口食べるT。

満足げな表情。

そして、何か思い出したように、流しの下（ベンチの下）の戸棚を開けて、中を覗き込む。

動かないT。

やがて、呆然とした表情でよろりと立ち上がる。


『ない。固めるテンプル』


天ぷら油の凝固剤。

買い置きしてあるつもりだったのに、もうなかった。前に揚げ物をしたのがいつか思い出せない。いつも常備してあるはずのものだったのに。

『ない。今ここに、ない。すぐに使いたいのに。煮えたぎった油が、今目の前にあるのに。ない。買い置きが、ない』

Tは呆然とその場に立ち尽くす。

チャイムの音。

のろのろと音のほうを見る。

Mが帰ってきたのだ。

ああ疲れた、ただいま、と言って部屋に入ってくるMは、すぐに揚げ物の匂いに気付く。

『あっ、トンカツじゃない。嬉しいな』

相好を崩すM。

しかし、すぐに、Tの表情に気付く。

『どうしたの？』

どんよりした表情のT。その目に浮かぶのは、何かに気付いてしまった者の表情だ。

そして、それは絶望に、虚無に変わっていく。

『ないの。固めるテンプル。買い置きしてなかった』

『え？』

『ないの。空っぽ』

『買ってこようか。駅前のスーパーならまだ開いてる』

腰を浮かせるM。

しかし、Tはのろのろと首を振る。

Mは、動けなくなる。

二人はじっと見つめあう。

Mは少しずつ青ざめていく。Tの表情に異様なもの、ただならぬものを感じているのだ。今、Tが『ないの』と言った言葉の響きを、その意味を考えている。何が「ない」のか。何が「空っぽ」なのか。

二人は動けない。

長い沈黙。

恐怖が、絶望が、二人を足元から染め上げていく。

Tの顔に、泣き笑いのような表情が浮かぶ。照れ笑いのような、痛がゆいような、明るさと絶望が混在した表情だ。

Tは、奇妙な笑みを浮かべたまま、ぽつりと呟く。


『疲れたわ』


暗転。

次に照明が点くと、舞台には誰もいない。

四人の女たちは姿を消している。

白い砂が降る。

白い砂だけが、サーサーと静かな音を立てて降っている。

白いベンチの上に、どんどん降り積もる。

ああだったのかしら、あたしたち？

背後で声がする。

ああだったのかもね、あたしたち。

もう一人の声も。

砂が静かに降り積もる――私たちの、白い灰となった骨が。

私の上にも、私の左肩の後ろに立っている、静かな二人の頭上にも、音もなくえんえんと降り積もり続ける。

0

きっかけ。

二人の女性が死に向かうことを決心するきっかけになったものは、いったい何だったのだろう。

そのことについては、この小説を書き始めた時からずっと頭の隅にあった。

以前にも書いたが、最初のうちはいろいろ明快な「動機」を考えていた。

それは、まだ私が「心中」というものをもっとドラマティックにとらえていたことの証左である。身体に染み付いた、どうしても話を劇的なほうへ、物語的なほうへ、と持っていきたくなるエンターテインメント作家の性《さが》みたいなものだったかもしれない。

しかし、長いこと考えているうちに、それほど明確な理由があるのだろうか、という考えがじわじわと湧いてくるようになった。

人は、意外に「気分」で死ぬ。

発作的に。衝動的に。なんとなく。

むろん、鬱病などの精神的な要因がある場合もあるけれど、「なぜ?」「どうして?」と親しい人にも理由の分からない死も多い。

おのれが死を選んだ理由を、その本人も最後までよく分かっていないこともあるのではないだろうか。

だがしかし。明快な動機がないのではないか、という考えに傾いてきたからといって、決して私が心中をドラマティックなものではないと考えるようになったというわけではない。

むしろ、逆に——明快な理由がなくとも、それでも境界線を越えてしまう、という事実が余計に恐ろしく感じられてくるのだ。しかも、一人ではなく他人と合意の上、同じく死を選んだという過程も含めて、心中というものが不条理でグロテスクなものに思える。

0

俗にデジタル・ネイティヴ、という言葉がある。今の十代、二十代の子たちは、生まれた時からスマートフォンやネット環境に触れているので、そういったものに精通し、使いこなしているという意味で使っていると思う。

しかし、SEをしている知人に聞くと、彼らはパソコンに触れた経験がないので、今また新入社員には、エクセルやタッチタイピングなどを、一から教えなければならないという。

確かに若い世代はデジタル機器を使い慣れているし、使いこなしている（ものもある）けれど、決して理解しているわけではない気がする。その証拠に、パソコンやスマホの使い方を若い人に聞いても、きちんと説明できる人に会ったためしがないのだ。

しかも、意外に頼んだことができなかったりする。

ＴＶがなぜ映るかとか、どうしてメールが送れるか、などの根本的な原理を答えられないのは当然だと思うが、そういう質問ではなく、単純に、ある作業をやり終えるまでの過程とその仕組みを聞いているだけなのに、困惑するだけで要領を得ない。そもそも何を聞かれているのか分からない上に、「説明」というもの自体ができない様子である。

まさに「なんとなく」使っているものなので（そんなふうに日常生活に溶け込んでいるという点では確かに「ネイティヴ」なのだろう）、言語化したことがないのだろう。日常の動作を言語化することの難しさは理解できるものの、「ネイティヴ」の実態にはかなり個人差があるように思う。

パソコンの黎明期《れいめいき》から活動していた伝説のプログラマーと呼ばれる人が書いた本を読んでいたら、「普及して裾野が広がったように見えても、本物のプログラマーはいつの時代もほんの一握りしかいない」と書いてあったが、その意味が分かるような気がした。

デジタルスキルにはあまりにも個人の差がありすぎて、いったい誰がどれだけのスキルを持っているのか、もはや誰一人として把握できていない。私の印象では、今やデジタルスキルは「プライベート」な部分になっていて、どのくらい習熟しているのか質問するのはタブー化しているような気がする。社会人として当然持っているスキルのはずであるが、自分がどのくらいのレベルなのか誰も分かっていない。「パソコン、詳しい?」と尋ねるのすら、なんとなく憚《はばか》られる雰囲気がある。

私が就職した頃はOA化元年だった。コピー機とFAX機が職場に入ってきて、女子事務員に「コピー取り」という作業が加わったのである。

実際、上司の男性、ある一定年齢以上の男性たちは全くコピーも取れず、FAXも送れなかった。何度も指導を試みたが、あまりにも覚えてくれなかったのであきらめた記憶がある。

それでいて、昔は「女の子は機械に弱いもの」というお約束があった。「まさか」と言われそうだが、本気で「何もできないほうが可愛い」などと言われていた時代があったのである。なので、私の友人にも「機械に強いと可愛くない」と言われたくないばかりに何もできない振りをしていた、という女の子が少なからずいた。今や、「何もできな」かったら、就職できないどころか、友人もできない。

職場にワープロが入ってきたのは、更に四、五年経った頃だろうか。新卒で四年勤めた会社を辞め、当時ポツポツ現われた人材派遣会社に登録した時、そこの講習で初めてワープロのタッチタイピングを習った。

この時、就職して数年で結婚して辞め、専業主婦になった友人たちと技術の落差ができる。彼女たちが初めて文字入力——つまりキーボード——に触れるのは、更に数年たち、携帯電話が普及し始め、いわゆるｉモード携帯が爆発的に広まってからだった。

次に、パソコン——及びインターネット環境——が職場に入ってくる。

この時、パソコン講習を受けた私は、初めてコピーもＦＡＸも使えなかったおじさんたちの気持ちが少し分かったような気がした。

新しい技術は新しい言語のようなもので、歳を重ね、徐々に変化を厭《いと》うようになると、受け入れるのが難しくなる。特に、パソコンとインターネット環境のような、それまで全く存在しなかった、それまで持っていなかった概念の技術に接した時、「理解できないのではないか」「ついていけないのではないか」という恐怖を感じたのである。

今にして思えば、当時の取扱い説明書は技術者が書いていたため、用語の説明も全くなく、極めて不親切だったのが理解できない理由のほとんどだったのだが、あの講習の時に感じた「ついていけない」「置いていかれる」という恐怖は、今でも身体のどこかに残っている。

私は二十六歳で小説家としてデビューしたが、デビュー作となる小説は手書きで応募したものだった。初めて会った編集者に、「あなたは若いんですから、これからはワープロで書いてください」と言われたのをよく覚えている。

その後はワープロで原稿を書き、フロッピーディスクで入稿する、というのがしばらく続いた。日本語ワープロの機能はこの当時もう完成されていたし、ずっとこれが続くのだと思っていたら、パソコンとインターネットが現われ、メール入稿を促されるようになる。あっというまに、ワープロ専用機は過去のものとなり、フロッピーディスクも消えた。

それどころか、その後も新たな技術の賞味期限はいよいよ短くなってゆく。しかも、それ以前のものは共存を許されず、ばっさり切り捨てられていく。常に市場はオールオアナッシングなのだ。

人は変化を好まず、新しいものを恐れる、というのが更に実感できる年齢になってくると、新しいものに「ついていけない」という感覚が絶望に結びつく、ということも理解できるようになってきた。

どうなのだろう。

彼女たちには、この「ついていけない」という感覚はなかったのだろうか。

当時、まさにＯＡ化黎明期。世間は慌ただしく、新たな技術が入ってくる。バブル経済はまだ破綻が見えず、家賃はいよいよ上がる。そして、子供を産める年齢は過ぎた。

未来がない、やっていけない、という気持ちを二人は共有していたのではないだろうか。その気持ちが、絶望に結びついたということはないだろうか。

0

絶望。

人はどんな時に絶望するのだろう。

大きな絶望でなくとも、小さな絶望は日々、体験している。

引っ越してきた時から使っていたスーパーマーケットが無くなる。

馴染みにしていた書店が無くなる。

それは、生活に直結する、ささいなようでいて、じわじわとダメージが効いてくる絶望である。

近くの新聞販売店が無くなり、遠くの販売店に統合され、毎月違う人が集金に来る。

これもまた、ささいだが絶望だ。

愛用していたものが手に入れられなくなる。そんな時にも、私は自分でも驚くほど絶望を感じてしまう。

奈良のメーカーの糸こんにゃく。

そのスーパーマーケットにしか置いていなかったのに、ある日そのスーパーのプライベートブランドのものに替わってしまった。

喫茶店のメニュー。

そこに行くと必ず頼んでいたメニュー。ここしばらく、注文するといつも「売り切れ」だと言われる。

ずっと愛用していた文房具メーカーの赤のサインペン。このメーカーの、0・3ミリの太さの書き心地がずっと気に入っていたのに、製造中止になってしまった。他社のものを渋々使っているが、やはり書き心地が異なるのが、書く度微妙に気に障る。

ロールになったFAX用紙。

これも絶滅危惧種のようだ。今は普通紙のFAXが主流というのは知っているのだが、紙のサイズが小さいのがつらいので、未だにB4サイズのロール紙のほうを使っている。そもそも、FAX自体が絶滅危惧種で、ゲラをFAXでやりとりしている小説家も少数派になったらしい。

ずっと愛用している文房具メーカーのノート。

これは、目下のところ、いちばん無くなることを危惧しているものだ。

ハードカバーで掌《てのひら》サイズ、縦に開くタイプのもので、罫線なしの無地。

このノートは、このメーカーのスタンダードとされていたのに、近年とんと見かけなくなった。見つける度に買うようにしているのだが、最近全く見かけなくなったので、製造中止になった、あるいはなるのではないかと恐れている。何冊かのストックはあるが、使い切ったらどうしようと今からやきもきしている。

現金。

日本は世界でも有数の現金社会だという。治安が良いから、というのもあるし、未だに現金信仰が強く、カードというものが今いち信用されていないからだろう。かくいう私もクレジット・カードをあまり信用していないので、めったに使わない。どうしても借金だとしか思えないのだ。しかし、国はお金の流れを完璧に把握できることもあって、キャッシュレス社会を目指しているという。「現金は使えません」という店もじわじわ増えてきている。

そして、買い置きの品。

頻繁には使わないけれども、必ず使うもの、特定の用途のためのものであり、どうしてもそれでなくてはならないもの、というのがある。

例えば、ミニクリプトン電球。

例えば、単一形の乾電池。

例えば、プラスのドライバー。

例えば、箪笥《たんす》の防虫剤。

例えば、油の凝固剤。

そういったものが切れていたことを発見した時。買っておいたつもり、ストックしてあったつもりなのに、実は買い足していなかったことに気がついた時。

私はそんな時、深く絶望してしまうのだ。

この絶望はなんなのだろう、と考えることがある。自分がこんなささいなことに傷つき、気持ちが落ち込んでいくことにうろたえる。

それはきっと、こんなささいなこと、何かが「無い」だけで、かくも日常生活が不自由になり、脅かされることへの動揺なのかもしれない。

それは同時に、ささいなもので自分の日常が成り立っていることへの驚きであり、モノが「無い」だけでいとも簡単に日常が崩れ去ってしまうことへの恐怖でもある。

更にそれは、そんなふうにいろいろなものを日々手に入れて、今日も明日もこれからも、日常生活を維持していかなければならない、生きていかなければならない、と気付くことでもある。

恐らく人はそういうもろもろの現実をひっくるめて意識させられるところに、先回りして「絶望」しているのではないかと思い当たったのだ。

人はどんな時に絶望するか。

そう考えた時、そして、「彼女たち」が何に絶望したのかを考えた時、今の私が——五十代半ばの私が日々感じる、小さくてささいな、それでいて川岸をじわじわと浸食し、削り取っていくような絶望に思い当たったのだ。

これは、彼女たちも感じた絶望ではないだろうかと、不意に時空を超えた共感を覚えたのである。

まだまだこれから先も、いろいろなものを調達して暮らしていかなければならないと気付かされた時。

「ついていけない」「やっていけない」「未来がない」という現実が身に染みて感じられた時。

その両者が、あるタイミングで絶望という言葉で暗く結びついても不思議ではないような気がする。

私は当時の彼女たちよりちょうど十歳ほど年上ではあるが、当時の四十四、五歳というのは、今よりもずっと年配者の感覚だろうし、今よりもずっと「終わった」感が強かったのではないか。

あらゆる物価がどんどん上がり続け、どうみても家計が先細りすることは目に見えているのに、年金が出るのはまだまだずっと先。それまでずっと働き続けなければならないし、その後も今のところに住み続けられる保証はない。

ましてや、老後のことなど、それこそ想像もできないし、どう考えても豊かな暮らしなど望めそうもない。ほとんど恐怖しか感じなかったとしても驚かない。

そうした「この先」をひっくるめて、絶望したのではないだろうか。

そして、その絶望のきっかけとなったのが、何かが「無い」ことに気付いた瞬間だったのではないか。

たかが凝固剤ひとつ「無い」だけで大袈裟な、と言われるかもしれない。

近くのドラッグストアにでも行けば、モノは溢れているだろうにとあきれられるかもしれない。

しかし、人は老いるのだ。

若い世代が同じ家の中にいない暮らし。二人で老いていき、同時に少しずつできなくなることが増えていく。

そのうちひとっぱしりコンビニに行くことも、出かけることもままならなくなる。

今使っているこの凝固剤。やがては揚げ物はおろか、調理をすることも少しずつ難しくなっていくだろう。

電球を取り替えるのも、ドライバーでボルトの緩みを直すのも、すべては億劫になり、物理的にもできなくなっていく。

そのことをある日突然、自覚した時。

それが自分の将来だと気付いた時。

人は、そんな時に絶望する。

## 0

タクシーに乗っているあいだ、ずっと仕事の件でメールのやりとりをしていたので、実家に到着した時、そのことに気付くのに少し遅れた。

料金を払い、外に出て顔を上げたとたん、「えっ」と自分の目を疑った。

その時、ちょうど夜の八時頃。

住宅街の両隣の家の明かりが灯っているのに、実家は真っ暗だった。

いつもなら、道路に面した和室の明かりと、玄関の明かりが灯っているはずである。

「なんで？」

首をかしげながら玄関に向かう。

ブレーカーが落ちているのだ、と直感した。

どうしてブレーカーが落ちているのだろう。

実家は一軒家で冬は寒いので、あちこちで暖房器具やドライヤーなどをいっぺんに使うとブレーカーが落ちることはままある。

しかし、今いるのは母一人のはずだし、母がそんなに沢山の電気製品を使うはずはない。

「なんで？」

もう一度呟く。

玄関の戸を開け、「ただいまー」と声を掛ける。

返事はなく、家の中は見事に真っ暗で、静かだった。

私は真っ先に台所の脇にあるブレーカーのところに駆け寄った。

こんなに真っ暗では、何も見えない。ともかくブレーカーをなんとかしなければ。

勝手知ったる家の中。ダイニングテーブルのところから椅子を持っていき、その上に乗ったものの、何も見えない。

こりゃダメだ。

私は舌打ちしつつ、玄関に放り出してあるリュックのところに戻った。

リュックには、ストラップになった小型の懐中電灯を付けてあったのだ。

まさか実家で使うことになるとは、と思いつつ、その懐中電灯を外して再びブレーカーのところに戻る。

しかし、メインのブレーカーを何度上げても、すぐに落ちてしまって電気が点かない。

いったいどうしたことだろう？

私は混乱した。

このままブレーカーが戻らなかったら、どうすればいいのだろう。

家は真っ暗、暖房も使えない。

こういう時に呼ぶのはどこだろう？　一一〇番じゃないし。

そこで初めて、私は異様なものを感じた。


家の中は本当に静かだった。

しんと静まり返った家。

「――おかあさん？」

私は和室のほうに駆け寄った。

いつもこの時間なら、炬燵《こたつ》に当たっているはず。それとも、今日はもう早めに休んでいるのだろうか？

「おかあさん？」

こころもち、自分の声が大きくなるのが分かった。

和室に入るが、むろんここも真っ暗で何も見えない。

相変わらず、しんとした静寂のみ。

懐中電灯を点ける。

「おかあさん?」

懐中電灯は、倒れている母を照らし出した。

炬燵に入ったまま、横向きに倒れている。

「おかあさんっ」

自分の悲鳴を聞いた。完全に動転している声だ。

懐中電灯が母の顔を照らし出した。

穏やかだ。眠っているみたいだ。

しかし、その時、私は「もうダメだ」と直感していた。

ぴくりとも動かない。そこにいるのは、母だけれども、もはや母ではない物体だと心のどこかで悟っていたのだ。

だが、私は母の身体を揺さぶっていた。温かい。動かない。

おかあさん、おかあさん、とどこかで自分の叫び声がする。

暗闇の中で、私は再びリュックのところに戻り、スマートフォンを取り出し、一一九番通報をした。家の中は真っ暗なのに、頭の中は真っ白だ。

すぐに若い女性が出る。

家に帰ったら、母が倒れていて、動かないんです／
ご自宅は／青葉区〇〇〇です／
マンションですか一軒家ですか／一軒家です、なぜかブレーカーが落ちてるんです、真っ暗なんです／
お母様の耳元で呼びかけてください／はい／
身体は温かいですか？／はい、温かいです／
では、あおむけにして胸の中央を強く押してください、いいですか、同じリズムで／
はい、やってみます／
同じリズムで、強く／はい／
続けてください、もう救急車は向かってます、すぐ近くまで行ってます、近付いてますからね／
家のブレーカーが落ちてるそうです、真っ暗だそうです、懐中電灯ありますか？
（これは救急隊員に聞いているらしい）／
ありますね、持っていってください／もう着きますよ／
女性の声は至極冷静で、落ち着いていて、終始穏やかだった。
だめです、全く反応がないんです、反応がないんです、と私の声が繰り返している。

本当に、すぐに救急車は来た。赤い光が外に見える。サイレンはなしで、音もなくやってきた、という印象だった。

どやどやと複数の人が入ってくる気配。

あ、ほんとに真っ暗だ。救急隊員が大きな懐中電灯と共に和室に入ってくる。

強くて大きな丸い光が家の中を照らし出す。

すぐに母を見つけてかがみこむ。

ブレーカーどこですか?

別の救急隊員の声がして、私は慌ててブレーカーの位置を教える。

やはりメインのブレーカーを何度か上げるが戻らない。

個別のブレーカーを上げると、ようやく台所とリビングの電気が復活した。しかし、和室は戻らない。

明るくなった部屋の中で、私は呆然と立ち尽くしていた。

大人が三人増えただけで騒然とした雰囲気だ。

なんだろう、ここだけ戻らないね、もしかして漏電防止の遮断スイッチが働いてるのかもしれない。

ブレーカーのところにいる救急隊員と和室の救急隊員とのあいだにぽつんと立っている私。

見慣れた家が、別の場所のように思えた。

暗いままの和室にいた救急隊員が私のところにやってきた。

もう死後硬直が始まっています、時間が経っていますね。

きびきびとした、何の感情も滲ませない、しかし穏やかな口調だった。

私たちは、ご遺体は搬送できないんです。ここから先は警察の取り扱いになります。今、連絡しましたので、もうまもなく警察が来ます。

はあ、と私は答えた。

ブレーカー、ここに電気工事したところの連絡先があるので、見てもらったほうがいいかもしれません、とブレーカーのところにいた救急隊員が言った。

はあ、と私は答えた。

本当に、すぐに警察が来た。今度は四人。

救急車も、警察も、早かった。そういう印象を受けたのだが、もしかすると私の時間の感覚が少しおかしくなっていたのかもしれない。

「鑑識」という縫い取りの入った青い制服の男性が一人、縫い取りの入っていない青い制服の男性が二人、普通の格好をした刑事らしき男性が一人。

刑事はまだ若く、とても感じがいい。

ダイニングテーブルで向かい合って座り、青いパンフレットを渡される。

病院以外で亡くなった場合、検視が必要になること、いったん警察に引き取り、死体検案書を作成してからの引渡しになること。今は連休中なので、お医者さんがつかまらず、恐らくは週明けの引渡しになるであろうということ。

母の病歴を聞かれ、思い出せる範囲で答える。

その間も、鑑識の人たち三人は家の中を歩き回り、あちこち写真に撮っている。

侵入形跡はありません、という声。

そうか、事件性がある場合もあるんだ、とようやく思いついた。

そこで初めて、真っ暗な家の中に無防備にどかどか入っていった自分に、今更ながらゾッとする。

発見までの経緯を説明し、他の家族の居場所を伝えると、刑事は私から電話番号を聞き、そちらに電話を掛けた。

私はこの状況が未だに信じられず、呆然と青いパンフレットを見下ろしている。

じゃあ、週明け九時に〇〇〇警察までいらしてください、お母様は責任持ってお預かりします、と刑事が立ち上がる。

いつのまにか、母はもう運び出されていた。

あの、あの、もう一度母の顔を見せてもらってもいいですか？

刑事が気の毒そうな顔で頷く。

私はよろよろと玄関を出て、パトカーの後ろにあるワゴン車のところに行った。
青い制服を着た男性が、担架の上の毛布を無言でそっと上げてくれる。

母だったもの。母ではないもの。動かないもの。

やはり、母は眠っているようだった。
横向きになった母の顔。口は開いている。
唐突に、昔、小学校の健康診断の問診票にあったチェック項目を思い出す。
「眠っている時、口は開いていますか？」
母は、私のその問診票に「はい」とチェックしていたっけ。
寝る時口は開いていますか？
はい、母の口は開いています。
そっと顔に触れる。
冷たい。
さっきはあんなに温かかったのに。
警察の人たちが、じっと待ってくれているのが分かった。
込み上げた嗚咽《おえつ》を漏らしたのは一瞬で、すぐに我に返る。

お礼を言うと、皆が会釈して、無言で車に乗り込む。
パトカーも、サイレンなしでやってきたのだと気付いた。救急車の姿はとっくになく、パトカーとワゴンもあっというまに滑るように去っていった。

あっというまだった。あっというま。

彼らがやってきて去っていくまで、二時間も掛からなかった。
もう母はいない。
家の中にいない。
この世にもいない。
私は、車を見送ったあとも、呆然と家の前で立ち尽くしていた。
この二時間で、何かが決定的に変わってしまった。このたった二時間で。
私はがらんとした道路の向こうを見る。
そして、のろのろと家に戻る。
ぼんやりと玄関で家の中を見る。

なぜブレーカーは落ちたのだろう。いつブレーカーは落ちたのだろう。

私は、ダイニングテーブルの上に置いてある小さな懐中電灯を見る。

震災の後は、いつも持ち歩いていた懐中電灯。しかし、ここ数年は、もうカバンから取り外していることが多くなった。

なのになぜか、ここ数週間、「やっぱり持ち歩いていたほうがいいな」と思い、再び今使っているリュックに付けておくようにしていたのだ。

なぜ私は、懐中電灯を持っていようと思ったのだろう。

なぜブレーカーは落ちたのだろう。

私はそれからもしばらくのあいだ、玄関の明かりを見上げながらぽつんと立ったままだった。

## 1

子供の頃に、遺書（のようなもの）を書いたことがある。

今となっては、どんな内容だったか、なぜ書いたのかは覚えていない。

たぶん、十歳くらいだったと思う。

おぼろげに記憶しているのは、何かにめちゃくちゃ腹を立てて、怒りに任せてやけくそで書いたということだ。

悔し泣きしつつ、勉強机の蛍光灯の下で、ノートにそれっぽいことを書きつらねていたという、その時のやけっぱちな気分だけが今もどこかに残っている。

きっと、親と喧嘩したのだろう。弟たちの世話を巡ってかなんかで、あたしばかりが働かされていたことに対する抗議だった気がする。

「死んでやる」と思ったことは覚えている。

いや――「こんな家、出てってやる」だったかもしれない。

あたしが子供の頃は、自殺よりも「家出」のほうが一般的だったような気がする。

自殺する、というのは、何か感情的に行き詰まったり、何かから逃げる場合の選択肢に挙がってこなかったたし、若い人で自殺するというのは、この言葉が正しいのかどうかは分からないが、どこか「高尚な」イメージがあったのだ。

家も割と裕福で、インテリで、いい大学に行って、人生の価値について突き詰めて考えすぎて、自分のポテンシャルとのギャップに悩み、精神的に追い詰められて死を選んだ、というような。

そういう人は、決まって遺書を残していて、中には長い手記みたいなものを残した人もいた。その手記が本として出版されて、悩める若者のバイブルみたいになっていたということもあり、悩める手記を残せるようなインテリでないと自殺してはいけない、という雰囲気だった気がする。自殺というのが、ある種の特権的なものである、という感じ。それまでは、自殺するのは文豪か芸術家、と決まっていたし。

そういった雰囲気を子供ながらに感じていて、ここはひとつ、死んだり家出したりするからには、遺書（のようなもの）を書かなければならないと思い込んでいたのだ。

より正確に言えば、「書置き」だったかもしれない。

「書置き」というのも、今やどことなく懐かしい響きがある。あまり使わなくなった言葉なのは確かだろう。

感情に任せて、あんなひどい目にあった、こんなひどい目にあった、お父さんもお母さんもおばあちゃんもひどい、みたいなことを書きつらねた。

あたしがいなくなったら、うんと困るくせに。弟たちの面倒をみるのがどんなに大変か、みんな思い知るといい。あれだって、これだって、みなあたしがやってあげてたんだからね。

唯一はっきりと覚えているのは、あたしのお気に入りだった熊のぬいぐるみは捨ててください、と書いたことだ。

妹が欲しがっていたけれど、誰にもあげません。あれはあたしのものなので、あたしがいなくなったら、しょぶんしてください。

「しょぶん」という、覚えたての単語を平仮名で書いたことだけはよく覚えていて、その字体まで目に浮かんでくるほどだ（たぶん、その単語を使えることが得意だったに違いない）。

だけど、肝心の、この「書置き」の顚末《てんまつ》は綺麗さっぱり忘れてしまっている。

結局、この「書置き」は誰かの目に触れることはなかったはずだ。

子供の頃の自分の行動パターンを分析するに、恐らく、この「書置き」を書いたのは夜だったはず。いわゆる、「夜の手紙」というやつだ。翌朝読み直してみたら、読むに堪えない、赤面してしまう類のもの。

記憶を探ってみると、この「書置き」を書いている最中に、すごい高揚感があったことを覚えている。それこそ、小説の主人公になったような、ドラマのヒロインになったような高揚感。

だから、書き終わったとたん、すっきりして馬鹿馬鹿しくなっていた可能性が高い。おまけに書きながら悔し泣きもしていた。「泣く」というのは子供にとってこの上なくカタルシスがある行為だから、泣きながら書いたことで目的は半ば達成されてしまったのではないか。

そして、あたしはとても寝つきのいい子供だった。歯を磨いてひと晩寝たら、あっさり忘れてしまった、というのが初めての遺書の真相だったと思う。

あれから歳月が流れた。

今では、誰もが死ぬ。大人も、子供も、年寄りも、あれほど「特権的」だったはずの自殺をする。

この国では、年に数万人もの人が自ら死を選ぶ。生活苦、いじめ、精神的な苦しみ、職場の悩み、人間関係の悩み。

毎日毎日、どこかで誰かが死んでいく。

もはやあまりにありふれていて特権的ではないので、遺書も書置きも残さない。告白も、手記も、何もなし。ただそこで人生が終わりになる。

そう、あたしも大人になった。

あの時の、高揚して泣きながら「書置き」をしたためた子供はもういない。

今ならば、分かる。

遺書や手記を残すのは、まだ世界を信じているからであると。あるいは、まだ世界を——あるいは、まだ自分を愛しているからだと。

そう、自分がいなくなっても、世界はまだ続いていく。歴史は続いていく。そういう信頼感なくして、どうして自分亡き後にも誰かが読んでくれると信じて自分の文字を残すことができようか。

そして、何も残さずにこの世を去っていった人たちの気持ちも分かる。その必然性など感じない。何かを残したくない。これまで地上に生まれてきた無数の人間たちと同様、無数の一人として去っていきたい。それで構わない。そう思う気持ちも理解できるのだ。

生きた証しを残したい、という気持ちも分からないではない。自分がこの時代に生きたという証しが欲しい。そう思うのも分かる。

でも、ひっそりと、自分が望むように退場していきたいという気持ちも分かるのだ。今回はもういい。今回は、ここまで。そう決められるのもまた人間の選択肢のひとつなのではないだろうか。

動物は死ぬところを見せない。

死期が近付くと、独り去っていく。

象の墓場とか、猫がいなくなるとか、カラスの死骸を見たことがないとか、そんなふうに言われていたっけ。

迷信かもしれないが、人間もそんなふうにいなくなればいいのに、と思う。もっとも、人間の場合は、いろいろ手続き上の問題があるので、なかなかそうもいかないけれど。

慌ただしく日々を暮らしていると、自分が生きていることすら忘れがちだ。特に意識していなくても、あっというまに時間は過ぎるし、世界ではいろいろなことが起きている。時代の空気の変化は激しく、ちょっとでも気を抜こうものなら、たちまち置いていかれる。走り続けていなければ、生きているとはみなされない。

そのいっぽうで、死者もすぐそこにいる。自分は生きている、生者の中にいると思っているけれど、存外、日常生活と死は地続きで、そこここに死者が埋もれている。

最近になると、生が死の一部なのか、死が生の一部なのか分からないけれど、実のところ、ほとんど同じものなんじゃないかと思うことがある。

今回のことについて考えるようになってからは、そう特別なことでもないという気がしてきた。

必ず誰もが辿り着くところ。ただ、誰もがそこに辿り着くまでは決して一度も経験できないところ。誰もが初体験のところ。それだけだ。

# 1

一度だけ、遺書を書いたことがある。

二十代の半ば。離婚しようと密かな決意を固めた頃のことだ。

あの時の心境は、今振り返ってみても、不思議な心地がする。

ある意味、とても思いつめていた。もし、離婚できる前に不慮の事故か何かで自分が死んでしまったら、夫の家の墓に入ることになる。それだけはどうしても嫌だ、という一念で作ったものだった。

もっとも、あたしの場合、実家の墓に入るのも嫌だったので、いったいどこに納めてもらうべきなのか、ずいぶん真剣に悩んだものである。

それにしても、なぜあんなに思いつめていたのだろう。自分がどこの墓に入るか、というその一点だけのために来る日も来る日も遺書の内容について考えていたのは、滑稽にすら感じられる。

あの頃は、なぜか自分が突然死するのではないか、と怯えていた。夫と別れる前に、何かの拍子に死んでしまったらどうしよう、という強迫観念に囚われていたのだ。

さんざん悩み、いろいろ調べた挙句に、当時はまだ珍しかった「散骨」という方法を選んだ。どこでもいいから、海に撒いてほしい。そういうことにしたはずだ。

当時は自分名義の財産も大してなかったし、子供もいなかったから、とにかく「墓」一点のみの遺書だった。

あの遺書はどうしたんだっけか。

本当は金庫にでも入れておくべきだったのだろうが、とりあえず日付と名前さえきちんと入っていればなんとかなるだろうと思い、どこかに仕舞いこんだままになっている。捨ててはいないはずなので、今もどこかにファイルされたままになっているだろう。

遺書を書く、というのは不思議な行為だ。

自分はそこにもういない。しかし、自分抜きの世界がどんなふうになるのか、先の先まで読んで文面を考えなければならない。周囲の反応だとか、遺族の言動とか、それらを予測するのは一種の博打《ばくち》に近い。

どうなんだろう、もしあの頃、別れる前に死んでしまっていたら。

夫があたしの遺品を整理して、遺書を見つける。いや、実家から母が来て、母が見つけるかもしれない。

どういうわけか、どちらの人たちも悲しんでいるところが全然想像できない。むしろ、面倒な手間を掛けさせせて迷惑だ、と思いそうだ。

互いによそよそしく言葉を交わし、ビジネスライクに処理が進む。葬儀ですら、ひんやりとした空気で、彼らの目に涙はない。いったい誰が来てくれただろう？　大学の友人？　ＯＬ時代の同僚？

もしかすると、ロクに遺品も整理してもらえないような気がする。遺産もないし、業者を呼んで、綺麗さっぱりあたしが存在した痕跡を消し去ってしまうんじゃないか、という気がするのだ。

　となると、あたしの遺骨はどうなる？　遺書ごと処分されてしまい、あたしは夫のほうの墓に入ることになるのか？　かろうじて可能性があるのは、母がそれを拒否する、ということだ。あの人はあたしの嫁ぎ先に好感を持っていなかったので、持って帰る、というのはありそうな気がする。それも決して娘を愛していたからではなく、あくまでも娘が自分の所有物であった、という確認のためにだろう。

　もし、運よく遺書を見つけてもらったとする。

　夫が、母が、あたしの遺書を読む。

　二人の不満そうな顔、驚く顔が目に見えるようだ。

　どちらの墓にも入れないでほしい。海に撒いてほしい。

　そう読んだ時の反応は、どう考えても芳《かんば》しくない。そして、みんながあたしに腹を立てるだろう。

　いったい何を考えているんだ、あの子は。嫁ぎ先の墓にも、実家の墓にも入りたがらない。散骨だなんて、ふざけたこと、世間体の悪いことを言い出すなんて、なんという変わり者だろう。

　そして、彼らは、あたしが決して両家の誰も信用していなかったことを思い知るのだ。

その瞬間を思い浮かべると、なんとなく溜飲が下がる気がする。険悪な雰囲気になったところを、こっそり覗いてみたい気もする。

そう、だってあたしは、あんたたちの誰も好きじゃなかった。自分の家族だと思えなかった。だから。

なるほど、こうしてみると、遺書というのはいろいろな使い道があるものだ。ある意味、遺族へのサービスでもあるのだな、と思う。地雷としても使えるし、遺族の心になにがしかの痕跡を残すこともできる。

遺書。

どうなんだろう。今回は遺書を書くべきなのだろうか。

死んだ人には、後始末が必要だ。こればっかりは、本人ができないので、誰かに引き受けてもらわなければならない。

もし、何かを書き残すのなら、業務連絡であるべきだ。

大家や美容院の連絡先や、保険関係。カードの暗証番号。公共料金やもろもろ手続きのためのもの。仕事関係の、連絡すべき人たち。

遺書。

そう、遺書は遺族へのサービスだ。恨みつらみであれ、感謝の言葉であれ、遺族の心に何かを残す。彼らの中に爪を立て、さざなみを起こすような残酷なもの、不愉快なものであっても、やはりそれはサービスなのだ。彼らに死者について考えるよすがを、考える材料を与えてしまう。

ならばやはり、あたしはそんなサービスなどしてやらない。彼らには何も残さない。何の憶測もさせやしない。

そういう意味では、二十代の頃に書いた遺書は、ずいぶん優しいものだった。

あの頃のあたしに、あたしが生前何を考えていたか、あんたたちのことをどう思っていたか教えてやるなんて、ずいぶんおめでたかったと言いたい。

自分が何を考えていたか、何を感じていたか。それはあたしだけのもの。究極のプライバシーだ。そんなもの、なぜ誰かに教える必要があるのか。

美しい遺書、感動的な遺書。

あたしだって、そういうものに涙したことがある。なんという優しさかと驚きあきれることもある。

けれど、あたしは何も残さない。あたしの感じている虚無、あたしの感じている乾いた絶望、あたしの感じているすべてのものを、あたしは誰にも渡さないし、匂わせもしない。

もしかすると、何も残さないし感じさせないこと自体が、あたしの遺書なのかもしれない。

# 0～1

子供の頃から、よく墜落する夢を見た。

空を飛ぶ夢も見るのだが、たいがいの場合気持ちよくは飛んでおらず、全く制御不能でどうしたらいいのか分からない、という状態のものばかりだ。

しかも、「ふわふわ」とか「すいすい」ではなく、「ビュンビュン」という表現に近いかなりのスピードで飛んでいて、行く手は障害物でいっぱい。軌道はまるで定まらず、いつ何かに衝突しても、下降して落ちても不思議ではない状態。

夢の中の私は半ばパニック状態で、それでもなんとか方向を変えようと試みるのだが、向きを十度ほど動かそうとして必死に力をこめても一度くらいしか動かない。焦りともどかしさに苦しみながら飛び続けていて、周囲の風景はまさに飛ぶように後ろに過ぎ去っていく。やがては、緊張に耐えられず力を緩めてしまい、急速に失速して落下、地面にぶつかる！　という瞬間に目覚める。

ほんの一瞬前まであんなに高速で飛んでいたのに、目覚めると全く自分の身体は動いていない、というのにいつも戸惑う。

それとは別に、崖から突き落とされる夢も一時は繰り返し見ていた。

夢の中で、私は追いかけられていて、一生懸命逃げている。奇妙なことに、追いかけてくる相手はいつも一緒だ。薄紫の割烹《かっぽうぎ》着姿のおばさん。小柄で、パーマを掛けた髪には白い三角巾。耳のところに留めてある黒いヘアピンが二本見える。割烹着から伸びている腕は筋張っており、黒く日焼けしている。知っている人なのかどうかは分からない。顔のところが暗くなっていて、どうしても見えないからだ。

このおばさんが、夢の中で、誰かと遊んだり談笑したりしているところに不意に現われ、大勢の中から私を見つけ出し、なぜか執拗に追ってくるのだ。夢の中で、私のほうでも「あ、見つかった」と恐怖に駆られ、「あの人につかまるわけにはいかない」と慌てて逃げ出す。

見ている限りでは、おばさんの足は決して速くない。むしろ、ひょこひょことコマ落としのようなのんびりした動きだ。どう考えても私のほうが逃げ足が速いはずなのに、「逃げ切った」と思って振り向くと、必ず間を詰めてきている。「そんな馬鹿な」と思いつつ、またしても必死に逃げる。しかし、振り切れないし、引き離すどころか徐々にすぐそばまで迫ってくる。

そして、気がつくと私は、どこか田舎の、文字通りの高い崖っぷちに追い詰められているのだ。

おばさんはじりじりと私のほうに近付いてくる。顔は見えないし、声を聞いたこともないが、明らかに私を崖から落とそうとしている。

逃げ道を失い、後退りする私は、気がつくと足の下に何もなく、次の瞬間、落下している。

崖の上からこちらを見下ろしているおばさんの顔が遠ざかっていくところで目が覚める。

この落下するバージョンには幾つかパターンがあって、おばさんと向かい合ったまま足を踏みはずして落ちる時もあれば、おばさんの姿は見えないまま背中を「どんっ」と押されて落ちる時もある。

墜落。重力の法則によってもたらされる死。

夢の中で何度も体験したあの恐ろしさ。絶望感。

私は今、橋の写真を見ている。

彼女たちが墜落した橋。

二つのカバンを残して一緒に飛び降りた橋を。

ネット上では、何枚もその橋の写真を見つけることができる。

ハイキングコースを紹介する文章の中に。観光案内の地図の中に。どの写真も青空の下、ただの通過場所として当たり前の顔をしてそこにある。

シンプルかつ頑丈そうな橋。

道案内のブログを見るに、多くの観光客が行き交っているらしい。かつてあんな出来事があったという痕跡は、もはやこれっぽっちもない。そこにあるのはただの通路としての橋である。

他にも近くに大きな橋があり、明らかにそちらのほうが写真映えするので、こちらの橋がアップされている数は決して多くはなかった。

しかも、橋の上や袂《たもと》の写真ばかりで、川面《かわも》までどのくらいの高さがあるのか（高さ二十六メートルというのは、新聞記事から知ってはいたが）、実感として分からないのがもどかしい。

私は困惑している。

橋の写真をスクロールしつつも、戸惑っている。

この小説が終盤にさしかかっている——つまり、彼女たちの最期を描かなければならないこの段階になって、そういえば、私はこれまでに一度として、彼女たちの最期の場所に行ってみようと思いつかなかったなあ、と気付いたのだ。

例えば、これがドキュメンタリー番組などであったら、とっくに訪ねていただろう。

もちろん、現場での映像が挟みこまれるのは終盤だろうし、「こんな場所だったたんですね」とこわごわ橋の下を覗き込み、なんなら花の一本でも投げ込むところで終わるのかもしれない。

行く前から、その場面が想像できた。

全く死の気配もその痕跡もない明るいハイキングコース。周囲には自然を楽しむ笑顔のハイカーたち。

緑あふれる山々。鳥があちこちでちゅんちゅんとさえずる長閑な声が青空に響き渡る。

橋の上では、私が所在なげに立っており、観光客のあいだで浮いている。

橋の下をそっと覗いてみるが、高所恐怖症の私はろくろく見られずに、後退る。全く絵にもならず、撮影スタッフに叱責される。

「ほら、ちゃんと橋の欄干《らんかん》に手を掛けて、二人の最期に思いを馳《は》せてください」などと言われ、ますますひきつった表情になり、「もういいです。場所は確認できましたから」と口の中でもごもご呟き、そそくさとその場を逃げ出すだろう。

なにしろもう四半世紀前の話ですから。地元の人でも、覚えている人はほとんどいないんじゃないですか。

そんなことを弁解じみた口調で言ってみる。

すると、ディレクターが頷く。

「そうですね、誰か覚えている人を捜してみましょう」

私は慌てる。

いいですよ、昔の話ですし。これって、単に私の個人的な感傷から始まった話なんですから。

私はスタッフを止めるが、スタッフは、番組を完成させるためには当時のことを知っている人の絵を撮らなければ、という使命感に燃えており、全く私の制止など聞き入れない。

近所の人たちに直撃インタビュー。

「知りませんねえ」

「いえ、聞いたことないです」

案の定、覚えている人はいない。

首をかしげる人をカメラに収めていくスタッフの後ろで、私はハラハラしているし、居心地の悪さを感じている。

誰も見つからなければいい。そう心から願っている。

「あの橋の袂近くにある、お茶屋さんのおばあちゃんなら覚えてるかも」

「警察には行ってみました？」

そうか、警察という手があったね。

スタッフはそう呟きつつも、まずは近くのお茶屋さんに行く。もう店は息子夫婦が継いでいて、奥からおばあちゃんが出てくる。まだ足腰はしっかりしているし、完全に隠居したわけではなさそうだ。

「ああ、あったねえ、そんなこと。警察の人がいっぱい来て、びっくりしたよ」

記憶を探るおばあちゃん。

しかし、たいしたことは覚えていない。

「落ちた時は、まだ片方の人が生きてたから、救急車が運んでいったんだけど、結局助からなかったんだよね」

私が新聞記事で知っているのと同じことしか知らない。

スタッフは警察に行こうとするが、私は必死に止める。きっと異動になっていて、当時を覚えている人なんていないですよ。もしいたとしても、個人情報を教えてくれるわけないじゃないですか。

「とにかく行ってみましょう。覚えている人がいない、でもいいし、当時の資料はない、でもいいから答えてくれるところを撮らないと。むしろ、ああ、二十五年も昔のことなんだっていう時間の流れを感じさせる絵になるかもしれないし」

とりあわず、警察に行こうとする撮影スタッフ。

私はついていくかどうか迷い、その場でぐずぐずしている。

軽いパニックに陥る私。

どうしよう。あの二人が、私の手を離れてしまう。別のものになってしまう。むき出しの、みんなのものになってしまう。

と、ストンとした白っぽいワンピースを着た四人の女たちがスッと私の前を通り過ぎる。

ソバージュっぽい髪型をした女が、大きな花束を抱えている。

「ここ?」

「ここだわね」

「ああ、そうだわ」

ボソボソと橋の袂で話し合う女たち。年齢はバラバラだ。若い子もいれば、やや年配の人もいる。花束を抱えている女は私と同じくらいの歳だろうか。

女たちは厳《おごそ》かに橋の上に進み、橋の真ん中で恭《うやうや》しく花束を捧げ、静かに黙禱《もくとう》する。

「おっ」

それを見つけた撮影スタッフが戻ってきて、「絵になる」彼女たちを映し始める。

「あれ、なあに?」

「なんだろう」

近くを歩いていたハイカーたちも集まってくる。

「どうしたんですか?」

「どうして花を供えてるんですか?」

女たちは舞台の上であるかのようにハイカーたちを見回し、ソバージュの女が代表して、哀しげな表情で伏目がちに答える。

「ここで、かつて悲劇があったんです。二十五年前、大学の同級生だった二人の女性がここから飛び降りて亡くなりました」

軽い動揺がハイカーたちのあいだに走る。

「知ってた?」

「いいや、知らなかったよ」

「ご遺族の方ですか?」

口々に声が上がる。

ソバージュの女はゆるゆると首を振る。

「いいえ、遺族ではありません。でも、彼女たちのことを語り継ごう、忘れまいとしている有志の者です」

矢継ぎ早に声が上がる。

「どうして自殺したんですか?」

「女性どうしですよね?」

「心中ってこと?」

「若かったんですか?」

「綺麗だったんですか?」

「いじめに遭っていた?」

「自殺したアイドルの後追いですか?」

「待ってよ、大学の同級生って言ってたからそれは違うでしょ」

「じゃあ、何?」

「許されない愛じゃないの?」

「そっか、二十年以上昔だったら」

「今だってそんなに変わらないよ」

ますます人が集まってきて、ざわざわと喧噪が大きくなる。カメラを意識してピースサインを作る人もいれば、自分でもスマホで動画を撮影している人もいる。

誰かがリュックを下ろし、タブレットを取り出す。

「二十五年前って言ったね」

橋の上にしゃがみこみ、検索を始める。やはりパソコンを取り出し、同じく検索を始める人もいる。

「おっ、ホントだ。新聞記事、ヒット」

「どっちも匿名だ。へえっ、当時でも、匿名にできるんだね」

「なんだ、若くないよ。オバサンじゃん」

「名前、特定できないかな。どこのデータ引っ張ろうか」

「大田区役所？」

「でも住民票移してるかどうか――」

「亡くなってるんだからこの場合――」

検索、検索、検索。私がこれまでしようとしなかったこと、してみようとも思わなかったことを、今日出会ったばかりの人、縁もゆかりもない人たちがやっている。

「ふうん」

「純愛だわ」

「二人の愛を貫きとおしたのね」

どこかうっとりとした溜息が漏れる。

「私たちも黙禱していいですか？」

「へえ、ここから落ちたのね。高いわー」

「マジ、勇気あるな。俺、無理」

橋の上にますます人が集まってくる。橋の名前を写真に収める人々。橋の上から川を写す人もいる。

やめて。やめて。これは私の。

これは、私の個人的な感傷の。

私だけの。

私はその言葉を飲み込み、凍りついたように橋の袂で人々を眺めている。

全身からダラダラと汗が流れる。

ワンピースを着た女たちが、奇妙なダンスめいた動きで一緒に揺れている。

いろいろな声が聞こえてくる。

「この悲劇を」

「聖地」

「ダメだわー、昔のデータって不完全」

「二十五年も前に、純愛で」

「ひっそりと、誰にも言えず」

「さすがに二十五年前じゃなあ」

「関係者も死んでるんじゃない？」

カメラは彼らの声を、表情を映し続けている。ドキュメンタリーも終盤。ディレクターの頭の中では、どんなふうに編集するか構想しているのが見えるようだ。ぼちぼちラストシーンも決めなければ。

ホントは言い出しっぺの著者に締めてもらいたかったんだけどな。あの花束を抱えて、もう一度撮り直させてくれないかしら。だってあなたが始めたんでしょ？　だったらあなたが終わらせてくれないと。それなら絵的には完璧でしょ？

私はじりじりと後退りする。

橋の上は、もはや押すな押すなの大群衆。

なぜか私は、その中に薄紫の割烹着を着た女性を探している。夢の中では、いつもこんなふうにいろいろな人がいて、賑わっているところに現われたっけ。

あの顔のない、私を追ってくる女。

私はじりじりとその場から離れる。

ふと、馴染みのある白い三角巾を留めた黒い二本のヘアピンを見たような気がする。

背中が寒くなる。

私はその場を逃げ出す。

橋から離れなければ。あの女から逃げなければ。

橋の喧噪がたちまち遠ざかっていく。橋からの距離に比例して、私は少しずつ落ち着きを取り戻してくる。

後ろを振り返ると、遠くでカメラを構えているスタッフの姿が見える。もはや私のことなどどうでもいいらしい。

誰も追いかけてこないし、薄紫の割烹着も見えない。三角巾を見たと思ったのは、やはり私の気のせいのようだ。

ホッとして胸を撫でおろし、前を向いて歩調を緩めて歩き始めようとした時、前方から誰かがやってくるのに気がつく。

向こうからゆるゆるとやってくる二人の女。

軽装で、雑談しながらゆっくりと歩いてくる女たち。


その二人を、私は知っていた。

## 0〜1

私は確かにその二人を知っていた。

しかし、目にするのはこの時が初めてだった。

二人を目にした時、真っ先に感じたのは奇妙な懐かしさだった。長いこと噂だけで話を聞いてきた人の、実物を目の前にした感じ。あるいは、言葉は悪いけれども、あまりにも繰り返し聞いた話なので、少々飽き飽きしている、という感じだろうか。

もっとも、私はその二人の顔も名前も知らない。

「本当に」目にするのは初めて。

なのに、私は彼女たちが懐かしく、そして飽きかけていた。なにしろ、ここ数年ものあいだ、いったいどんな人たちなのだろうとさんざん妄想の限りを尽くして、その存在について考えてきた二人なのである。

その二人が、すぐそこを歩いている。この橋に向かってやってくる。最期の場所、最期の時間が迫っている。

そのことが信じられなかった。

更に、別のことに気を取られていた。


やってくる二人は、私の想像した二人にはちっとも似ていなかった。

私の頭の中の二人は、正直、もっとキャラが立っていて輪郭がはっきりしていた。背の高いキャリアウーマンの女と、小柄でフェミニンな女。個性的な顔立ちの男まさりの女と、いかにも女らしい雰囲気を持った美人。

だが、前からやってくる二人は、いかにも「普通」の二人だった。中肉中背、同じくらいの背の高さ。痩せてもいなければ太ってもいない。二人とも肩くらいの髪の長さで、しっかり横に流す形でパーマを掛けている。どちらも通り過ぎた瞬間にすぐさま忘れてしまいそうな、特徴のない平凡な顔立ち。

パッと見て思ったのは、四十代には見えない、ということだった。

かつての四十代は、今の感覚から見るとかなり大人っぽかった。老けている、と言ってもいいかもしれない。

それは、化粧のせいもある。

二人はしっかりとファンデーションを塗っていたし、ばっちりアイメイクもしていた。

この時、一九九四年。もうナチュラルメイクの時代になっていたかどうかは定かではないが、たぶん、彼女たちは自分たちが二十代だった頃のメイクのまま通しているのではないかと思った。

そういうのは私にも経験があるし、巷でもよく見かける。メイクには流行り廃りがある上に、歳相応の技術が必要だ。なのに、若かった頃の、かつて自分をよく見せることができていたメイクをそのままずっと続けてしまって、実年齢に合った「すべき」メイクとズレが出てきてしまうのである。

とにかく、二人のメイクは私の目から見てもかなりの厚塗りだった。口紅もくっきり塗っている。二人が若かった頃、ということは、七〇年代のメイクということになる。もしかして、最期の日だからいつもよりしっかりメイクをしてきたのだろうか。それとも、山の紫外線を警戒してのことか。

どうなのだろう——「今日が最期」という時、鏡に向かう心境は。

きちんとしたい、と思うのか、もはや構わない、と思うのか。

私なら、なんとなく手癖でいつものようにパパッと済ませるだろう、という気がした。人間、習慣はなかなか変えられない。

二人は、ごく自然な様子で会話を交わしているようだった。

帽子はかぶっていない。

それがちょっとだけ意外だった。かつて(今もだが)アウトドアに出かける人は必ず帽子をかぶっていたという記憶があるからだ。いっとき全く帽子をかぶる人がいなくなったが、最近また普段使いで帽子をかぶる人が増えた。

もう帽子などいらない。逆に邪魔になる。そう考えたのだろうか。

二人はカジュアルではあるが、それでいてきちんとした格好をしていた。

矛盾しているが、そうとしか言いようがない。

この日は四月二十九日。ゴールデンウイークの、連休の初日である。ここは山の上でもあるし、まだ肌寒い季節だろう。

私は二人の着ている服に注目した。

一人はチェックのシャツにジーンズ、紺のジャケットを着ている。靴は茶色のローファー。肩に掛けたナップザック。

時代を感じたのは、きちんとシャツの裾をジーンズの中に入れ、ベルトをしているところだった。

オーバーブラウス、という言葉を思い出す。

私が子供の頃――七〇年代は、みんなシャツやブラウスの裾をスカートやズボンの中に入れていたし、ズボンには必ずベルトをしていた。ジーンズもまだそんなに普及していなかった。

それが、高校生になった辺り――八〇年代はじめの頃、裾を外に出したままにしているのが少しずつ流行り始めた。流行り始めの頃は、裾を出したままにしているのがだらしない、とひどく不評だったのを覚えている。私も初めて裾を出しっぱなしにした時に、とても心許ない恥ずかしさを感じたものだ。しかし、その後は裾を出したままにするほうが主流になっている。

彼女は、子供の頃に裾を入れる習慣がついたまま、ついに「オーバーブラウス」を試みることも経験することもないままになっていたのだろう。真面目そうな、几帳面な感じがそのファッションから伝わってくる。

もう一人は、淡いピンク色のトレーナーの上にブルーのヨットパーカーを羽織っていた。下はベージュ色のコットンパンツを穿いていて、靴は黒のスニーカーだ。手にはナイロンの手提げバッグ。

この格好もまた、時代を感じさせた。

七〇年代くらいまでは、いわゆる「普段着」はシャツとズボン、ブラウスとスカートだった。上着はジャケットかジャンパーだったし、靴は子供はズック、大人は革靴だった。

それが、八〇年代に入って内側がパイル織りになったトレーナーが爆発的に普及し、以来普段着はトレーナーやTシャツになっていった記憶がある。ヨットパーカーというのも同じ頃に普及して、上着にする人が増えた。スポーツでしか使わなかったスニーカーも、普段使いとして普及した。

ああ、確かに、この人たちは一九九四年の人たちなんだ。

そんな、感慨めいたものが頭に浮かんだ。

二人はのんびりした歩調で、ゆっくりとこちらに向かってくる。

何かおかしいことでも言ったのか、声を揃えて笑うのが聞こえた。屈託のない笑顔が見える。

私は不思議な心地になった。

やけにリラックスしている。

やがて、疑念を感じた。

もしかして、人違いではないか。あの二人は例の二人ではないのではないか。ただの通りすがりのハイカーなのではないか。あのまま真っすぐ橋の上を通過して、山登りに行くのではないか。

周りの人はどう反応する？　そういえば、みんなは彼女たちに気付いているのだろうか？

私はふと思い出して、周囲を見回した。

そして、えっ、と思った。

いつのまにか、野次馬もＴＶ番組のスタッフも姿を消していた。

がらんとした橋の上にいるのは私だけだった。私一人が橋の上にぼんやり立っていて、遠くから長閑な鳥の鳴き声が響いてくる。

風が吹いている。びっくりするほど冷たい風が。

私は思わず身震いをしたが、やってくる二人は寒さなど感じていないようだった。相変わらずにこやかで、話に夢中である。むろん、私に気付く様子もない。

二人には、静かな充足感があった。

二人でいることに満足している。お互いを信頼している。理解しあっている。そして——諦観めいたものを共有している。そんな落ち着いた雰囲気が伝わってくるのだった。

ああ、この人たちは確かに存在していたのだ。

私は改めてそんなことを考えた。

それぞれの家に生まれ育って、泣いたり笑ったり、怪我したり風邪を引いたりして親を心配させ、友達と遊んで、時に喧嘩して、勉強して、恋をして、大学に入った。知り合って仲良くなり、青春の一時期を一緒に過ごし、働き始め、一緒に暮らすようになり、笑いあったり慰めあったりして長い時間を一緒に過ごしてきた。

その四十四年余りの歳月を中断することなく生きてきた二人。

同じような髪型をしているけれど、美容院は別々だろうか。

どちらかが先にあの髪型にして、そのヘアスタイルいいね、あたしもそうしようかな、と真似したのだろうか。

きっちりしたメイク。二人が住んでいる部屋で、鏡台は共有していただろうか。化粧品の好みはきっと違うだろうから、鏡台の上は二人分の化粧品で埋まっていたに違いない。

ＣＭで見たのと違って発色が今イチだね。

元の唇の色が違うのよ、ＣＭは、モデルがいいから。

二千円もしたのに、なんか使う気しないのよね。

いいクレンジングないかなあ。

そんな会話が鏡の前で交わされていたかもしれない。

出かける前に、互いの服装をチェックしただろうか。

あたし、シャツの裾出すのってどうしても駄目なの。みんなそうしてるし、デパートの店員さんなんかも勧めるんだけど、抵抗あるのよねえ。

いいんじゃないの、したくないんなら。

やっぱりその服にするの？　昔からパステルカラー好きだったよね。特にピンク。

派手なピンクは好きじゃないけど、これくらいのピンクがいちばん落ち着くのよ。

もうこの歳で、ピンク着るのもおかしいかもしれないけど。

そんなことないよ。ピンク、似合うよ。

帽子は？

ちょうどいいのがないのよねえ。この格好で麦藁帽子はヘンだし。

かといって、冬物の帽子もおかしいよね。

かぶらなくてもいいんじゃない？

でも、天気がいいから、日焼けしそう。

日焼け止め塗って、しっかりファンデーションつければ大丈夫なんじゃない？　あたし、汗っかきだから帽子かぶると頭が蒸れちゃって。あんまり帽子かぶるの好きじゃない。

ああ、前にもそう言ってたね。


二人が近付いてきた。

思い出話でもしているのか、片方が「うん、うん」と頷いている。

橋の上に差し掛かる二人。特にそのことを意識している様子もなく、歩調も変わらず真っすぐ歩いてくる。

私は全身が固まったようになり、呼吸すらできなくなったような気がした。

二人は、全く私に気付いていなかった。

もし、周りにさっきのように大勢の人たちがいたとしても、誰にも気付かれなかったのではないだろうか。それくらい、二人の世界に没頭している。

さっきから、周囲の景色も全く見ていない。会話を続けながら、歩いているだけ。

もしかすると、ずっと二人はこうだったのかもしれない。ずいぶん前から、二人は二人だけの世界で生きてきたのかもしれない。

二人は私の前を通り過ぎた。

その表情は至極落ち着いていて、あきれるほど「日常」だった。

やっぱり、違うのではないか。

この二人ではないのではないか。

再びそんな疑念が湧いてきた。

ほら、もう二人は橋の半ばを過ぎようとしているではないか。

このまま橋を渡り、山道の先に消えていく二人の背中を見たような気がした。

かすかな安堵を覚える。

この二人は、また別の二人なのかもしれない。これまでに無数の「あの二人」がいて、たまたま今回「あの二人」はあの結末を選ばなかったのかもしれない。

そう思ったその時である。

二人は、ピタリと足を止めた。

「えっ」と思った私は、反射的に身体が動き、それにも動揺した。

二人はすっとかがんで自分たちが持っていた荷物を下に置いた。

「待って」と言ったつもりだったが、声は出ていなかった。少なくとも、私には聞こえなかった。

二人は小さく頷きあい、手を繋いで橋の手すりの上に大きく身を乗り出すと、あっというまに姿を消した。

私は再び動けなくなった。口を「待って」と言った形のまま、その場に繋ぎとめられたようになった。

いない。

橋の上には誰もいない。

こうして繋ぎとめられた私以外には、誰も。

何の音もしなかった。

風の音と、長閑な鳥の声以外には、何も。

一瞬の出来事だった。

二人が足を止め、姿を消すまで五秒も掛からなかったと思う。

本当にわずかな、とても短い時間しか、彼女たちがおのれの存在を断つまでに掛からなかった。

さっきまで談笑して、至極落ち着いた様子で歩いていた二人が。

さっきまで四十四年余りの時間を、連続して生きてきた二人が。

こんなにもあっけなく。

こんなにも簡単に。

そして、世界は変わらない。そのままだ。

あまりにも、そのままだ。

私は全身から力が抜けるのを感じ、へなへなとその場にうずくまった。

突然、「ワアッ」という悲鳴に包まれて、ぎくりとする。

バタバタという足音。

　気がつくと、周りにはまた大勢の野次馬がいた。みんなが橋の手すりに駆け寄り、下を覗いている。

「落ちた」

「誰か落ちたぞ」

「二人、飛び降りた」

「あそこだ」

「うっそー、こんなところから」

「人形じゃないよね？」

「救急車」

「今、掛けてる」

　ＴＶ番組のスタッフも、手すり越しにカメラを下に向けていた。殺気立った興奮と、悲鳴と、怒号が飛び交う。

　誰かが泣き叫んでいる。

　誰もが私に背を向け、重なりあい、声を上げていた。人々は、同じ色に、ひとかたまりの何かの生き物に見えた。

　私はうずくまったまま、人々の足のあいだに残されている、ナップザックとナイロンのバッグを見つめている。

所在なげにそこにある、彼女たちの存在の証しを。

（1）

空っぽだった。

綺麗さっぱり、何もかもなくなっている。

床もきちんと清掃されていて、ごみひとつ落ちていない。

完璧な原状回復工事。テナント撤退のお手本のような状態だ。

どこかの窓が開いていた。

時折、すうっと川風が入ってくるが、とても静かで、ここについ最近、大勢の人が集まり、蠢《うごめ》き、スポットライトを浴びていた形跡などどこにもなかった。

空っぽの劇場。

元々は工場であり、長いこと生産活動が行われていた場所である。劇場として使われていたのは、ごく短い期間だった。

もはや、ここは工場でも劇場でもない。

ただの場所。ただのスペース。ただの廃墟だった。取り壊しになる日も近く、外ではその準備が始まっていた。

壊されることが決まっている場所というのは、どこも似たような空気がある。

物理的に空っぽというだけでなく、カサカサに乾いた虚無感みたいなものが漂っている。もはや、建物の魂が抜けてしまった、とでもいうような。

文字通りの抜け殻である。

それでも、確かにここで、私が書いた物語——すなわち、彼女たちの物語が上演されていたのだ。

事実を基にした物語。実在した人物をモデルにした物語。会ったことも見たこともない彼女たちの物語——つまりは「虚構」が。

そのことにいったいどんな意味があるのだろうか。ただ観客の記憶と、演出家や役者たちの記録だけが残るこの活動に。

そもそも、語るということ、演じるということ、観るということにどういう意味があるのか。なぜやりたいと、観たいと思うのか。

小説家の自己満足か、演出家や役者、それぞれの自己顕示欲か、怖いもの見たさの観客ゆえか。

目を凝らしても、耳を澄ましても、その答えはない。

空っぽの劇場。

それでも、なぜか、今の私には、目の前で「時」が動いていくのが見えるような気がした。

空っぽで無人の劇場でも、時は過ぎる。

かすかに射し込む日の光はゆっくりと移ろってゆき、日没と共に消える。

こうして立っている私の肉体の上にも時は流れ、時は刻まれ、やがては肉体ごと消えてなくなる。

結局のところ、その事実を確認するためなのかもしれない。

自分が時のひとつぶ、人間のひとつぶ、歴史のひとつぶであることを確認したい、確かに存在していることを感じたい、そのために人は虚構を語り、虚構を演じ、虚構を観るのかもしれない。

ひらり、と何かが目の前を舞った。

左右にゆっくりと揺れて、やがて静かに床に着地する。

白い羽根。

いや、それは白というよりも灰色だった。

かつては純白だったものだろうが、汚れた空気や泥にまみれ、艶を失い、かすかに毛羽立って、薄汚い色になっていた。

ひらり、ひらり、と灰色の羽根が降ってくる。

最初はまばらであったが、そのうちに、量が増えてきた。

私は天井を見上げるが、後から後から天井に羽根が湧いてきて、ぼたん雪のごとくどんどん降ってくる。

ああ、これは誰の羽根なのだろう。誰かの羽根をむしったのか、それとも自然に抜け落ちたのか。

無数の羽根、灰色の汚れた羽根。

もしかすると、この一枚一枚が「時」なのかもしれぬ。あるいは、「私」であり、「彼女たち」なのかもしれぬ。

空っぽになった劇場に、羽根は降る。

羽根は降り止まず、辺りはこの上なく静謐《せいひつ》だった。

みるみるうちに、床に灰色の羽根が降り積もってゆく。

降り注ぐ羽根が、私を、彼女たちを、空っぽの劇場を、この世界を、時間を、すべてを掻き消す。

0

一九九四年九月二十五日、日曜日。

私はいつもの休日のように、昼近くになって目を覚ました。

いつもながら、ぱっちり目を覚ますというよりは、どんよりした目覚めで、しばらく布団の中でぐずぐずしている。

もはや夏は過ぎ、暑くもなく寒くもないが、まだ秋でもない。

平日は会社勤めなので八時起き。今の会社は九時半スタートと少しゆっくりめなのがありがたいが、金曜土曜は思い切り夜更かししてしまうので、土日は昼近くまで惰眠を貪《むさぼ》ってしまう。

それでも、気分は悪くなかった。

先週、初めて商業誌に短編を掲載してもらえることが決まったのだ。

応募した賞には落選したものの、今年の四月に第二作となる小説を単行本で出してもらって、いろいろな出版社から声を掛けてもらうようになった。

そのうちの編集者の一人が、まだひとつも短編を書いたことのない私に、商業誌での執筆を依頼してくれたのである。

商業誌に短編を書けば、原稿料を貰える。もし作品を買ってもらえたら、渋谷のデパートで見かけて気に入っていたビギのスーツを買おうと思っていた。勤めていた不動産会社ではしばしばイベントがあり、派遣社員ではあったが、スーツは必需品だった。

　短編の題材は、いろいろと迷い、候補を考えていた。ああでもないこうでもないと悩むうちに、ふと、子供の頃に読んで好きだったアメリカのSF小説が浮かんだ。

　それは、地球に不時着した宇宙人たちが、その素性と能力を隠して、ひっそりと地球人に交ざって生きていくというお話だった。

　その小説へのオマージュとして、特殊な能力を持つ一族が日本国内で密かに暮らしているという設定の話にしたのである。

　初めて書く短編にとても緊張した。どんなふうに書いたらいいのか、果たして一本きちんと終わらせられるのか、という不安が大きかったのだ。

　しかし、書き始めてみると、次々と場面が頭に浮かび、思ったよりもするすると進み、書き終えた時には高揚感があったのが嬉しかった。

　ワープロで打った原稿を送ると、担当編集者もとても気に入ってくれ、この設定でシリーズにしないかと提案してくれた。もちろん、初めての短編だしいろいろ手を入れなければならないけれど、すぐに次の作品を書くようにと言ってもらい、この先も書いていけるのだという喜びは大きかった。

　他の原稿がいろいろ混み合っているので、最初の短編の掲載は十二月号になりそうだという話を聞きホッとした。

これでまずは、繋がった、と思った。

初めて書いた長編小説でデビューしたものの、まだまだ手探り状態だった。

この先何を書いたらいいのか。ずっと続けていけるのか。

この数年、その答えがさっぱり分からなかったので、商業誌に短編が売れ、シリーズものとしてこの先も書かせてもらえると決まったのは、目の前が文字通り明るくなったような気がしたものだ。

ゆうべも、次はどんなエピソードにしようかと、あれこれメモを書いたり、いろんな本をつまみ読みしたりしているうちに明け方になってしまった。

ようやく起き上がり、窓を開け、布団を畳んで押入に押し込む。

お湯を沸かし、玄関の扉から新聞を取り出す。

１Ｋのアパートは既に手狭で、炬燵兼用のテーブルが六畳間の中央に置いてある。

これで生活のすべてをまかなっていたのだけれど、どうしても専用の書き物机が欲しくて、小さいながらもようやく木製のテーブルと椅子のセットを買った。今は、食事や作業は炬燵のテーブルで、原稿を書くのは書き物机でと決めている。

インスタント・コーヒーとハムトースト。

いつもの休日の簡単な朝昼兼用の食事。

コーヒーをすすりながら、新聞を開く。

いつも通りざっと見出しを眺め、順番に記事を読む。

ページをめくる。

東京版のページ。

そして、そのページの片隅に目が引き寄せられる。

## 1

穏やかな朝だった。

休日特有の、どことなくのんびりした空気が漂っている。

外も静かで、いつものように殺気立っておらず、連休初日という高揚感に溢れているようである。

この日の朝も、二人はどちらからともなく同じ頃に起き出した。

「おはよ」

「おはよう」

軽く声を掛けあい、交替でトイレと洗面所を使い、慣れた様子で朝食の支度。

全くいつもと変わりはない。

そのことに、口には出さないものの二人とも満足していた。

ただ、いつもと違うのは、常に二人の朝食に登場していたくだものと野菜は用意しなかったことだ。

連休中はゴミの回収も休みになるので、生ゴミは極力出さないようにしていた。

連休前の最後の燃えるゴミの日に、生ゴミは全部出した。

インスタントのスープと、ティーバッグで淹《い》れた紅茶。

二人はテーブルを挟んで向かい合い、無言でそれぞれの飲み物をすする。

薄暗い朝のキッチン。

ぼそぼそと低い声。

「まずまずの天気だね」

「うん。雨に降られなければそれでじゅうぶん」

ハムトーストと、ゆで卵。

オーブントースターに入れる前に、「あっ、ハムが二枚くっついてた」という声が上がった。

ゆで卵をむいていたもう一人が小さく笑う。

「いいじゃない、くっついてたって。残さないほうがいいでしょ」

「だね。じゃあ、全部使っちゃおう」

冷蔵庫を開けて、真空パックの中に残っていたハムをトーストの上に追加する。ハムとトーストは食べればなくなるし、卵も殻だけならそうそう腐るわけでないし、燃えるゴミに入れていっても大丈夫だろう。

とにかく、生ゴミが残るのは避けたい、という点で二人は一致していた。

唯一の例外は、テーブルの上の一輪挿しだろうか。

すっきりしたテーブルに、ちょこんと小さなガラスの一輪挿しが置いてあり、そこに一本だけ黄色のガーベラが挿してあった。まだ色も鮮やかで、茎もぴんと伸びている。

食事はすぐに終わった。

皿のパンくずをゴミ箱に捨て、流しに向かう。

洗い物もあっというまだ。

一人が小さな一輪挿しを手に取り、中の水を入れ替えると、ゆっくりとテーブルに置いた。ガーベラの茎を斜めに切り、そっと一輪挿しに戻す。

「長めに切ったから、連休中くらいは持つかも」

「そうね」

テーブルの上には、一輪挿しだけが残った。

二人で、じっと黄色いガーベラを見つめる——他に何もないテーブルを。

たぶん、二人とも同じことを考えているのだろう。

結局、遺書は書かなかった。

二人とも、何も書き残さないことにしたのだ。


「ぼちぼち、行こうか」

時計を見て、一人が言った。

「そうね」

朝起きた時から、もう出かける格好になっている。

いつも通りに化粧をした。

鏡に向かって表情を作り、口紅を引き、ティッシュで押さえる。

「戸締り、いいわね」

「ガスの元栓も閉めた？」

家の中に向かって指さし確認をする。

「ねえ」

思い出したように一人が顔を上げる。

「何？」

ナップザックを手に、もう一人が聞き返す。

「玄関の鍵、どうする？　閉めていく？　それとも、開けておく？」

二人は顔を見合わせた。

「どうだろう。どのみち誰かが開けるだろうから、開けておくってこと？」

「そう」

「だけど、開けっぱなしにしておいて、泥棒でも入ったら、話がややこしくならない？」

「それもそうね。泥棒が入ったら、そっちも調べなきゃならないものね」

「どのみち、大家さんが立ち会うことになるでしょうし、大家さんなら鍵持ってるから、閉めておいてもすぐに開けられるよ」

「そうだね。じゃ、閉めていこう」

二人は電気を消し、玄関で靴を履いた。

「ブレーカーは？」

玄関の上を見上げる。

「切っていこう」

一人が手を伸ばして、ブレーカーを落とす。

それまでも静かだと思っていた部屋の中が、無音になった。

「へえ。こうしてみると、冷蔵庫の音とか、結構うるさかったんだね」

「そうね」

そう返事した女は、もう扉を開けて外に出ていた。もはや家の中を振り返ることもない。

もう一人は、まだじっと薄暗い部屋の中を見つめていた。そこに何かを忘れているのではないかというように。

部屋の中はとても静かで、動くものの気配もない。

まるで何かの遺跡みたいだ。

テーブルの上のガーベラの黄色だけが鮮やかであるが、それすらも既に化石のようだった。

女はそっと外に出て、静かにドアを閉めた。

この部屋に鍵を掛けるのは、これが最後。

そんな感慨があるのかないのか、彼女はひどくゆっくりと鍵を回した。

封じられた部屋。

女は扉に背を向け、少し離れたところにいるもう一人に目をやった。

雲間から明るい光が射し込んできて、辺りがぱあっと明るくなる。

「いい天気」

離れたところで、女がふわりと笑った。

学生時代と全く変わらないその笑顔に驚いた。というよりも、そこに立っているのは、学生時代の彼女だった。

「だねえ」

つられたように女はかすかに笑った。

ふと、二人は何かに呼ばれたように空を見上げ、その眩しさに目を細めた。

# 文庫版あとがき

『灰の劇場』は、雑誌「文藝」に、二〇一四年から二〇二〇年にかけて、六年にわたり連載したものだ。

フィクション（＝「1」章部分）とノンフィクション（＝「0」章部分。主に、フィクション部分の執筆過程）が交互に続く、という、自分でも初めての形式で書いた小説だ。

執筆過程の部分は、ほぼ（多少、特定を避けるために書き換えてある）事実である。作中で書いている通り、実際に目にした一九九四年九月二十五日の朝日新聞の三面記事がずっと頭に残っていて、何人かの編集者に、この事件を基に小説を書きたい、と話したことがあったし、その一人が河出書房新社の、この小説にも出てくるO氏であり、実際O氏が当時の新聞記事を探してきてくれた。

執筆の途中、その時々に起きたことは、「0」章の通りで、「1」章部分は全くの想像で書いた。

プロにこの事件の調査をお願いするかどうか、というのは、この小説を書き始める時に悩んだことのひとつだった。

むろん、プロにお願いすれば（つまり、おカネを掛ければ）、相当なところまで分かるだろう、と想像できただけに、かえって小説には書きにくいだろう、と思い、結局頼まなかったのだが。

いつものように——いや、いつにも増して、試行錯誤しつつ、たいへん苦しんで書いた連載が終わり、『灰の劇場』が単行本として刊行されたのは二〇二一年の二月。まだコロナ禍のさなかということもあり、マスク着用、アクリル板越しにメディア各社の取材を受けた。

ところが、その後、新聞メディア各社の方が、当時の自社の記事を調べてくださり、いろいろと意外な事実が判明した。

＊

事件の起きた一九九四年当時、新聞各社でも、実名報道するか否かの扱いは分かれており、私が目にした記事が載っていた朝日新聞は、既に公人以外の自殺者は名前を出さない、あるいは報道しない、というスタンスだったらしい。ゆえに、載ったのはイニシアルだけだったのだ。

いっぽう、毎日新聞は、実名と職業を出していた。

ここで、まず驚いたのは、二人の職業だった。一人は外国語教師、一人はフリーアルバイターと書かれていたのだ。

私が『灰の劇場』で、二人が何の職業だったか考えた時、一人を産業翻訳家にしたのは「なんとなく」だったのだが（まあ、大卒女子であれば、塾やなんやかやの教師、講師は勤め口として可能性が高そうだったにしても）、偶然にせよ、ちょっとその符合が不気味だった。

ところが、そのあと、共同通信社のよく知っている記者から、当時の記事が送られてきた。

「こちらも、ご存じだったんですか？」

そうメールにあったので、「どういう意味だろう」と記事を読んでみて、驚愕した。

その記事には、名前、職業はもちろん、住所も載っていたし、二人の背景を取材までしていた。その内容は、次のようなものだった。

二人は二十年前に卒業した、某有名私立大学の仏文科の同級生だった。

一緒に暮らしつつ、アルバイトをしながら、作家を目指して、共同執筆を続けていた。あちこちの新人賞に応募していたが、結果は出せず。前々年に自費出版をするも、全く反応もなく売れなかったという。

記事には、「創作にゆきづまりか?」という小見出しまでついていたのだ。

この記事を目にした時は、本当にゾーッとした。担当編集者O氏と二人して、文字通り真っ青になった。

まさか、二人が作家志望者だったとは。

しかも、その夢が破れて死を選んだのだとは。

そして、そんな二人の自死の記事が、当時、プロ商業誌デビューを果たしたばかりの私の目に留まって、やがて『灰の劇場』を書かせただなんて、恐ろしすぎる。

私が呼んだのか、それとも、二人に呼ばれたのか。

そう考えずにはいられなかった。

*

けれど、その事実を知ってみると、作家として目が出なかったことが自死の中心にあったのだとしても、付随する原因は、私が『灰の劇場』に書いた通りだったのだろう、という気がする。

住所を見た限りでは、戸建てなのか共同住宅なのかは分からないが、共同住宅であるならば、どちらか借りたほうの名義の人間は、いったんどこかに正社員として就職していたのではないかと思う。当時の賃貸住宅事情では、非正規勤めの女性には、まず家を貸さなかったからだ。戸建てだったとすれば、どちらかの実家で、彼女は元々実家住まいであり、そこに同居人が間借りしていたのかもしれない。

いずれにせよ、二人とも非正規の勤めであれば、健康保険も、年金もなかった可能性は高い。将来に対する不安は大きかっただろう。四十歳を越えて、アルバイトで、独身で、という女性に対する目は、今とは比べ物にならないくらい厳しかったに違いない。周囲や家族からの圧力を考えるに、どれほど追い詰められていたかは想像するに難くない。

そして、新人賞に応募しても、落ち続けていた。

いったいどれくらいの期間、何回応募していたのだろう？　選ばれないことに業を煮やして自費出版を選んだ、ということは、かなりの期間、相当な数を応募していたのではないか。

合作、というのも難しい。どのように役割を分担していたのかは分からないが、結果が出ないことで、二人の関係が煮詰まったり悪化したりしたこともあっただろう。

二人が書いていたのはどういうジャンルの小説だったのか。

Ｏ氏とも話し合ったのだが、当時、共同執筆するというのは、ミステリーのジャンルが多かった。純文学系で、共同執筆というのは（いなくはないが）相当に珍しい。恐らく、二人が目指していたのは、エンターテインメント系の賞だったのではないか。

今では、新人賞が乱立しているし、ネットで発表してから出版とか、文学フリーマーケットのようなものもあり、デビューのルートはそれなりにある。

しかし、私がデビューした当時ですら、そんなに応募できる新人賞はなかったような気がする。

ましてや、自費出版というのは、費用もかかるし、流通ルートがないので、書店に置いてもらえるわけでもない。既にコミックマーケットがそれなりの規模であった漫画に比べ、自費出版した小説が反響を得られる可能性は、当時は限りなく低かっただろう。

＊

考えれば考えるほど、「事実に基づく物語」どころか、事実そのものに打ちのめされる。

もし、『灰の劇場』を書き始める前にこの事実を知っていたら。

少なくとも、小説の方向性は全く違うものになっていたはずだ。

もしかすると、やはりこれは私が書くべき因縁の物語だったのだ、と強く自覚して小説を書き始めたかもしれない。

あるいは、運よく作家デビューでき、生き残ることができた者からの、二人への鎮魂の作品となっていたかもしれない――などという、もっともらしく薄っぺらい、白々しいことは言うまい。

正直に言おう。

もし、この事実を書く前に知っていたら、私は『灰の劇場』は書けなかったと思う。この偶然、この符合。あまりにもできすぎだし、むしろ、わざとらしくて書けない、と判断したはずだ。

モノを書く、ということの不思議さを思う。

私は、この小説の中でこう書いた。

「私は確かにその二人を知っていた。」

「もっとも、私はその二人の顔も名前も知らない。」

今では、私は二人の名前を知っているし、死に至る背景もほんの少しだけ知っている。

でも、それはわずか数行の事実であるし、本当に本当のところは、結局誰にも分からない。

けれど、図らずも、自分が書いたことが、真実を突いていた部分もある。

都会で、未婚で、大学を出て、非正規職に就いて、暮らしていた。

勤めの傍ら、コツコツと原稿を書いて、作家を目指し、新人賞に応募していた。

私は、そんな女性を、ずっとずっと前から、確かに知っていたのだ。

恩田陸

# 灰の
# 劇場

0《ゼロ》ー《マイナス》+《プラス》

# 0《ゼロ》−《マイナス》

# ０

―


ぞろぞろと映画館から観客たちが出ていく。

渋谷のシネマライズ。平日の昼間だったが、客席はほぼ満席だった。

「トム・クルーズ、イッちゃってたねー」

「最後のアレ、どうやって撮ってんのかな」

「よくわかんなかった」

「なんか妙なパワーはあったよね」

聞こえてくる感想を耳に留めつつも、私はどうにも納得できないモヤモヤ感を抱えていた。

ポール・トーマス・アンダーソン監督の『マグノリア』。前年（一九九九年）にベルリン国際映画祭で金熊賞を受賞し、才気とパワーに溢れた映画との触れ込みで、世界的に評判になっていた。

ＴＶＣＭでも短い予告編を大量に流していたので、興味を持った若い観客も多く、日本でもかなりのヒットになっていたのだ。

確かに、パワフルで活き活きとした疾走感があり、がっちりと映画に引き込まれた。すごい才能のある監督だということはひしひしと感じた。

同時進行する複数の物語を並行して描いていくという作品で、それぞれは独立した別個のエピソードである。

新興宗教の教祖を熱演（怪演？）するトム・クルーズを目玉として、フィリップ・シーモア・ホフマン、ジュリアン・ムーア、ウィリアム・H・メイシー、ジェイソン・ロバーズ、フィリップ・ベイカー・ホール、ジョン・C・ライリーなどなど、達者で一癖もふた癖もある個性的な役者が脇を固め（それぞれ顔も強烈だ）、ひた走る物語は加速してクライマックスに向かう。

ところが。

クライマックスは、観客が想像だにしていなかった、唐突ともいえる「奇跡」（あるいは「自然現象」）に見舞われる。

確かに、この「奇跡」はそれぞれの物語の登場人物全員が等しく体験するのであるが、なぜかこの「奇跡」ですべてが「チャラ」になってしまい、何も物語は「解決」することなく、「あらー、世の中では、思いがけなくこんな奇跡が起きるんですね」

というオチで終わってしまうのだ。

意表を突いたその「奇跡」にカタルシスがないこともないのだが、私はひどく肩透かしをくらったように感じていた。

そのモヤモヤ感を、映画館を出てからもずっと考えていたのだが、要は、私が予想していた結末とは方向性が違っていたからだと気付いた。

それぞれが独立した、毛色の異なる複数のエピソード。スピード感溢れるストーリーライン。それらを並行して見せられているうちに、私は勝手にラストを予想していた。

これだけ個別のエピソードが盛り上がっていくのであれば、最後にすべてのエピソードが出会い、収束し、一堂に会してクライマックスが訪れるのであろうと。

私はその、この先にある合流シーンを予測し、期待し、待ち構えていたのである。

ところが、それぞれの登場人物は結局接触することもなく、ましてや一箇所に集まることもなかった。確かに等しく「奇跡」を体験することで結びつけられているのではあるが、最後まで交わることはなかったのだ。

私は不満だった。

考えてみれば、こちらの勝手な思い込みであるし、自分が期待していた結末にならなかったといって、監督を責めるのはお門違いだ。

だが、それでも割り切れない気持ちがいつまでも尾を引いて残った。

クライマックスに至るまでの疾走感は素晴らしかった。あのわくわくするスピード感をあのままにして、もし私だったらあの映画のラストをどうするだろう?

私だったら——私が書くとしたら。

私だったら、絶対に、全登場人物を最後に一箇所に集める。

一箇所に集めて、そこで何が起きる?

日本だったら、場所はどこにする?

どこに集まるのが自然?

モヤモヤと、意識下で私は考え続けていた。

ふと、ある日、すとんと回答が下りてきた。


——東京駅。

そうだ、東京駅だ。不特定多数の人々が最後に一堂に会する場所。それは、私に土地鑑があり、しょっちゅう通っていた東京駅がいい。

# 0－

東京都美術館の「テート・ギャラリー展」は混み合っていた。

日本での開催は初で、しかも名画が目白押し。ロセッティやミレイらの絵が人気でなかなか人の流れは動かず、会場は人いきれで蒸し暑く感じた。

美術展を見るのは好きなのだが、近年の絵画展は混雑がひどくなるいっぽうで、ろくろく絵が見られないのが不満である。

絵画展というのは、はじめのほうは誰もが熱心に絵を見るので、入口付近がいちばん混む。しかし、だんだん目が慣れてくると流れがほどけはじめ、やがて絵によって集客に濃淡が生まれてくる。

ようやく絵の前にスペースができ始め、背伸びをしなくても見られるようになった。

その絵は、一見地味だった。お客のほとんどが絵の前で足を止めず、タイトルをちらっと見て、すぐに通り過ぎていく。

とても横長で細長い、ちょっと珍しいサイズの絵である。

絵の前に誰もいなくなり、私はその絵の正面に立った。

その瞬間、奇妙な衝撃を受けた。

全体の色調が灰色がかった、粗いタッチの油絵だった。

帽子とコート姿の群衆の背中。

かなりの強さで雨が降っており、斜めのざっくりした白い線に、雨が風に流されていることが分かる。

ざわつく群集は興奮しているようだ。

群集の向こうに、飛行機の片翼のシルエットが浮かんでいる。画面の奥にもうっすらと別の飛行機のシルエットが見えるので、どうやら飛行場らしい。

私は混乱してその場に立ち尽くしていた。

自分が何に衝撃を受けているのか分からなかったのだ。

混乱したまま、タイトルを見る。

エアハート嬢の到着
Miss Earhart's Arrival 1932

Walter Richard Sickert（1860–1942）

エアハート嬢の到着。

タイトルを見て、女性パイロットの草分け、アミリア・エアハートが世界一周飛行中にイギリスに着いた時の光景を描いたものだと気付いた。

同時に、奇妙な感覚に襲われた。

私は、雨の匂いを嗅いだ。

篠つく雨、群衆のゴム引きのコートの匂い、飛行機の燃料なのかなんなのか、オイルの匂いも感じた。

細長い絵の周りに、多くの人がいて、私はそれをずっと離れたところから眺めていた。

カメラのフラッシュがしきりに焚かれ、歓声も聞こえる。

私は動けなかった。

小さくスポットが当たっているように、視界の片隅に誰かが見えた。

一人の青年が膝をついている。

彼は呆然として飛行機のほうを見ている。その頬は泥で汚れ、涙の筋がいくつもついている。

　彼は痩せこけた少女を抱きしめている。少女の頭を引き寄せ、しっかりと抱いているものの、放心した表情だ。

　少女はひどく青ざめている。唇からはひとすじの血。もはや亡くなっていることは明らかだ。

　不思議な感覚だった。

　私の周りから音が消え、本当に飛行場に佇んでいるように感じ、絵の外にあるものが「見えた」のだ。

　その瞬間に「分かった」。

　これは、私がこれから書く小説の一場面で、将来連作長編の一部になるべきものなのだ、と。

　ふらふらと歩き出し、他の絵も見たが、しばらくするとまた「エアハート嬢の到着」の前に戻ってくることになった。

　繰り返し、その絵を見て、私は会場を出た。

　他の絵は全く覚えていない。

私がこのあと『ライオンハート』という長編小説の第一章として、「エアハート嬢の到着」を書くのは、二年後の二〇〇〇年の春のことになる。

0 ゼロ

＋ プラス

# ０＋

二〇二〇年八月三十一日。

友人と池袋の映画館で『リーマン・トリロジー』を観た。

今年、この作品を観るのは三回目である。

最初に観たのは二月二十日だ。

日本橋の映画館で一人で観た時は、まだマスクをしている人は半分もいなかった。

それでも、コロナの脅威は日に日に増していて、満席に近い客席に誰もがちょっと戸惑い、おっかなびっくりで隣の席を警戒しながら席に着いていた。

しかし、二回目に観た三月十九日には、S社の若手編集者二人と行ったのだが、席はひとつずつあいだを空けてマスクを着用。

そして、三回目のこの日はもはや全員がマスク着用で手指消毒、というルーティンが出来上がっていた。

昨年の十二月に連載が終わった『灰の劇場』の仮組みの素ゲラ（まだ校正が入って

いない状態の、連載時の原稿をそのまま刷り出したもの）が、一回目に『リーマン・トリロジー』を観た直後に送られてきたのを覚えている。

連載が終わったばかりの原稿（しかも長編）というのは、なかなか客観的には読めないものだ。

特に、この小説は書いている途中も書き終わったあとも、自分の中でもいったいどういう位置づけになるのかよく分からない話だった。

刊行は来年の年明け、と決まっていたので、まだしばらく寝かせておけるのがありがたかった。私としては、ある程度あいだを置いたほうがもう少し客観的に読める。

今年は、東京オリンピックが開かれる予定だったので、出版業界ではオリンピック期間とその前後の本の刊行が控えられていた。

ところが東京オリンピックが延期になったため、ゴールデンウイーク前に出しておこうといっていた単行本が八月頭の刊行になり、原稿を直す余裕ができた。全体的に刊行点数が抑えられていたので、新聞広告に大きなスペースを割いてもらえたのは、ありがたいようなそうでないような、複雑な気分になったものである。

『リーマン・トリロジー』は数年前に始まった、イギリスの「ナショナル・シアター・ライブ」という舞台の映像化シリーズの一本。劇場で演じられたオペラ、バレエ、芝居を映画に撮って世界に配信している。

席が三千円前後と通常の映画よりも高いが、映画のような字幕がついて現地の旬の芝居を日本にいながらにして楽しめると思えば、かなりお得な値段といえるだろう。始まったばかりの頃は、字幕の誤植があまりにも多くて芝居に集中できないと苦情が殺到したらしいが（海賊版を恐れてか、公開ぎりぎりまで映像を送ってくれず、翻訳する時間が極端に少なくてチェックをする暇がなかったらしい）、さすがに最近はそんなことはなくなった。

イギリスというのは、何かの「仕組み」を作るのがうまいな、と思う。

近代スポーツのほとんどはイギリスで生まれているし、憲章とか議会政治とか、損害保険とかブックメーカーとか、利益を生み出す「場」や「ルール」を作るのに長けている。

ルールは作ったもん勝ちだ。評価する、順位付けする側になってしまえば、断然優位に立てる。

だから、この海外への劇場配信というのもいろんな意味でうまいと思う。文化の発信にもなるし、収益にもなる。似たようなことを他の国でも始めているが、イギリスほどうまくはできていない。

『リーマン・トリロジー』が、元はイタリアの九時間のラジオドラマだったというのには驚いた。そんな長尺のラジオドラマがあるというのも驚きだし、そんな硬いテーマのドラマを作るというのも驚きだった。

タイトルから分かるとおり、二〇〇八年に破綻したアメリカの投資銀行、リーマン・ブラザーズを築いた一族の歴史を描いた物語である。

それをベン・パワーが翻案して三時間余りの戯曲にし、『アメリカン・ビューティー』や『ロード・トゥ・パーディション』などの映画監督としても知られるサム・メンデスが演出した。

ドイツからの移民であり、アメリカ風に名前を変えた三人のリーマン兄弟が、南部の衣料品店を皮切りに、綿花の仲買人となり、やがては銀行業に乗り出し、世代を超えて繁栄していくさまを描く。二〇〇八年に破綻する頃には、もはや名前に残るのみで、リーマン一族は幹部クラスに一人も残っていなかったらしい。

この演出で面白いのは、たった三人の役者で三世代のリーマン一族のみならず、すべての登場人物の役を演じきるところである。

舞台のセットは巨大なガラスの箱。この中で三人が歩き回るだけであらゆる場面転換になるし、ガラスの箱自体もぐるぐる回って時の経過を表す。

背景の巨大なスクリーンには移民が越えてきた海や空の映像。後には戦火や摩天楼、金融市場の狂乱する数字などが映し出される。

印象的なのは、役者たちの叙事詩的な語りである。必ずしも台詞だけではなく、解説、モノローグ、祈りの言葉などを入れ替わり立ち代わり語っていくのだ。

三人の役者だけ、ほとんど小道具のないセットだけで百年以上の長いスパンの物語を描けるのは、まさに演劇でしかできない手法といえよう。

こういう、舞台でしかできない、映画でしかできない、というものを正面きって見せつけられると、とても羨ましくなる。

『灰の劇場』でも、ウォシャウスキー姉弟（今は二人とも女性になってしまったので、最近のクレジット字幕は単にウォシャウスキーズになっていた）の映画、『クラウドアトラス』のワンシーンに羨望を覚えて、白い羽根の降る場面を書いたように。

音も台詞もなく、絵だけで語れる、絵を観ているだけで満ち足りた気持ちになれる映画。言葉を必要としないことが時としてひどく妬ましくなる。

いっぽう、舞台は舞台で、役者と観客が共犯関係にあることが羨ましい。

「ここに綿花の農園があります」

「ここは大都会の中心です」

「私は子供です」

「私はラビです」

「私は彼のフィアンセです」

そう役者が宣言すれば、観客もそれを信じ、そこに言われたものを観るのだ。

『リーマン・トリロジー』は、久しぶりに「ああいうものを書きたい」という衝動を感じた舞台だった。

「ああいうものをやりたい」。

そう思わせてくれるものは、なかなかない。

二〇一四年に『灰の劇場』の連載を始めてすぐに、ローラン・ビネの『ＨＨｈＨ　プラハ、１９４２年』が出て、何気なく読み始めた瞬間、「やられた」と思ったものだ。

ナチスの重要人物である将校が、チェコスロバキアで暗殺された事件。実際にあった出来事を歴史小説として書きつつも、その取材や執筆の過程を実況中継のように並行して書いていく、という手法の物語。

たぶん、当初は私も『灰の劇場』で、漠然と同じようなことをやろうとしていたのだと思う。それを非常に洗練された形で、しかもたいへん面白く書いていることに、根拠のない敗北感を覚えてしまった。

今となっては、本当にそういうことをやりたかったのか分からないし、結果として、『灰の劇場』はそういう小説にはならなかったのだけれど。

『リーマン・トリロジー』の衝撃は、まさしく今私がやりたいと思っていることのひとつの解答であると気付いたのは、三回目に観たこの日のことだった。

私が、いつか書いてみたいと思っている小説のひとつが、いわゆる「大河ロマン」というタイプの小説だった。

長いタイムスパンの、ひとつの家族であれば三代以上に連なる物語。もっと平たくいえば、巻末に年表を付けられるような小説を書きたかった。年表というものに、子供の頃からずっと憧れていたのだ。

そういう小説を、今まさに準備中であったのだが、その一方で、自分にそのテクニックがあるのかどうか、ずっと不安だった。

私にとって、「大河ロマン」は、ある意味退屈なものでもあったからだ。

百年とか百五十年というスパンの物語を書くには、時代考証だの、歴史背景だのがついてくる。この頃にはどんな着物を着ていて、とか、まだここの道路はできてなくて、とかを調べる必要がある。そして、私は、調べものはともかく、そういったものをくどくど説明することにどうしても興味が持てないのだ。

もうひとつ、気にかかるのは、世代を超えると登場人物が増えることだ。せっかく感情移入していた人物が世代交代してしまうと、書いているほうの思い入れが途切れてしまいそうで、面白く話を引っ張っていく自信がない。

それらの不安を、『リーマン・トリロジー』は見事に解決していたのだ。

まさに叙事詩。まさに「大河ロマン」。

この手があった。これなら面白く観られる。

あの舞台に、何かの手がかりが、答えがあるような気がする。

とはいえ、どうすればいいのだろう。

『リーマン・トリロジー』を小説でやるにはどうすればいいのか?

そんなことを頭の片隅で考えつつ、私と友人は映画館を後にした。

太陽はまだ高い。

残暑は厳しく、マスクが蒸れて不愉快だ。

マスクが大嫌いだった自分が、今やマスクなしでは不安になるというこの現実。

地面からの照り返しは容赦なく、コロナの終息の見えない大都会は、強張った閉塞感に満ちみちている。

私は汗を拭い、駅に向かった。

さあ、そろそろ家に帰り、いい加減に、ずっと寝かせていた『灰の劇場』の素ゲラを読み返してみなければなるまい。

果たして、私はあの小説を客観的に読めるようになっているのだろうか。

私は『灰の劇場』でいったい何を書いたのだろう？

本書は二〇二一年二月に弊社より刊行された
『灰の劇場』を文庫化したものです。
＊
文庫化に際して一部加筆修正の上、
「灰の劇場0－＋」（「文藝別冊　恩田陸　白の劇場」収録）と
「文庫版　あとがき」を収録しました。

# 灰《はい》の劇場《げきじょう》

二〇二四年 二 月一〇日 初版印刷
二〇二四年 二 月二〇日 初版発行

著 者 恩田《おんだ》陸《りく》
発行者 小野寺優
発行所 株式会社河出書房新社
〒一五一-〇〇五一
東京都渋谷区千駄ヶ谷二-三二-二
電話〇三-三四〇四-八六一一（編集）
〇三-三四〇四-一二〇一（営業）
https://www.kawade.co.jp/

ロゴ・表紙デザイン 粟津潔
本文フォーマット 佐々木暁
本文組版 株式会社創都
印刷・製本 中央精版印刷株式会社



Printed in Japan ISBN978-4-309-42080-6

## ブラザー・サン　シスター・ムーン

恩田陸　41150-7

本と映画と音楽……それさえあれば幸せだった奇蹟のような時間。「大学」という特別な空間を初めて著者が描いた、青春小説決定版！　単行本未収録・本編のスピンオフ「糾える縄のごとく」&特別対談収録。

## 学校の青空

角田光代　41590-1

いじめ、うわさ、夏休みのお泊まり旅行…お決まりの日常から逃れるために、それぞれの少女たちが試みた、ささやかな反乱。生きることになれていない不器用なまでの切実さを直木賞作家が描く傑作青春小説集

## 福袋

角田光代　41056-2

私たちはだれも、中身のわからない福袋を持たされて、この世に生まれてくるのかもしれない……人は日常生活のどんな瞬間に、思わず自分の心や人生のブラックボックスを開けてしまうのか？　八つの連作小説集。

## 異性

角田光代／穂村弘　41326-6

好きだから許せる？　好きだけど許せない⁉　男と女は互いにひかれあいながら、どうしてわかりあえないのか。カクちゃん&ほむほむが、男と女についてとことん考えた、恋愛考察エッセイ。

## ふる

西加奈子　41412-6

池井戸花しす、二八歳。職業はＡＶのモザイクがけ。誰にも嫌われない「癒し」の存在であることに、こっそり全力をそそぐ毎日。だがそんな彼女に訪れる変化とは。日常の奇跡を祝福する「いのち」の物語。

## 小川洋子の偏愛短篇箱

小川洋子〔編著〕　41155-2

この箱を開くことは、片手に顕微鏡、片手に望遠鏡を携え、短篇という名の王国を旅するのに等しい――十六作品に解説エッセイを付けて、小川洋子の偏愛する小説世界を楽しむ究極の短篇アンソロジー。

## 約束された移動

小川洋子　41911-4

ハリウッド俳優Bの泊まった部屋からは決まって一冊の本が抜き取られていた——。客室係の「私」だけが秘密を知る表題作など、静謐で豊かな小説世界が広がる、"移動する" 6篇の傑作短編集。

## ぬいぐるみとしゃべる人はやさしい

大前粟生　41935-0

映画化&英訳決定！　恋愛を楽しめないの、僕だけ？　大学生の七森は"男らしさ""女らしさ"のノリが苦手。こわがらせず、侵害せず、誰かと繋がりたいのに。共感200%、やさしさの意味を問い直す物語

## きみの言い訳は最高の芸術

最果タヒ　41706-6

いま、もっとも注目の作家・最果タヒが贈る、初のエッセイ集が待望の文庫化！　「友達はいらない」「宇多田ヒカルのこと」「不適切な言葉が入力されています」ほか、文庫版オリジナルエッセイも収録！

## 少女ABCDEFGHIJKLMN

最果タヒ　41876-6

好き、それだけがすべてです——「きみは透明性」「わたしたちは永遠の裸」「宇宙以前」「きみ、孤独は孤独は孤独」。最果タヒがすべての少女に贈る、本当に本当の「生」の物語！

## かか

宇佐見りん　41880-3

うーちゃん、19歳。母（かか）を救うため、ある無謀な祈りを胸に熊野へ。第56回文藝賞、第33回三島賞受賞。世代を超えたベストセラー『推し、燃ゆ』著者のデビュー作。書下し短編「三十一日」収録。

## 推し、燃ゆ

宇佐見りん　41978-7

推しが燃えた。ファンを殴ったらしい——。第164回芥川賞受賞、世代も国境も超えた大ベストセラー、待望の文庫化！　解説＝金原ひとみ

## すみなれたからだで

窪美澄　41759-2

父が、男が、女が、猫が突然、姿を消した。けれど、本当にいなくなってしまったのは「私」なのではないか……。生きることの痛みと輝きを凝視する珠玉の短篇集に新たな作品を加え、待望の文庫化。

## 生命式

村田沙耶香　41887-2

夫も食べてもらえると喜ぶと思うんで——死んだ人間を食べる新たな葬式を描く表題作のほか、村田沙耶香自身がセレクトした、脳そのものを揺さぶる12篇。文学史上、最も危険な短編集！

## 永遠をさがしに

原田マハ　41435-5

世界的な指揮者の父とふたりで暮らす、和音十六歳。そこへ型破りな“新しい母”がやってきて——。親子の葛藤と和解、友情と愛情。そしてある奇跡が起こる……。音楽を通して描く感動物語。

## JR上野駅公園口

柳美里　41508-6

一九三三年、私は「天皇」と同じ日に生まれた——東京オリンピックの前年、出稼ぎのため上野駅に降り立った男の壮絶な生涯を通じ描かれる、日本の光と闇……居場所を失くしたすべての人へ贈る物語。

## 蹴りたい背中

綿矢りさ　40841-5

ハツとにな川はクラスの余り者同士。ある日ハツは、オリチャンというモデルのファンである彼の部屋に招待されるが……文学史上の事件となった百二十七万部のベストセラー、史上最年少十九歳での芥川賞受賞作。

## インストール

綿矢りさ　40758-6

女子高生と小学生が風俗チャットでひともうけ。押入れのコンピューターから覗いたオトナの世界とは?!　史上最年少芥川賞受賞作家のデビュー作、第三十八回文藝賞受賞作。書き下ろし短篇「You can keep it.」併録。

著訳者名の後の数字はISBNコードです。頭に「978-4-309」を付け、お近くの書店にてご注文下さい。